Vera Nentwich

Frau Appeldorn und der tote Maler

Zu diesem Buch

Plötzlich Ruhestand. Für die Chefsekretärin Mareike Appeldorn eine unangenehme Vorstellung. Ihr Beruf war ihr Leben, doch nach dem Tod des Seniorchefs gab es keine Verwendung für sie. Auf der Suche nach neuen Herausforderungen landet sie im örtlichen Kulturverein und organisiert den Tag der offenen Ateliers. Ausgerechnet dort wird am Ende des Tages der Maler Martin Borger tot aufgefunden und die Hauptverdächtige ist auch noch die neue Citymanagerin, die sich als Tochter von Frau Appeldorns Nachbarn herausstellt. Mit diesem Herrn Büyüktürk, einem emeritierten Professor für Germanistik, ist sie im Streit verbunden. Parkt er doch seinen Mercedes ständig vor ihrer Einfahrt. Nun hat auch er ein großes Interesse, herauszubekommen, wer wirklich schuld am Tod des Malers ist. Frau Appeldorn und Herr Büyüktürk, ein ungleiches Paar geht auf Mörderjagd. Vielleicht ist Ruhestand doch nicht so langweilig.

Vera Nentwich wurde 1959 geboren – ein ganz besonders gutes Weinjahr. Und vielleicht liegt es daran, dass ihr die humorvolle Sichtweise auf die Dinge ganz besonders am Herzen liegt. Seit Jahren schreibt sie erfolgreich humorvolle Krimis und Romane und ihre Lesungen gleichen eher temperamentvollen Bühnenshows, die sie gemeinsam mit einer Theaterregisseurin inszeniert. So tritt sie auch als Kabarettistin auf. „Nebenbei" ist sie geschäftsführende Gesellschafterin einer IT-Unternehmensberatung. Wie guter Wein eben – überraschend und vielseitig.

Vera Nentwich

Frau Appeldorn und der tote Maler

Mehr über die Autorin und ihre Bücher:
www.vera-nentwich.de

Ebenfalls von Vera Nentwich erschienen:
Tote Models nerven nur
Liebe vertagen, Mörder jagen
Tote machen Träume wahr
Tote Bosse singen nicht
Tote Trolle meckern nicht
Tote Tanten plaudern nicht

Kick ins Leben
Rausgekickt: Blaue Vögel
Pseudonyme küsst man nicht
Wunschleben

Ähnlichkeiten mit lebenden oder verstorbenen Personen sind rein zufällig und nicht beabsichtigt.

1. Auflage Oktober 2022

Lektorat: Dorothea Kenneweg
Korrektorat: Gundi Fischer
Covergestaltung: Casandra Krammer -
www.casandrakrammer.de
Covermotiv: © pauljune – depositphotos.com, PixelSquid360 – envato.com
Druck: Sowa Sp. z o.o., Piaseczno Business Park
ul. Raszynska 13, 05-500 Piaseczno, Poland
ISBN 978-3-9818806-5-6

I

Die Suche nach einem neuen Lebensinhalt war die größte Herausforderung für Frau Appeldorn, seit sie nach dem Tod ihres Chefs von einem Tag auf den anderen in den Ruhestand versetzt worden war. Der Junior, dieser gelackte Schnösel, hatte sie dazu sogar noch beglückwünscht. Sie schnaubte. Dann erhob sie sich vom Frühstückstisch und sah auf die Uhr. Heute sollte ein entscheidender Tag auf dem Weg zu ihrer neuen Aufgabe sein. Sie hatte sich in die Konzeption und Planung der Veranstaltung richtig reingehängt. Heute war es so weit, der Tag der offenen Ateliers würde über die Bühne gehen. Und es würde sich zeigen, dass sie die Gelegenheit, ihr Organisationstalent unter Beweis zu stellen, gut genutzt hatte.

Es war Zeit, sich auf den Weg zu machen. Sie erhob sich vom Frühstückstisch und sah auf die Uhr. Ihre Mitstreiterinnen im Kulturverein würden erwarten, dass sie als Erste erschien. Sie hatten die Verantwortung für den Tag der offenen Ateliers und jetzt musste alles reibungslos funktionieren. So, wie ihre Zuverlässigkeit in all den Jahren in der Position als rechte Hand des Chefs ihr Markenzeichen gewesen war, so würde es auch sein, wenn sie als Pensionärin ehrenamtliche Aufgaben übernahm.

Sie ging in die Diele und betrachtete die Bilder an der Wand. Sie hatte sich ihr neues Heim gemütlich eingerichtet. Es war eine gute Idee gewesen, das neue Leben mit einem Umzug zu beginnen. Und dieses kleine Häuschen in einem Wohngebiet am Stadtrand hatte es ihr sofort angetan. Die Miete war zudem überraschend günstig, und gegenüber ihrer vorherigen Wohnung im zweiten Stock hatte dieses neue Domizil sogar den Vorteil, für sie auch begehbar zu bleiben, wenn sie irgendwann einmal gebrechlich werden würde. Aber bis es so weit käme, würde noch viel Zeit vergehen.

Jetzt hieß es erst einmal, den neuen Lebensabschnitt einzuläuten. Sie lächelte sich im Spiegel an, schlüpfte in ihren Mantel und setzte sich ihr Markenzeichen auf: den dunkelroten Hut, den sie einst auf einer Dienstreise mit ihrem Chef in einem kleinen Geschäft erworben hatte, und der sie seitdem stets begleitete. Sie prüfte ein letztes Mal ihre Erscheinung und schritt dann aus der Haustür.

„Oh, nein, nicht heute", stöhnte sie, als ihr Blick auf den dunkelblauen Mercedes fiel, der vor ihrer Ausfahrt parkte und ihr mal wieder den Weg versperrte. Seit sie in ihr Häuschen eingezogen war, blockierte der Wagen des Nachbarn ständig ihre Einfahrt. Es kam ihr vor, als wäre sie jeden Tag der letzten Monate den Weg durch den Vorgarten nebenan gegangen. Immer das gleiche Spiel. Sie klingelte an der Tür. Der Nachbar, dessen Namen sie so schwer aussprechen konnte, kam heraus, murrte irgendetwas und machte dann den Weg frei, damit sie von ihrem Grundstück fahren konnte. Jedes Mal hatte sie ihn höflich, aber bestimmt aufgefordert, zukünftig bitte nicht mehr dort zu parken. Jedes Mal hatte er etwas Unverständliches gebrummt und war wieder in seinem Haus verschwunden.

Sie sah auf die Uhr an ihrem Handgelenk. Heute durfte sie auf keinen Fall zu spät kommen. Sie presste ihren Finger auf den Klingelknopf und der durchdringende Ton, den sie, seit sie hier wohnte, schon so oft gehört hatte, schrillte zu ihr heraus. Sie tippte mit den Fingern auf dem Holz der Tür herum. Wo blieb dieser blöde Kerl nur? Wieder sah sie auf die Uhr. Dann drückte sie den Klingelknopf erneut. Doch außer dem bekannten Geräusch konnte sie keine Regung im Haus bemerken. Sie ging zu dem kleinen Fenster neben der Tür und versuchte, ins Haus zu sehen, aber sie konnte nichts erkennen. Zurück an der Tür donnerte sie ihre Hand auf den Klingelknopf und löste sie erst wieder, als sie das nervenzerfetzende Geräusch nicht mehr ertragen konnte. Könnte es sein, dass ihr Nachbar gar nicht zuhause war? Panik kam in ihr auf. Sie sah zu ihrem Auto und dann zu dem Gefährt, das ihre Einfahrt blockierte. Nein, daran würde sie niemals vorbeikommen. Noch einmal drückte sie diesen vermaledeiten Knopf. Wieder geschah nichts. Sie holte ihr Handy aus der Handtasche und wählte Utes Nummer.

„Hallo Mareike, bist du noch nicht unterwegs?“, begrüßte sie die Vereinskollegin.

„Ich kann hier nicht weg. Mein Nachbar versperrt schon wieder meine Ausfahrt und er scheint nicht zuhause zu sein. Jedenfalls öffnet er nicht.“

„So ein Mist. Dann musst du ihn endlich mal abschleppen lassen. So oft, wie er dich jetzt schon blockiert hat.“

„Ich weiß nicht, wie das geht. Ich denke, ich bestelle mir ein Taxi.“

„Wenn du meinst, aber ich würde ihn nicht damit durchkommen lassen. Ruf doch die Polizei. Die müssen dem Herrn mal die Leviten lesen.“

„Ich weiß nicht …“

„Doch das solltest du tun. Sonst hört das nie auf. Wir halten hier so lange die Stellung.“ Frau Appeldorn hörte, wie jemand Utes Namen rief.

„Du, ich muss los. Sieh zu, dass du bald hier bist“, sagte sie, und dann legte sie auf. Frau Appeldorn betrachtete das Telefon. Sollte sie wirklich die Polizei alarmieren? War das nicht zu viel des Guten? Sie drückte ein weiteres Mal auf die Klingel, doch auch dieses Mal geschah nichts. Natürlich könnte sie sich jetzt ein Taxi rufen, aber dann hätte sie morgen wieder das Problem. Und übermorgen und an jedem weiteren Tag. Als sie daran dachte, dass sie womöglich zu spät kommen würde, stieg Wut in ihr auf.

Ausgerechnet heute! Ute hatte recht, ihm mussten die Leviten gelesen werden. Sie tippte die 110 auf dem Telefon.

Kurz darauf ging sie auf die Polizeibeamtin zu, die am Rand ihres sorgsam gepflegten Vorgartens darauf wartete, den Grund für den Ruf nach der Polizei zu erfahren. Frau Appeldorn sagte sich selbst immer wieder, dass sie nun wirklich nicht anders gekonnt hätte als dieses Mal energischer zu reagieren.

„Schauen Sie sich diese Karosse dort an.“ Frau Appeldorn winkte in Richtung ihrer Garageneinfahrt. „Ich habe den Kerl nun schon unzählige Male aufgefordert, nicht immer vor meiner Einfahrt zu parken, aber es ändert sich nichts. Und heute muss ich dringend weg. Bitte tun Sie etwas!“

Die Beamtin wandte den Blick in Richtung von Frau Appeldorns ausgestrecktem Arm. Dann nickte sie ihrem am Wagen lehnenden Kollegen zu. Er notierte das Kennzeichen des Autos und stieg in das Polizeifahrzeug.

„Sie kennen den Halter dieses Fahrzeugs?“

„Ja, natürlich.“ Wieder fuchtelte Frau Appeldorn mit dem Arm in die Richtung des Nachbarhauses. „Das ist mein Nachbar.“

„Wie heißt Ihr Nachbar?“

„Bütürtürk oder so ähnlich. So ein Name mit vielen

Üs. Ich kann mir den einfach nicht merken. Sie müssen mit ihm reden."

Sie spürte, wie die Beamtin sie musterte. Doch Frau Appeldorn war es gewohnt, prüfenden Blicken standzuhalten. Über die Jahre als Chefsekretärin hatte sie unzähligen wichtigen Herren Paroli geboten. Sie war keine Frau, die man so leicht einschüchtern konnte. Sie hatte sich heute Morgen für die weiße Bluse entschieden und war sicher, die Beamtin würde erkennen, dass es sich um ein edles Stück handelte. Dazu trug sie den blauen Rock, der ihr bis knapp über die Knie reichte, wie es sich gehörte. Hautfarbene Strümpfe und flache Schuhe rundeten das Bild ab. Sie griff sich lässig ins Haar, das nach dem gestrigen Friseurbesuch wieder goldig glänzen sollte. Dann versicherte sie sich kurz mit einem weiteren Handgriff, dass sie die goldene Kette trug, die ihr der Chef als Dank für ihren Einsatz in der Krise 2008 geschenkt hatte.

Die Polizeibeamtin wandte den Blick von ihr ab. „Warten Sie bitte einen Moment. Wir überprüfen das." Sie ging zum Polizeiwagen, sprach kurz mit ihrem Kollegen, und kam dann wieder zurück.

„Wir haben die Angaben überprüft. Der Halter ist Herr Büyüktürk, wie Sie sagten. Wissen Sie, ob Ihr Nachbar zuhause ist?"

Frau Appeldorn zuckte mit den Schultern. „Wenn sein Auto hier steht, nehme ich es an. Gesehen habe ich ihn heute noch nicht, und auf mein mehrfaches und ausdauerndes Klingeln hat er nicht reagiert. Das ist es ja!“

„Sie warten bitte hier. Oder am besten gehen Sie zurück ins Haus. Wir klären das und kommen gleich wieder zu Ihnen.“

„Sie müssen das Auto abschleppen lassen.“

„Wir werden erst einmal mit Ihrem Nachbarn reden. Bitte gehen Sie solange ins Haus.“

Zögerlich trottete Frau Appeldorn in Richtung Tür. Auf halber Strecke drehte sie sich noch einmal um. „Was ist, wenn er nicht da ist?“, rief sie der Polizistin zu.

„Das werden wir dann sehen“, antwortete diese.

Frau Appeldorn sah ihnen nach, aber anstatt ins Haus zu gehen, blieb sie im Eingang stehen, um die Szenerie weiterhin beobachten zu können.

Die Beamten gingen nach nebenan und drückten die Klingel. Es dauerte eine Weile, bis sich endlich die Tür öffnete. Ihr Nachbar, Mitte sechzig, mit graumeliertem, kurzem Haar, einem für sein Alter noch überraschend vollen Pony und einer goldgeränderten Brille, erschien. Er trug ein T-Shirt, Jeans und altmodische Pantoffeln. Frau Appeldorn war irgendwie erleichtert, dass er nicht auch zuhause mit Tweedsakko herumlief, wie sonst, wenn sie ihm auf der Straße begegnete. In der Hand hielt er die Tageszeitung, und um den Hals trug er einen dieser dicken Kopfhörer, mit denen man immer öfter Menschen auch auf der Straße sah. Frau Appeldorn reckte sich etwas, um verstehen zu können, was er sagte.

„Oh, die Polizei. Was kann ich für Sie tun?“

„Sind Sie Herr …“, die Beamtin blickte in Ihre Notizen. „Alican Büyüktürk?“

Der Nachbar nickte. „Ja, bin ich.“

„Gehört Ihnen der Mercedes dort?“ Sie zeigte auf den Wagen vor Frau Appeldorns Einfahrt.

„Ja, der gehört mir. Hat mich diese Hexe etwa angezeigt?“

Frau Appeldorn wollte zu ihnen gehen und sich über diese Beleidigung beschweren, aber dann besann sie sich. Zuerst wollte sie sehen, was die Polizei tun würde.

„Ihnen ist also bewusst, dass Ihr Wagen ordnungswidrig vor einer Einfahrt parkt?“

„Ja, sicher. Aber ich habe ihr doch gesagt, dass ich sofort wegfahre, wenn sie raus muss.“ Er wies mit dem Kopf in Richtung der Straße. „Schauen Sie sich doch mal um! Hier gibt es nirgends freie Parkplätze, und ich wollte gestern nicht kilometerweit laufen.“

„Das Parken vor einer Einfahrt ist eine Ordnungswidrigkeit“, stellte die Beamtin fest. „Der Mangel an Parkplätzen rechtfertigt dies nicht. Ich muss Ihnen daher leider eine Verwarnung ausstellen. Bitte fahren Sie zudem Ihr Fahrzeug unverzüglich weg, ansonsten müssen wir es kostenpflichtig abschleppen lassen.“

„Sie hätte doch bloß eben klingeln müssen, und ich wäre schon weg gewesen. Stattdessen ruft sie gleich die Polizei." Er schüttelte heftig den Kopf. „Wir sind doch Nachbarn."

Nun hielt es Frau Appeldorn nicht mehr auf ihrem Beobachtungsposten. Sie machte ein paar Schritte in Richtung des Geschehens. „Ich habe geklingelt. Mehrfach. Sie haben nicht geöffnet. Was hätte ich denn tun sollen?"

Der Nachbar sah sie überrascht an und griff mit der Hand an den Kopfhörer. „Oh, dann habe ich es wohl nicht gehört. Aber trotzdem ruft man doch nicht gleich die Polizei."

„Nicht gehört? Wie lange sollte ich denn darauf warten, bis dem Herrn genehm ist, mal zu reagieren?"

„Frau Appeldorn, bitte", versuchte die Polizistin, die Kontrolle zurückzugewinnen. Sie hielt dem Nachbarn den Zettel mit der Verwarnung hin. „Bitte fahren Sie unverzüglich das Fahrzeug weg."

Er nahm den Zettel und sandte einen wütenden Blick in Richtung seiner Nachbarin.

„Ja, ja. Mache ich. Sofort. Ich hole nur eben den Schlüssel." Er verschwand im Haus.

„Bitte gehen Sie wieder in Ihr Haus." Auf der Stirn der Polizistin hatte sich eine steile Falte gebildet. Frau Appeldorn seufzte und ging bereitwillig bis zu ihrer Haustür. Dort blieb sie stehen.

Kurze Zeit später erschien der Nachbar mit dem Autoschlüssel in der Hand. Die Polizistin folgte ihm zum Wagen und beobachtete, wie er einstieg.

„Bitte parken Sie zukünftig nicht mehr vor der Einfahrt", ermahnte sie ihn, als er murrend die Autotür zuzog und den Motor startete.

Als er den Wagen auf die Straße lenkte, kam die Beamtin wieder zu Frau Appeldorn. „Herr Büyüktürk wird nicht mehr vor Ihrer Einfahrt parken."

„Das hoffe ich."

„Ich empfehle Ihnen, mit Ihrem Nachbarn das Gespräch zu suchen, um zukünftige Unstimmigkeiten zu vermeiden. Sie wollen sicher nicht ständig die Polizei rufen müssen, nicht wahr?"

„Nein, natürlich nicht", murmelte sie.

„Dann wünsche ich Ihnen noch einen schönen Tag." Die Polizistin wartete keine Erwiderung ab, sondern ging zu dem Polizeiwagen, wo ihr Kollege auf sie wartete. Frau Appeldorn beobachtete, wie sie einstiegen und wegfuhren, als Herr Büyüktürk wieder um die Ecke kam.

„Sie mussten natürlich gleich die Polizei rufen!", rief er ihr zu.

„Von wegen gleich! Sie wissen genau, dass Sie mich, seit ich hier wohne, ständig einparken, und ich muss heute zu einem wichtigen Termin."

Herr Büyüktürk war vor seinem Haus angekommen.

„Wenn Sie nochmal geklingelt hätten, wäre ich sofort weggefahren."

„Parken Sie einfach nicht mehr vor meiner Einfahrt." Frau Appeldorn drehte sich um, ging ins Haus und schloss die Haustür. Das ging ja gut los heute! Sie atmete tief durch.

Dann eilte sie ins Wohnzimmer, um ihre Handtasche zu holen, die sie dort in der Hektik abgestellt hatte, und ihr Blick fiel auf ihr Bücherregal. In der Mitte prangte das Foto, das sie mit dem Seniorchef zeigte. Er thronte an seinem Schreibtisch, während sie ihm die Unterschriftenmappe reichte. Sie seufzte. Sie war in ihrer Arbeit aufgegangen, außerdem hatte sie ihr gerade im Kampf gegen ihre Krankheit Halt gegeben. Schon früh hatte sich gezeigt, dass sie nicht für den klassischen Lebensweg mit Familiengründung und Mutterschaft geschaffen war. Natürlich, damals in der Beziehung mit Armin hatte es schon Überlegungen in diese Richtung gegeben. Doch dann hatte er sie verlassen, und es sollte nie wieder ein Moment kommen, an dem sie derartige Gedanken hatte. Sie hatte es nie bereut. Schließlich hatte sie in der Firma ihre Erfüllung gefunden. Erst der plötzliche Tod des Seniors hatte alles jäh beendet. Die Stille und das Ticken der Uhr kamen ihr auf einmal noch lauter vor als sonst.

Aber sie würde sich nicht unterkriegen lassen. Der

Verein zur Förderung der örtlichen Kultur war ein Anfang, sich neue Aufgaben zu schaffen, und sie war mit offenen Armen aufgenommen worden. Schließlich waren Frauen wie Frau Appeldorn überall gerne gesehen, Menschen, die es gewohnt waren, anzupacken. Sie nahm die Handtasche und ging wieder zurück in die Diele. Dabei fiel ihr Blick auf den Zettel, der an ihrem Garderobenspiegel klebte. *Montag, 11:15 Uhr, Dr. Klein,* stand dort geschrieben. Nein, heute wollte sie nicht daran denken, was ihr der Doktor sagen könnte. Heute ging es nur um ihr Vorhaben. Sie würde jetzt zwar zu spät kommen, aber das änderte nichts daran, dass sie dieses Projekt zum Erfolg machen würde. Der Tag der offenen Ateliers würde ihr Einstieg in ein erfolgreiches Leben als Pensionärin werden. Ein Tag, an dem die unterschiedlichen Künstlerinnen und Künstler des Ortes ihre Räume geöffnet hatten und die Menschen einluden, sie zu besuchen und die Werke zu betrachten. Die Organisation war eine Herausforderung gewesen, denn schließlich mussten viele einzelne Beteiligte unter einen Hut gebracht werden, und es hatte unzähliger Abstimmungen bedurft. Frau Appeldorn hatte es genossen, die Fäden bei der Organisation in der Hand zu halten, wichtige Entscheidungen zu treffen und den Frauen im Kulturverein Führung zu geben, auch wenn ihr dabei manchmal die Citymanagerin ins Gehege gekommen war, die überall die Finger im Spiel hatte.

Das Wetter hätte nicht geeigneter für diesen Tag sein können. Es war mild. Nicht so kalt, dass man sich nicht heraustraute, aber auch nicht so warm, dass man permanent schwitzte. Der Himmel war leicht bewölkt, aber Regen war nicht in Sicht. Zufrieden stieg sie in ihr Auto und fuhr los in Richtung Innenstadt, wo sie sich mit den Mitstreiterinnen des Vereins treffen wollte.

Sie hatten ihre Organisationszentrale im Foyer des Rathauses aufgeschlagen, und Ute Neumann winkte ihr bereits zu, als sie durch die Glastür ins Foyer trat.

„Guten Morgen Mareike, gut, dass du kommst. Bist du nun mit einem Taxi gekommen, oder hast du meinen Rat befolgt?", rief sie ihr zu.

„Ich habe die Polizei gerufen. Wie du es gesagt hast." Frau Appeldorn umarmte ihre Freundin und deutete Küsse auf beide Wangen an. „Ich denke, es musste sein."

„Das denke ich auch. Hoffentlich bringt ihn das zur Vernunft."

Frau Appeldorn nickte. „Sind denn alle da?"

Sie ließ ihren Blick schweifen und beobachtete, wie die Frauen einen Biergartentisch mit einer Tischdecke bedeckten, der später der Informationsstand werden sollte, und die Programmflyer für den Tag der offenen Ateliers darauf ausbreiteten. „Sieht auf den ersten Blick alles gut aus."

„Keine Sorge, Probleme gibt es nicht“, beruhigte sie die Freundin. „Frau Dammer war nur schon da und hat nach dir gefragt.“

„Ach, ist die Frau Citymanagerin nervös? Hat sie gesagt, was sie wollte?“

„Deine Ex-Firma stellt doch den Shuttlebus, und sie wollte nachfragen, wo er bleibt. Mittlerweile ist er aber angekommen.“ Sie nickte in Richtung des Vorplatzes, und Frau Appeldorn folgte ihrem Blick. Durch die Glasfassade konnte sie den Kleinbus dort stehen sehen. Ein Mann lehnte daran und zog an einer Zigarette. Frau Appeldorn blickte auf die Uhr. „Noch eine Viertelstunde, dann muss er zur ersten Tour aufbrechen. Weiß er Bescheid?“

„Elisabeth, hast du mit dem Fahrer alles besprochen?“

Die Angesprochene sah von den Flyern auf, die sie akribisch an der Tischkante ausrichtete. „Oh, nein. Mache ich sofort.“ Sie ließ die restlichen Flyer aus der Hand fallen und hastete aus der Tür zum Fahrer. Durch die Scheiben konnte man beobachten, wie sie mit ihm sprach und dabei mehrfach auf ihre Armbanduhr tippte.

Ute Neumann verzog das Gesicht. „Wenn man ihnen nicht alles drei Mal sagt.“ Sie nahm sich einen der Flyer. „Wo beginnst du mit deinem Rundgang?“

Frau Appeldorn ergriff ebenfalls einen Plan und faltete ihn auf.

„Ich denke, ich werde von hier aus zu Fuß starten." Sie tippte auf das Papier. „Die meisten Stationen sind ja gleich hier in der Nähe."

Ihre Freundin nickte. „Okay, dann steige ich in den Bus und fahre die erste Tour mit ihm. Wir treffen uns dann irgendwo auf der Strecke."

Pünktlich um zehn Uhr, zum offiziellen Start des Tages der offenen Ateliers, trat Frau Appeldorn aus dem Foyer des Rathauses auf den Marktplatz. Der Platz war leer. Nur im Augenwinkel konnte sie sehen, wie Ute in den Bus einstieg. Aus der gegenüberliegenden Kirche konnte man leise Orgelklänge erahnen. Wenn die Sonntagsmesse vorüber war, würde sich der Platz mehr füllen. Wie sehr hatte die Stadt in den letzten Jahren dafür gekämpft, dass sich Cafés und Restaurants hier ansiedeln, um die Innenstadt zu beleben. Doch es gab nur eine Eisdiele und ein Restaurant. Vor der Eisdiele standen Stühle und Tische, und eine Kellnerin arrangierte Aufsteller mit der Eisauswahl auf den Tischen. Auch vor dem Restaurant standen ein paar Tische, die darauf warteten, von Frühstücksgästen oder Spaziergängern bevölkert zu werden. Frau Appeldorn ging daran vorbei und beobachtete den Wirt des Restaurants, der an der Theke lehnte und missmutig die leeren Tische betrachtete.

Der heutige Tag der offenen Ateliers war eine der Initiativen der neuen Citymanagerin, der Stadt mehr Leben einzuhauchen. Die Einstellung der jungen Frau war nicht unumstritten gewesen, und sie stand unter großem Druck, schnell Akzente zu setzen. Sie hatte dann den Kulturverein angesprochen und um Mithilfe gebeten. Frau Appeldorn war froh gewesen, dass es gleich zu ihrem Einstieg in den Verein ein lohnenswertes Projekt geben sollte, und hatte ihre Mitstreiterinnen zur Mitarbeit bewegen können. Auch wenn es niemand offiziell ausgesprochen hatte, so war sie doch eine Art Projektleiterin geworden. Ihr Blick fiel auf eines der Plakate für die heutige Veranstaltung, das an einem der leerstehenden Ladengeschäfte prangte.

Am Ende des Marktplatzes bog sie in die Seitenstraße ein. Dort sollte das erste Atelier sein, das sie aufsuchen wollte. Sie suchte nach der Hausnummer, aber es erübrigte sich, als sie vor dem Haus stand. Die Haustür stand offen. Ein Plakat zeigte an, dass man eine der Stationen erreicht hatte, und Pfeile wiesen ins Haus. Frau Appeldorn trat ein und blickte sich um. Sie stand in einer größeren Diele. Von dort aus folgte sie einem weiteren Hinweis und gelangte in ein Zimmer, das der Bezeichnung Atelier alle Ehre machte. Die Wände waren über und über bedeckt mit Bildern. In der rechten Ecke türmten sich Malerutensilien, und ein paar Staffeleien lehnten an der Wand neben weiteren unzähligen Bildern. Der Duft frisch gemahlenen Kaffees wehte durch den Raum.

„Oh, Frau Appeldorn. Wie schön, dass Sie mein erster Gast sind.“

Von links kam eine Frau strahlend auf sie zu. „Darf ich Ihnen einen Kaffee anbieten? Gerade erst aufgebrüht.“

„Oh, danke, nein. Das ist nett, aber ich habe nicht so viel Zeit.“ Frau Appeldorn betrachtete gebannt die Gemälde. Sie erkannte Häuser und Plätze der Stadt. Doch wenn sie in der Realität oft eher grau und unscheinbar wirkten, so waren sie in den Bildern bunt und lebendig. Liebevoll hatte die Künstlerin die Menschen der Stadt an diesen Orten gezeichnet und so ein Leben dargestellt, das sich alle wünschten. „Beindruckend“, ließ Frau Appeldorn verlauten, während sie in ihrem Gehirn nach dem Namen der Malerin kramte.

„Finden Sie?“ Die Frau sah sie zweifelnd an.

„Ja, absolut. Sehr stimmungsvoll.“

Die Künstlerin strahlte. „Wenn Sie wüssten, wie glücklich mich das macht.“

Frau Appeldorn betrachtete die Frau, die sie auf Mitte fünfzig schätzte. „Die Bilder werden Ihnen sicher aus den Händen gerissen.“

Die Frau schüttelte den Kopf. „Oh, nein. Ich verkaufe sie nicht. Mir geht es nicht ums Geld. Mir geht es um das Malen selbst, und darum, dass Menschen glücklich sind, wenn sie sie betrachten."

„Aber dann müssten Sie Ihre Werke doch erst recht verkaufen, damit sie hinaus in die Welt gehen und überall bekannt werden."

Die Frau lächelte. „Aber es sind meine Babys. Ich kann sie nicht weggeben."

Frau Appeldorn ließ ihren Blick noch einmal durch den Raum und über die Bilder an den Wänden schweifen. „Dann hoffe ich, dass heute viele Menschen zu Ihnen kommen und sich an Ihren Bildern erfreuen."

„Ja, das wäre schön", bestätigte die Malerin und ergriff entschlossen Frau Appeldorns Hand. „Danke, dass Sie diese Gelegenheit geschaffen haben."

„Oh", konnte Frau Appeldorn nur stammeln. Überfordert von dem Überschwang der Künstlerin entzog sie sanft ihre Hand der Umklammerung. „Ich muss weiter."

Sie drehte sich um und verließ schnellen Schrittes das Haus. Auf der Straße angekommen, sah sie noch einmal zurück. Die Malerin stand in der Tür zu ihrem Atelier und winkte ihr zu. Frau Appeldorn winkte zurück und schaute, dass sie aus dem Blickfeld der Künstlerin kam. „Diese Künstler. Kein Wunder, dass sie nie auf einen grünen Zweig kommen", murmelte sie vor sich hin. Sie war es gewohnt, zielstrebig zu arbeiten. Schon bei der Organisation der Veranstaltung bei ihren vielen Gesprächen mit den Künstlern hatte sie bemerkt, dass diese ganz anders an die Dinge herangingen und Frau Appeldorns Vorstellung von Professionalität nicht unbedingt teilten. Umso besser also, dass sie jetzt die Führung übernommen hatte.

Sie ging weiter die Straße hinunter, verließ die verkehrsberuhigte Zone und bog am Ende nach rechts in die Hauptstraße ab. Die vorbeifahrenden Autos rissen sie aus ihren Gedanken, und ihre Augen suchten nach ihrem Ziel. Dort weiter vorne erblickte sie das alte Firmengebäude, das an die Zeit erinnerte, als die Textilproduktion in der Region blühte. Sie beschleunigte ihre Schritte, bis sie bei dem bronzenen Schild über dem Eingang ankam. Krawattenmanufaktur Meurer & Co. stand dort geschrieben. Sie erinnerte sich, welche Wellen es damals geschlagen hatte, als die Firma ihre Pforten endgültig schloss. Sie hatte gerade ihre Ausbildung in einer Anwaltskanzlei abgeschlossen, war auf der Suche einer neuen Tätigkeit gewesen, und plötzlich waren viele Menschen ohne Arbeit. Ihr fröstelte bei der Erinnerung an die Ängste, die sie damals umgetrieben hatten. Doch dann hatte sie zum Glück die Stelle bei Franz Julius GmbH & Co. gefunden und war alsbald zur Chefsekretärin aufgestiegen.

Das Gebäude der alten Krawattenfabrik beherbergte ein Mischmasch aus Büros für Existenzgründungen, Arbeitsräumen der unterschiedlichsten Arten und eben Werkstätten von Künstlern. Auch hier zeigte ein Plakat auf einer Staffelei am Eingang an, dass die Ateliers heute ihre Türen dem Publikum öffneten.

Sie trat ein, und der Charme eines Firmengebäudes aus den Siebzigern des letzten Jahrhunderts umfasste sie. In der Luft hing eine Mischung aus dem Geruch von Farbe, verbranntem Metall und etwas Undefinierbarem, was durchaus noch die Ausdünstung der früher hier behandelten Stoffe sein konnte. Rechts und links ging jeweils ein langer Gang ab. Auf einer weiteren Staffelei stand eine Tafel, die aufführte, welche Künstler und Künstlerinnen im Gebäude zu finden waren und in welchen ehemaligen Büros sie residierten. Frau Appeldorn entschloss sich, zuerst nach links zu gehen und sich dort zum Ende und wieder zurück bis zum rechten Ende des Ganges durchzuarbeiten.

Gleich hinter der ersten Tür auf der rechten Seite verbarg sich ein Atelier. Wobei Frau Appeldorn beim Blick in den Raum nicht sicher war, ob der Begriff Atelier wirklich passte. Es wirkte eher wie eine Werkstatt. Eine große Werkbank prägte den Raum. Ein großes Stück Metall steckte in einem mächtigen Schraubstock. „Augen zu“, rief eine brummige Stimme, und Frau Appeldorn sah in die Richtung, aus der die Stimme kam, als ein helles Licht sie blendete. Reflexartig hielt sie sich die Hand vor die Augen. Ein Zischen, wie das Abbrennen einer Wunderkerze, und der Geruch von brutzelndem Metall umfing sie. „Was soll das? Sie können doch hier nicht die Besucher blenden!“, rief sie gegen den Lärm an, der abrupt aufhörte. Vorsichtig senkte sie die Hand und blickte einem Mann in Blaumann und mit Schweißermaske entgegen.

„Das ist mein Atelier“, brummte der Mann.

„Ja, aber es kommen doch heute Besucher. Es ist gefährlich, wenn Sie hier einfach mit Ihrem Schweißgerät herumfuchteln.“

„Ich fuchtele nicht. Ich schaffe ein Kunstwerk“, protestierte der Angesprochene, während er dennoch die Schweißelektrode schwenkte, um seine Aussage zu unterstreichen. Er betrachtete sein Werk. „Man erkennt doch deutlich den Textilarbeiter, nicht wahr? Eine Auftragsarbeit. Eine Hommage an die Geschichte dieses Ortes.“ Er schien aus seinen Gedanken aufzuschrecken und sah zu ihr. „Wer sind Sie überhaupt?“

„Ich bin Frau Appeldorn vom Kulturverein. Sie dürfen die Besucher und Besucherinnen nicht gefährden. Sie müssen wenigstens ein Warnschild aufstellen und sofort aufhören, wenn jemand hereinkommt.“

Er brummte etwas, was Frau Appeldorn nicht verstand, und legte die Elektrode beiseite. Sie verließ die Werkstatt und bemerkte noch, wie der Herr Künstler hinter ihr die Tür zuschmiss. Sie schüttelte den Kopf und wollte gerade einen Schritt zum nächsten Atelier machen, als eine Frau aus einem der Räume stürmte, laut schimpfte und auf sie zu rannte. Frau Appeldorn versuchte noch, zur Seite zu treten, aber es ließ sich nicht vermeiden, dass die Frau sie rammte. Frau Appeldorn musste sich an der Wand abstützen, um nicht umzufallen. Dabei verrutschte ihr Hut und drohte, ihr vom Kopf zu fallen. Die Frau murmelte nur etwas, was eine Entschuldigung hätte sein können, und rannte weiter, während Frau Appeldorn versuchte, wieder sicheren Stand zu bekommen und gleichzeitig ihren Hut festzuhalten. Als sie das Gleichgewicht wiedererlangt hatte und den Hut richtete, seufzte sie auf. Was war das für ein Morgen? Erst hatte der unbelehrbare Nachbar sie gezwungen, die Polizei zu rufen, dann wurde sie beinahe ihres Augenlichts beraubt und jetzt auch noch umgerannt. Das sollte doch wohl kein Omen für den Tag werden?

Sie atmete tief ein und ging zum nächsten Raum. Noch bevor sie eintreten konnte, hörte sie eine männliche Stimme. „Kommen Sie herein“, forderte sie diese auf, und Frau Appeldorn folgte der Einladung. Das klang doch schon etwas besser. Ein Mann lächelte sie an und streckte ihr die Hand entgegen.

„Mein Name ist Robert Gläser. Wie schön, dass Sie den heutigen Reigen eröffnen.“

Frau Appeldorn ergriff zaghaft die Hand des Mannes und sah sich um.

„Mareike Appeldorn vom Kulturverein“, stellte sie sich vor. „Interessant.“ Mehr konnte sie in Anbetracht der Bilder, die rundherum an den Wänden hingen nicht sagen. Sie überlegte, um welche Art Kunst es sich handeln könnte. Wenn es Malerei war, dann kannte sie die Technik nicht. Alle Leinwände waren ganz und gar mit verschieden breiten und farbigen Streifen bedeckt. „Was ist das?“, rutschte ihr heraus. Vorsichtig musterte sie den Künstler, um zu erforschen, ob er beleidigt war. Doch der bemerkte ihr Unbehagen nicht. Es machte den Anschein, als ob er nur auf die Frage gewartet hätte.

„Ungewöhnlich, nicht wahr?“ Er wartete keine Antwort ab, sondern fuhr sogleich fort. „Ich habe die Technik selbst entwickelt.“ Er hielt eine Rolle Klebeband hoch. „Ich arbeite mit Klebeband“, erklärte er dazu. „Ich klebe es über die Leinwand und fixiere es mit Lack.“ Stolz zeigte er auf ein Exemplar, das mit blauen, roten, grünen und grauen Streifen bedeckt war.

„Aha“, war das Einzige, was Frau Appeldorn erwidern konnte. Herr Gläser fasste dies als Aufforderung auf, weitere Ausführungen anzuhängen.

„Sehen Sie hier“, wies er auf ein anderes Bildnis hin, auf dem ebenso farbige Streifen in anderer Ausrichtung und Mischung angeordnet waren. „Hier habe ich breiteres Klebeband benutzt. Es wirkt ganz anders, nicht wahr?“ Er sah Frau Appeldorn erwartungsfroh an. Die Angesprochene konnte nur vorsichtig nicken.

„Ich arbeite nun mit verschiedenen Breiten und mische sie. Es gibt den Bildern jedes Mal eine völlig andere Tiefe.“ Er betrachtete gebannt eines seiner

Werke, und vor den Augen von Frau Appeldorn drohten die vielen Streifen zu verschwimmen. „Ja, äh, sehr schön.“ Sie wandte sich zum Gehen. „Ich wünsche Ihnen viel Erfolg.“

„Ich verkaufe die Werke auch“, bemerkte der Künstler, als sie einen Schritt auf den Ausgang zu machte. „So ein Bild gibt Ihrem Zuhause einen besonderen Pfiff.“

Frau Appeldorn stockte und drehte sich zu ihm. „Danke. Gut zu wissen.“ Dann beeilte sie sich, das Atelier zu verlassen und zum nächsten zu gehen.

Sie befürchtete, der Klebebandkünstler würde ihr nachkommen und hastete gleich in den nächsten Raum.

„Au!“ Eine Männerstimme schreckte sie auf. Als sie den Blick in Richtung des Schmerzenslautes wendete, erschrak sie. „Oh, Entschuldigung, Herr Bü… , äh, Bü…, was weiß ich, Herr Büllerbü, was machen Sie denn hier?“

„Ich heiße Büyüktürk“, korrigierte ihr Nachbar sie sachlich, aber in einem leicht säuerlichen Tonfall. „Was soll ich hier schon machen? Ich schaue mir die Kunstwerke an.“

„Oh.“

„Was ist? Dachten Sie, Türken interessieren sich nicht für Kunst?“

„Nein, nein, natürlich nicht. Ich hatte nur nicht mit Ihnen gerechnet.“

„Warum nicht?“

Frau Appeldorn versuchte, ihre Gedanken zu ordnen und wieder die Kontrolle über die Situation zu erlangen. Sie war es nicht gewohnt, dass man sie aus der Fassung brachte. „Ich hatte Sie nicht für einen Kunstliebhaber gehalten.“

„Ich bin offen für vieles.“

„Schön zu wissen.“ Sie richtete sich auf und sah sich im Raum um. Auch hier hingen Bilder an den Wänden, und eine Staffelei stand inmitten des Raums. Ein Mann betrachtete sie und Herrn Büyüktürk.

„Sie kennen sich?“, fragte der Mann.

Frau Appeldorn nickte. „Wir sind Nachbarn. Sie sind der Künstler?“

„Ja“, bestätigte der Mann. „Martin Borger ist mein Name. Gefallen Ihnen die Bilder?“ Er wies mit der Hand die Wand entlang. Frau Appeldorn betrachtete die Werke genauer, während sie im Augenwinkel ihren Nachbarn im Blick behielt. „Ja, sie gefallen mir sehr“, antwortete sie. „Ach, dann haben wir schon mehrfach telefoniert. Ich bin Frau Appeldorn vom Kulturverein.“ Sie reichte ihm die Hand und während er sie ergriff, musste sie daran denken, wie er sie und ihre Mitstreiterinnen mit seinen ständigen Anrufen und Sonderwünschen genervt hatte.

„Ach, wie schön, dass Sie vorbeikommen“, erwiderte er. „Ich hoffe, ich habe Sie nicht allzu sehr belästigt.“

„Nein, natürlich nicht“, log sie und tadelte sich innerlich dafür.

Die Bilder von Herrn Borger zeigten Szenen am Meer. Sie ging auf ein Bild zu, dass einen Strand mit Strandkörben darstellte. An der Seite ragte anscheinend eine Seebrücke ins Bild. Dahinter war das Meer blauschimmernd zu sehen, und in der Ferne konnte man einen Ozeanriesen erkennen. Sie machte einen weiteren Schritt darauf zu, um weitere Details aufnehmen zu können. „Ist das an der Ostsee?“

Der Maler stellte sich neben sie. „Ja, das haben Sie gut erkannt. Das gibt meine Erinnerung an einen Urlaub auf Rügen wieder.“

„Sehr schön.“

Ihr Nachbar kam zu ihnen. „Ja, die Atmosphäre ist wirklich sehr gut erfasst. Malen Sie auch die türkische Küste?“

„Dort war ich noch nicht“, klärte der Künstler auf. „Aber ich kann mir vorstellen, dass es dort auch ganz besondere Ansichten gibt.“

Herr Büyüktürk nickte. „Oh ja, das Wasser ist türkis und klar. Die Sonne scheint und glitzert in den Wellen. Der Anblick gibt bestimmt einmalige Bilder.“

„Ich werde es mir merken.“

Frau Appeldorn ging zum nächsten Bild, das wieder eine Meeresszene zeigte. „Das ist aber nicht an der Ostsee.“

Der Maler kam wieder zu ihr. „Nein, das ist an der Nordsee.“

„Sie malen nur Szenen am Meer?“ Sie wandte sich ihm zu und betrachtete ihn genauer. Er sah nicht aus, wie man sich einen Künstler vorstellte. Jeans und T-Shirt, die er trug, passten irgendwie nicht zu ihm. Wie er da stand und sie anlächelte, gehörte er eher in einen Anzug und hätte ohne Weiteres der Vorstand eines Unternehmens oder der Chef einer Firma sein können.

„Momentan habe ich mich tatsächlich auf Szenen am Meer spezialisiert. Dies scheint beim Publikum gut anzukommen.“

„Die Bilder sind auch wirklich sehr schön, Herr Borger.“

Herr Büyüktürk trat erneut zu ihnen. „Ja, finde ich auch. Sie lassen einen sogleich innerlich zur Ruhe kommen.“

Frau Appeldorn betrachtete die beiden Männer, die nebeneinanderstanden, und kaum unterschiedlicher sein könnten. Der eine, der in Jeans und T-Shirt verkleidet wirkte, und der andere, der ein Tweedsakko und eine Stoffhose trug, und damit irgendwie aus der Zeit gefallen schien. Vom Alter ordnete Frau Appeldorn sie beide auf Mitte sechzig ein. Beide waren wohl im Ruhestand.

Während sich Frau Appeldorn einem weiteren Bild zuwandte, betrat eine Frau das Atelier. „Guten Morgen,

Frau Dammer", begrüßte der Maler sie, und Frau Appeldorn drehte sich um.

„Ach, guten Morgen, Frau Dammer." Die Citymanagerin trug eine dezent schwarz-grau gemusterte Bluse über einer hellgrauen Stoffhose. Ihr dunkelbraunes Haar trug sie offen, und es lag sanft auf ihrer Schulter. Sie strahlte eine Dynamik aus, die Frau Appeldorn schon häufiger bei jungen Frauen bewundert hatte. Sie streckte der Managerin die Hand entgegen. Die kam einen Schritt auf sie zu und ergriff die Hand. „Sind Sie zufrieden mit dem Tag der offenen Ateliers?"

„Es läuft gut, soweit ich es bisher beurteilen kann." Sie lösten ihre Hände voneinander, und Frau Dammer wandte sich zu Herrn Büyüktürk. „Hallo Baba, du bist schon so früh unterwegs?"

„Guten Morgen Hatice, ja, du weißt doch, ich mag Kunst", antwortete der Nachbar unter den überraschten Blicken von Frau Appeldorn.

„Sie sind Ihr Vater?"

„Ja, wieso?" Der Nachbar musterte sie.

„Sie heißen doch Dammer."

Die Angesprochene lächelte. „Korrekt, geborene Büyüktürk."

„Oh, wie klein die Welt doch ist."

Der Nachbar klopfte seiner Tochter auf die Schulter. „Meine Tochter ist die Citymanagerin, und sie macht das prima", verkündete er stolz.

„Ja, natürlich“, beeilte sich Frau Appeldorn zu antworten, während Herr Borger wortlos die Szene beobachtete. „Der Tag der offenen Ateliers war eine gute Idee und es hat Spaß gemacht, daran mitzuarbeiten“, hängte Frau Appeldorn an.

Frau Dammer nickte. „Ohne Mitarbeit der Bevölkerung geht es eben nicht.“

„Ja, ist ein guter Anfang“, bestätigte der Maler und ließ ein Aber im Raum schweben. Niemand wagte es nachzuhaken.

„Ich setze dann mal meine Runde fort“, kündigte Frau Appeldorn an. „Wirklich sehr schöne Bilder.“ Sie wandte sich zu Frau Dammer. „Wir sehen uns sicher noch im Laufe des Tages.“ Dann nickte sie ihrem Nachbarn kurz zu, verließ den Raum und ging zur nächsten Tür.

Dort erwartete sie eine Frau, die Speckstein zu kleinen Statuetten verarbeitete, die angeblich heilende Wirkung haben sollten. Der Raum war vom Duft schwelender Räucherstäbchen erfüllt, und die Frau bot ihr einen Tee aus den Blättern einer exotisch klingenden Pflanze an, die angeblich beruhigend wirken sollte. Frau Appeldorn beeilte sich weiterzukommen.

Nachdem sie sich noch diverse andere mehr oder weniger schöne Kunstwerke angesehen hatte, war sie von der Flut der Eindrücke überfordert. Sie wollte gerade das alte Fabrikgebäude verlassen, als sie laute

Stimmen aufschreckten. Sie versuchte zu eruieren, woher diese kamen und gelangte wieder zum Atelier von Herrn Borger. Vorsichtig lugte sie um die Ecke und erblickte Herrn Borger, der auf Frau Dammer einschrie.

„Ich warne dich", baute er sich vor ihr auf. „Du sorgst dafür, dass ich im Rathaus-Foyer ausstellen kann, oder du weißt, was sonst passiert."

„Du kannst mich mal. Wie lange willst du mich noch mit diesem einen kleinen Fehltritt erpressen?"

„Na, ob das nur ein kleiner Fehltritt war, können dann ja andere beurteilen. Ich befürchte allerdings, deiner Karriere dürfte es nicht guttun. Wo du es doch so gut machst, wie dein Papi behauptet."

„Leck mich!" Frau Dammer machte Anstalten, aus der der Tür zu stürmen, und Frau Appeldorn beeilte sich, in den Nebenraum zu flüchten.

„Oh, haben Sie es sich überlegt? Möchten Sie eines meiner Bilder für Ihr Heim erwerben?" Robert Gläser strahlte sie an.

Frau Appeldorn zog die Tür hinter sich zu und konnte nur noch durch einen Spalt erkennen, wie die Citymanagerin aus dem Nachbarraum kam. Sie hoffte, nicht gesehen worden zu sein. „Ich denke, ich brauche noch etwas Zeit. Ich wollte sie mir nur nochmal ansehen."

Die Augen des Klebebandkünstlers leuchteten auf.

„Dann müssen Sie sich dieses Werk ansehen. Hier habe ich Kreppband benutzt."

„Wie beeindruckend", stammelte Frau Appeldorn und überlegte, wie sie ihm schnellstens entkommen könnte.

Als Frau Appeldorn ihre Schuhe abstreifte und den Hut wieder in die Schachtel legte, seufzte sie laut. Was für ein Tag! Sie schüttelte den Kopf und lachte sich im Spiegel in ihrer Diele entgegen. Nie hätte sie gedacht, auf welche Ideen Menschen kommen könnten, um sich kreativ selbst zu verwirklichen. Vieles war wirklich schön und teilweise recht originell gewesen. Anderes konnte sie nur unter dem Begriff schräg einordnen. Sie musste erneut lachen, als sie an den vermeintlichen Künstler mit seinen Klebebandbildnissen dachte.

Nun schmerzten ihr die Füße. Doch ihr Einstieg im Kulturverein hätte erfolgreicher kaum sein können. Sie, Ute und die anderen waren sehr zufrieden auseinandergegangen und hatten sich bereits versichert, dass sie diese Aktion im nächsten Jahr unbedingt wiederholen wollten.

Sie ging in ihr Wohnzimmer, schaltete die Musikanlage ein und suchte die CD Oxygène von Jean-Michel Jarre heraus. Das erste Stück erklang aus den Boxen, und Frau Appeldorn ließ sich in ihren Lieblingssessel fallen. Ihr Ruhestand würde ein Erfolgsprojekt werden, so, wie sie es sich vorgenommen hatte.

II

Frau Appeldorn ließ ihre Zeitung auf den Tisch sinken und lauschte, ob wirklich das Telefon klingelte. Sie blickte auf die Uhr und fragte sich, wer sie beim Frühstück störte. Missmutig erhob sie sich, ging in die Diele und nahm das Gerät aus seiner Halterung.

„Guten Morgen Mareike“, vernahm sie Utes Stimme aus dem Hörer. „Etwas Schreckliches ist geschehen.“

Ein kalter Schauer überkam Frau Appeldorn. Sie war gestern mit einem so guten Gefühl ins Bett gegangen. Alles war doch perfekt gelaufen. „Was ist denn passiert?“, fragte sie atemlos.

„Der Maler ist tot.“

„Welcher Maler?“ In Gedanken ging sie all die Maler durch, die sie am gestrigen Tag besucht hatte. „Der mit dem Klebeband?“ Sie schimpfte innerlich mit sich, dass ihr ausgerechnet dieser Pseudomaler als Erstes einfiel.

„Nein, Herr Borger. Du weißt doch. Der, der so genervt hat.“

„Oh mein Gott. Das ist ja fürchterlich.“ Frau Appeldorn versuchte, ihre Gedanken zu sortieren. Was würde dies für ihr Vorzeigeprojekt bedeuten? Würden nun alle nur noch über einen toten Maler reden und nicht darüber, wie perfekt dieses Kulturevent organisiert worden war? „Was ist denn passiert?“

„Er lag heute Morgen tot im Atelier. Die Putzfrau hat ihn gefunden."

„Woher weißt du das denn schon?"

„Die Putzfrau kennt meine Nachbarin, und hat es ihr erzählt. Sie war total geschockt."

„Kann ich mir vorstellen. Ich war gestern sogar nochmal bei Herrn Borger. Da erschien er mir absolut fit. Was war es denn? Herzinfarkt?"

„Nein", antwortete Ute und machte eine Pause. Dann hauchte sie mehr ins Telefon, als sie sprach: „Er wurde ermordet."

„Oh, woher will die Putzfrau das denn wissen?"

„Sie sagt, er habe am Kopf geblutet."

„Er könnte auch einen Herzinfarkt gehabt haben, ist ohnmächtig geworden und unglücklich gestürzt. Dabei hat er sich dann den Kopf angestoßen." Sie hoffte inständig, dass es so gewesen wäre. Ein Mord bei ihrer Ausstellung – die Arbeit von Wochen wäre dahin. Die vielen Nachmittage, an denen sie mit den Malern die Einzelheiten besprochen hatte, den Ablauf geplant und Pressemeldungen verfasst hatte. Alles umsonst.

„Okay, könnte sein. Aber die Putzfrau meint, es war bestimmt ein Mord."

„Na, wenn die Putzfrau das meint …"

„Das ist doch schrecklich."

Das war es unzweifelhaft. „Ich werde im Namen des Kulturvereins sofort bei der Polizei vorbeischauen."

„Kann sicher nicht schaden. Nicht, dass der Mord nachher mit unserem Event in Verbindung gebracht wird."

Genau das waren Frau Appeldorns Befürchtungen. „Ich fahre zur Polizei und erkundige mich. Schließlich haben wir den Tag der offenen Ateliers organisiert. Sie müssen uns Auskunft geben".

Frau Appeldorn betätigte die Klingel am Eingang der Polizeiwache. Der Summer erklang, und sie drückte gegen die schwere Tür. Sie musste Kraft anwenden, um sie schließlich ganz zu öffnen. Dahinter kam sie in einen kargen Vorraum mit einer weißen Theke. Ein Polizeibeamter kam aus einem Nebenraum und musterte sie. „Was kann ich für Sie tun?"

„Guten Morgen." Sie machte einen Schritt an die Theke. „Mein Name ist Mareike Appeldorn, und ich bin vom hiesigen Kulturverein. Ich habe gehört, dass ein Künstler, der am gestrigen Tag der offenen Ateliers ausgestellt hat, tot aufgefunden wurde. Ich wollte mich nach den Umständen erkundigen."

Die Miene des Beamten blieb starr, und sein Blick schien sie zu durchleuchten. „Haben Sie sachdienliche Hinweise zu diesem Ereignis?"

„Kann schon sein. Was genau ist denn das Ereignis?"

„Nehmen Sie bitte kurz Platz“, wies sie der Beamte an, ohne auf ihre Frage einzugehen.

Sie tat wie geheißen und setzte sich auf einen der Plastikstühle, die an der Wand lehnten. Sie musterte die vielen schwarzen Streifen, die die ehemals weiße Wand eher wie ein Graffitikunstwerk wirken ließen, und beobachtete, wie der Beamte mit jemandem telefonierte.

„Einen Moment noch. Es kommt gleich jemand“, informierte er sie, bevor er wieder im Hinterzimmer verschwand.

Es dauerte einige Minuten, bis sich links neben Frau Appeldorn eine Tür öffnete und ein junger Mann erschien. Er trug Jeans, ein gemustertes Hemd und Turnschuhe. Seine Haare waren eher hellbraun als blond und mit Gel auf fransig gestylt. Er wirkte auf Frau Appeldorn irgendwie unpassend in dieser leicht schäbigen Umgebung der Polizeiwache.

„Guten Morgen“, begrüßte sie der junge Mann. „Ich bin Oberkommissar Walther. Sie haben Hinweise zum Tod von Herrn Borger?“ Er hielt ihr die Hand entgegen. Frau Appeldorn erhob sich aus ihrem Stuhl und ergriff die Hand.

„Ob ich Hinweise habe, weiß ich nicht. Aber als Kulturverein waren wir für den gestrigen Tag der offenen Ateliers verantwortlich, und daher wollte ich mehr über die Hintergründe erfahren. Ist Herr Borger eines natürlichen Todes gestorben?“

Der Kommissar löste seine Hand von ihrer und lächelte. „Nun, ich kann Ihnen nichts zu einem laufenden Fall sagen."

„Oh, es ist ein Fall?"

„Wenn ein Mensch tot aufgefunden wird, ist es immer erst einmal ein Fall. Wir müssen die Umstände des Todes ermitteln und feststellen, ob es sich um Fremdverschulden handelt. Kannten Sie den Toten persönlich?"

„Ja, ich habe ihn gestern im Rahmen meines Rundgangs kennengelernt."

„Gut. Darf ich Sie bitten, kurz mitzukommen und mir ein paar Fragen zu beantworten?"

„Ich weiß aber nicht, ob ich Ihnen helfen kann."

„Das werden wir dann sehen." Er öffnete die Tür und forderte sie mit einer Handbewegung auf vorauszugehen.

Sie stiegen eine Treppe hoch, und am Ende des Ganges ging Herr Walther an ihr vorbei und öffnete eine weitere Tür. „Gleich da links ist mein Schreibtisch."

Sie gingen zu dem Tisch, und Herr Walther zog einen Stuhl heran. „Nehmen Sie bitte Platz."

Dann setzte er sich auf seinen Bürostuhl, klickte etwas mit seiner Maus an und richtete seinen Blick kurz auf den Computerbildschirm.

„Ihr Name war …"

„Mareike Appeldorn“

Er tippte auf seiner Tastatur und fragte Adresse und Geburtsdatum ab. Dann drehte er sich zu ihr. „Wann waren Sie bei Herrn Borger?“

Frau Appeldorn berichtete von ihrem Rundgang am gestrigen Morgen, und davon, wie sie Frau Dammer und Herrn Büyüktürk im Atelier des Mannes getroffen hatte.

„Ist Ihnen sonst noch etwas aufgefallen?“

„Nein, es war alles normal. Herr Borger wirkte völlig gesund.“

„Haben Sie ihn später noch einmal gesehen?“

Sie schüttelte den Kopf. „Nein, ich habe dann meinen Rundgang weiter fortgesetzt.“

„Okay, das war es dann schon.“

„Tut mir leid. Ich sagte ja, ich weiß nicht viel. Sie denken also, dass es Mord war?“

Wieder lächelte Herr Walther. „Wie gesagt, wir ermitteln erst einmal die Umstände.“

„Wenn der Kulturverein irgendwie behilflich sein kann, dann melden Sie sich bitte.“ Sie erhob sich, und der Kommissar tat es ihr nach.

„Das mache ich.“ Wieder gaben sie sich die Hände, und Frau Appeldorn wandte sich in Richtung der Tür. „Ach, da war doch noch etwas.“ Sie zögerte. „Es war bestimmt nicht von Bedeutung.“

„Ja?“ Herr Walther sah sie an. „Alles kann von Bedeutung sein.“

„Okay, aber ich will natürlich niemanden in Schwierigkeiten bringen.“

„Wenn es sich als unwichtig herausstellt, ist es ja auch kein Problem.“

Frau Appeldorn rang mit sich. „Als ich später das Gebäude verlassen wollte, habe ich noch mitbekommen, wie Herr Borger gestritten hat.“

„Ach ja? Mit wem denn?“

„Mit Frau Dammer, der Citymanagerin.“

„Konnten Sie hören, worum es ging?“

Frau Appeldorn schluckte, als sie sich das Gehörte in Erinnerung rief. „Es war wahrscheinlich aus dem Zusammenhang gerissen. Ich habe ja nur Bruchstücke mitbekommen.“

Herr Walther sah ihr in die Augen. Wieder musste sie schlucken. „Irgendwie wollte Herr Borger im Rathausfoyer ausstellen, und Frau Dammer sollte ihm dies ermöglichen.“ Sie zögerte. „Es schien, dass er sie erpressen würde. Zumindest hat sie diesen Begriff benutzt und von einem Fehltritt gesprochen, der aber nur klein gewesen wäre.“

Herr Walther zog die Augenbrauen hoch, und Frau Appeldorn fühlte sich bemüßigt, noch etwas anzufügen. „Es war bestimmt nichts Wichtiges.“

„Danke, dass Sie es mir gesagt haben. Wir überprüfen das, und dann sehen wir, ob es irgendeine Bedeutung hat."

Frau Appeldorn nickte und spürte, wie sich ihr Magen zuzog.

Während sie die Polizeiwache verließ, hoffte sie inständig, dass sie Frau Dammer kein Problem beschert hatte.

Sie blickte auf die Armbanduhr. Nach Hause zu fahren, lohnte sich nicht mehr. Stattdessen entschied sie, zu Fuß zur Arztpraxis zu gehen und den Weg über den Marktplatz zu nehmen. Sie schaute direkt auf den Kirchturm, der die Häuser überragte und ihr die Richtung anzeigte, in die sie nun gehen musste. Sie machte den ersten Schritt, und sogleich überkam sie das Gefühl, es wäre ihr letzter Gang. Sie schalt sich für diesen Gedanken. „Die Chancen stehen gut", hatte Herr Dr. Klein doch beim letzten Mal versichert. „Also, sei zuversichtlich", ermahnte sie sich selbst. Dann machte sie entschlossen den ersten Schritt.

Als sie den Marktplatz überquerte, betrachtete sie die Menschen, die nun vor der Eisdiele saßen und einen Kaffee schlürften.

Dann ließ sie Marktplatz und Kirche hinter sich und bog in die kleine Seitenstraße zu ihrer Linken ein. Nach ein paar Schritten blieb sie vor dem Eingang mit dem weißen Schild stehen, auf dem mit schwarzen Lettern der Name Dr. Sebastian Klein geschrieben stand. Sie blickte wieder auf die Uhr und stellte fest, dass sie zehn Minuten vor ihrem Termin angekommen war. Kurz überlegte sie, ob sie noch einmal die Straße auf und ab gehen sollte, aber dann öffnete sie die Tür und ging hinein.

Als sie eine halbe Stunde später wieder auf der Straße vor der Arztpraxis stand, sah sie sich nach rechts und dann nach links um. Sie überlegte, wohin sie gehen sollte. Egal in welche Richtung, sie könnte einfach immer weitergehen und schauen, wohin es sie führen würde. Sie war frei. Zumindest die nächsten drei Monate. „Es sieht alles gut aus, liebe Frau Appeldorn“, hatte Herr Dr. Klein gesagt. „Der Tumor hat nicht gestreut, und die Therapie hat angeschlagen. Momentan sind sie krebsfrei. Ich schlage vor, wir sehen uns in drei Monaten wieder. Genießen Sie das Leben.“

Doch wie sollte man das Leben genießen, wenn es alles, was ihm einen Sinn gegeben hatte, nicht mehr gab? Sie atmete tief ein und rückte ihren Hut zurecht. Dann ging sie nach rechts, zurück zum Marktplatz. Doch dieses Mal überquerte sie ihn nicht auf dem schnellsten Weg, sondern steuerte zielgerichtet einen freien Platz vor der Eisdiele an. Die Kellnerin kam zu ihr. „Wissen Sie schon, was Sie möchten?“, fragte sie.

Frau Appeldorn nickte entschlossen. „Ich hätte gerne einen Eiskaffee mit einer Extrakugel Vanilleeis.“

Die Kellnerin lächelte. „Kommt sofort.“

Einige Stunden später blickte Frau Appeldorn von ihrem Computer auf. Vor ihr pries eine Webseite die Vorzüge eines kleinen Hotels in der Toskana an und untermalte diese mit Bildern von malerischen Orten und verträumten Gässchen. Hatte es an der Tür geklingelt? Der erneute Klingelton, der nicht mehr aufhören wollte, bestätigte den Eindruck. Sie stand auf und ging zur Haustür, permanent von der Türglocke getrieben.

„Herrgott, was soll das?", rief sie aus, während sie öffnete.

„Was fällt Ihnen ein, meine Tochter anzuschwärzen?"

„Herr Bü..."

Ihr Nachbar hob den Zeigefinger und sah sie drohend an. „Wagen Sie es nicht, meinen Namen zu verhunzen. Ich heiße Büyüktürk. Merken Sie sich das ein für alle Mal!"

„Ja, natürlich, Herr Bü..." Aber sie kam nicht dazu, den Namen zu Ende zu sprechen Herr Büyüktürk fiel ihr sofort ins Wort.

„Jetzt raus damit! Warum fällt Ihnen nichts Besseres ein, als zur Polizei zu rennen und meine Tochter zu verunglimpfen? Doch wohl hoffentlich nicht, weil ich einmal vor Ihrer Einfahrt geparkt habe?"

„Einmal? Sie tun das laufend."

„Natürlich. Sie waren es." Er schüttelte den Kopf, als wollte er die Abscheu vertreiben. „Okay, dass Sie mich anschwärzen – sei es drum. Aber dass sie da nun auch noch meine Tochter mit hineinziehen und vielleicht ihre Karriere zerstören, das geht eindeutig zu weit."

„Aber ich habe doch gar nicht …"

„Was? Sie leugnen, dass Sie der Polizei etwas erzählt haben?"

„Nein, ich …"

„Ha! Wusste ich es doch."

„Jetzt hören Sie doch mal zu!" Sie richtete sich auf und fixierte ihn mit einem eindringlichen Blick. „Ja, ich war bei der Polizei. Schließlich ist jemand gestorben, und ich musste helfen, die Umstände aufzuklären. Woher wissen Sie das überhaupt?"

„Aufklären. Dass ich nicht lache! Verleumdet haben Sie meine Tochter. Und die Polizei hat die arme Hatice dann natürlich gleich kontaktiert. Es konnten nur Sie gewesen sein. Hatice hat Sie nämlich noch gesehen, als Sie feige ins andere Atelier geflüchtet sind."

„Schreien Sie doch nicht so. Die Nachbarn gucken schon." Frau Appeldorn nickte in Richtung des Paares, das an ihrem Grundstück vorbeiging und die Szenerie neugierig beäugte. „Kommen Sie kurz herein, und wir klären das Missverständnis."

„Pah", ließ Herr Büyüktürk verlauten und folgte ihr dann in ihr Haus. Sie schloss die Haustür und wies ihm den Weg ins Wohnzimmer.

„Setzen Sie sich", bot sie ihm an, und er ließ sich in einen Sessel fallen.

„Und wie wollen Sie sich nun herausreden?", forderte er sie heraus.

Sie setzte sich ihm gegenüber in ihren Lieblingssessel. „Das will ich gar nicht. Ich muss der Polizei nun mal sagen, was ich gesehen habe. Aber wenn nichts daran ist, kann Ihre Tochter dies klarstellen und alles ist gut."

„Da gibt es gar nichts klarzustellen. Sie hat sich im Rahmen ihrer Aufgaben mit dem Künstler unterhalten, und Sie haben da irgendwas aufgebauscht, um mir eins auszuwischen."

„Ich habe nichts aufgebauscht", protestierte Frau Appeldorn. Es war ihre Pflicht gewesen, der Polizei sachlich zu schildern, was sie gesehen und gehört hatte. Dieser Mann hatte nicht das Recht, ihr deswegen Vorwürfe zu machen.

„Und warum macht die Polizei sonst so viel Aufhebens um ein unschuldiges Gespräch?"

„Unschuldiges Gespräch? Ihre Tochter hat mit Herrn Borger gestritten. Sie sagte, er habe sie erpresst wegen eines Fehltritts."

„Was erzählen Sie da für einen Blödsinn?" Das Gesicht von Herrn Büyüktürk hatte sich bedrohlich rot gefärbt, und Frau Appeldorn hatte Angst, dass er explodieren würde.

„Das ist kein Blödsinn. Das habe ich deutlich gehört." Sie musste es so schildern, wie es war.

„Schwachsinn." Aus dem Rot war ein tiefes Dunkelrot geworden.

„Bitte beruhigen Sie sich doch! Ihre Tochter hat Ihnen anscheinend nichts davon erzählt."

Herr Büyüktürk sprang aus dem Sessel auf. „Wollen Sie jetzt auch noch behaupten, dass meine Tochter mich belügt?"

„Nein, aber ich weiß, was ich gehört habe." Sie erhob sich ebenfalls aus ihrem Sessel. Niemand würde sie in ihrem eigenen Haus eine Lügnerin nennen. „Ich lüge nicht."

Es hätte sie nicht gewundert, wenn Dampf aus den Ohren des Nachbarn geschossen käme. Er stampfte mit dem Fuß auf. „Sie sind eine gemeingefährliche Zimtzicke", schrie er. „Ich warne Sie: Wenn Sie weiter diese Lügen verbreiten, werde ich andere Saiten aufziehen." Er drehte auf dem Absatz herum und stürmte aus dem Wohnzimmer. Ehe Frau Appeldorn ihm folgen konnte, hörte sie bereits, wie die Haustür laut ins Schloss krachte.

III

Die ganze Nacht hatte sie sich hin und her gewälzt und versucht, die Gedanken in ihrem Kopf irgendwie zum Verstummen zu bringen, aber es war ihr nicht gelungen. Nun schlürfte sie bereits an ihrem dritten Kaffee und versuchte, die Kopfschmerzen zu ignorieren. Würde es ihr helfen, einfach wegzufahren? Sie rief die Webseite mit dem netten Hotel in der Toskana ein weiteres Mal auf und betrachtete die malerischen Bilder. Würde es sie beruhigen, alleine dort durch die Gassen zu schlendern, einen Espresso in einem kleinen Café zu trinken und die Menschen bei ihrem alltäglichen Leben zu beobachten? Sie schüttelte den Kopf und klappte den Laptop zu. Nein, das würde die Leere in ihr nicht füllen. Sie würde nur noch deutlicher werden. Sie war keine Frau, die sich vor Problemen flüchtete. Sie war es gewohnt, die Dinge anzupacken.

Der Tag der offenen Ateliers war ein Erfolg gewesen. Die lokale Presse beschrieb ihn als einen erfreulichen Einstand der neuen Citymanagerin und einen guten Tag für die Kultur in der Stadt. Es bedrückte Frau Appeldorn, dass die Verdienste des Kulturvereins und speziell ihr eigener Einsatz nicht erwähnt wurden. Aber es war nur eine Frage der Zeit, bis auch die Presse von ihr und ihrem Organisationstalent erfahren würde. Doch erst einmal überschattete die Geschichte um den toten

Maler alle anderen Geschehnisse in der Stadt. Sie musste sich eingestehen, dass es sie schmerzte, dass der Fall ihr nun die Schau stahl. Bis dieser Mord aufgeklärt sein würde, wäre an nichts anderes zu denken. In ihrem Kopf hämmerte es, und sie leerte den letzten Rest Kaffee. Sie hatte das Gefühl, ein dunkler Abgrund täte sich vor ihr auf und würde sie für immer verschlingen. Herabziehen in das Loch, das nach dem Tod des Seniors und ihrem Rauswurf entstanden war. Man hatte ihr den Lebensinhalt genommen, aber eine Mareike Appeldorn würde sich nicht unterkriegen lassen. Es war egal, was sie tat, aber sie musste sich in irgendeine Richtung bewegen. Sie sprang auf, und der Schreibtisch vor ihr vibrierte sichtlich durch die plötzliche und starke Erschütterung, die sie ausgelöst hatte. Sie wusste, was als Erstes zu tun war.

Entschlossen ergriff sie den Haustürschlüssel, öffnete die Tür und schritt hinaus in ihren Vorgarten. Sie blieb kurz stehen und nahm zur Kenntnis, dass der verfluchte Mercedes wieder vor ihrer Einfahrt parkte. Aber dies unterstrich nur die Notwendigkeit ihres Handelns. Sie würde nicht nur dieses Nachbarschaftsproblem jetzt und hier und für alle Zeit lösen. Es wäre auch der Start eines herausfordernden Projekts. Endlich gäbe es wieder etwas, was ihr Leben ausfüllen würde. Sie schritt entschlossen weiter auf das Nachbargrundstück. Hätte sie jemand dabei beobachtet, wie sie sich mit hochgerecktem Kinn und festen Schrittes der Tür des Nachbarhauses näherte, dem Beobachter wäre sofort die besondere Bedeutung dieses Ganges klar gewesen.

An der Tür angekommen, betrachtete Sie das schlichte, aber durchaus elegante Klingelschild aus Messing, auf dem der Name Büyüktürk eingraviert war. Sie drückte den Klingelknopf. Jeder andere hätte ein gediegenes Ding-Dong erwartet, aber stattdessen erklang das schrille Geräusch, das sie bereits kannte. Die Tür war aus massivem Holz und sie konnte nicht erkennen, ob sich dahinter irgendetwas bewegte. Gerade, als sie ein zweites Mal dieses unangenehme Klingelgeräusch auslösen wollte, öffnete sich die Tür. Herr Büyüktürk sah sie an und verzog das Gesicht. Er trug eine Strickjacke über einem karierten Hemd, Hausschuhe und eine Cordhose. Frau Appeldorn hätte schwören können, dass es solche Hosen schon seit Jahrzehnten nicht mehr zu kaufen gab. In einer Hand hielt er die Tageszeitung.

„Na, immerhin kommen Sie jetzt selbst und jagen mir nicht wieder die Polizei auf den Hals. Moment, ich fahre den Wagen sofort weg." Er machte Anstalten, sich umzudrehen.

„Nein, nein, es geht nicht um Ihren Wagen. Allerdings ist es in der Tat unfassbar, dass Sie heute schon wieder vor meiner Einfahrt parken, obwohl Sie gerade erst von der Polizei verwarnt worden sind."

Herr Büyüktürk stockte in seiner Bewegung und

drehte sich wieder zu ihr. „Verdammt, es gibt hier einfach kaum Parkplätze, das wissen Sie doch."

„Dann machen Sie in Ihrem chaotischen Vorgarten doch einfach Platz für Ihr Auto."

„Noch mehr Lebensraum für Insekten und Pflanzen zubetonieren? Kommt nicht infrage."

„Jetzt kommen Sie mir nicht mit Ihrem ökologischen Gewissen. Ihr alter Daimler schleudert doch mehr Dreck in die Luft als ein Kohlekraftwerk." Nein, eigentlich sollte das Gespräch eine ganz andere Richtung nehmen. Aber dieser Mann war aber auch zu schwerfällig.

Herr Büyüktürk griff nach der Haustür. „Wenn es das war, was Sie mir unbedingt sagen wollten, dann haben wir das ja erledigt. Kann ich jetzt weiter meine Zeitung lesen? Oder haben Sie sich noch etwas ausgedacht, um mich zu terrorisieren."

„Wenn hier einer die Nachbarschaft terrorisiert, dann doch wohl Sie." Sie richtete sich auf, um ihre Entschlossenheit zu unterstreichen. „Aber ich bin hier, um das Problem ein für alle Mal zu lösen."

Die Augen ihres Nachbarn weiteten sich, und er machte einen kleinen Schritt auf sie zu. „Und wie wollen Sie das anstellen? Mein Auto in Brand setzen, es abschleppen lassen, oder was?"

Frau Appeldorn schüttelte energisch den Kopf. „Jetzt hören Sie aber mal auf. So etwas trauen Sie mir doch gewiss nicht zu.“ Sie sah ihm direkt in die Augen. „Wir sind doch erwachsene Menschen. Wir sollten doch einen Weg finden, miteinander auszukommen. Was halten Sie davon, wenn Sie mich hereinbitten, mir einen Kaffee anbieten oder Tee, was immer Sie so trinken, und dann klären wir das?“ Sie verschränkte die Arme vor die Brust. Nun würde sich zeigen, ob er ein Mann oder eine Memme sei.

Ihr Nachbar musterte sie und es war ihm anzusehen, dass er mit sich rang. Währenddessen kam die Postbotin heran, schob ihr Fahrrad vor das Haus von Herrn Büyüktürk und kam mit einer Zeitschrift und einem Brief in der Hand auf sie zu.

„Guten Morgen“, grüßte sie und übergab Herrn Büyüktürk die Post.

„Danke“, erwiderte dieser und wandte sich sofort wieder Frau Appeldorn zu, während die Briefträgerin die beiden Kontrahenten, die sich voreinander aufgebaut hatten, musterte, bevor sie achselzuckend wieder zu ihrem Fahrrad ging.

„Na gut, ich bin wirklich neugierig, wohin das führen wird.“ Herr Büyüktürk machte einen Schritt zu Seite und öffnete die Tür weiter. „Dann hereinspaziert.“

Frau Appeldorn nickte kurz und trat ein.

Er schloss die Tür hinter ihnen und ging voraus.

Das Haus verströmte einen leicht muffigen Geruch. Frau Appeldorn lugte im Vorbeigehen in den Raum zu ihrer Rechten. Dies schien das Wohnzimmer zu sein. Die ganze Wand gegenüber der Tür war mit einem Regal mit unzähligen Büchern bedeckt. Sie konnte noch einen Couchtisch und ein Sitzmöbel erahnen, bevor sie sich beeilen musste, um ihm zu folgen.

„Oh“, rutschte ihr heraus, als sie die geräumige Wohnküche betraten. „Das ist aber eine tolle Küche.“

Herr Büyüktürk drehte sich zu ihr. „Ja, das war das Reich meiner Frau. Sie hatte sich immer eine große Küche gewünscht. Wir haben hier damals extra eine Wand eingerissen und sämtliche Leitungen umgelegt.“

„Sehr schön“, bestätigte Frau Appeldorn.

„Nehmen Sie Platz.“ Er wies auf die Stühle am Esstisch, auf dem an einem Ende eine Kaffeetasse und Reste eines Frühstücks standen. Frau Appeldorn setzte sich auf den gegenüberliegenden Stuhl.

„Möchten Sie auch einen Kaffee?“ Er hielt die Kanne hoch, und Frau Appeldorn nickte. Er holte eine Tasse aus dem Küchenschrank, stellte sie vor ihr auf den Tisch und goss ein. „Milch, Zucker?“

„Nur etwas Zucker, bitte.“

Er schob ihr den Streuer hin und setzte sich dann auf seinen Platz.

„Okay, dann schießen Sie mal los.“

Sie rührte in ihrem Kaffee, nahm einen Schluck und setzte die Tasse langsam wieder ab.

„Also …“ Sie drehte die Tasse vor sich, so dass der

Henkel genau nach rechts zeigte. „Ich habe mir gedacht, dass es so nicht weitergehen kann. Wie lange wollen wir uns noch streiten? Und dass Sie besorgt um Ihre Tochter sind, das kann ich sehr gut verstehen. Es tut mir wirklich leid, dass sie durch mich nun Ärger hat." Sie atmete tief aus und sah ihn an.

Er strich mit der Hand über die Zeitung, die er neben sich auf den Tisch gelegt hatte. Dann hob er den Blick.

„Was wird das hier? Versteckte Kamera?"

„Was meinen Sie?"

„Dass Sie jetzt plötzlich zu mir kommen und einen auf gute Nachbarschaft machen, kommt mir spanisch vor. Es ist sehr ungewöhnlich, das müssen Sie zugeben." Er hatte sich etwas nach vorne gelehnt und musterte sie.

„Ich bin eben eine vernünftige Frau, die es vorzieht, ihre Probleme anzugehen. Und Sie sind ein Problem. Also bin ich hier. Es liegt bei Ihnen. Wollen Sie weiter streiten? Dann sehe ich mich gezwungen, Ihr Auto abschleppen zu lassen. Oder wollen Sie mit mir gemeinsam eine Lösung finden? Es ist Ihre Entscheidung."

Er verzog das Gesicht und ließ sich dann in seinen Stuhl fallen. Es war ihm anzusehen, dass er mit sich rang.

„Sie haben recht", sagte er schließlich. „Schließlich sind wir Nachbarn, und da wohl keiner von uns kurzfristig umziehen wird, sollten wir uns einigen."

„Stimmt", pflichtete Sie ihm bei. „Dann lassen Sie uns das Autoproblem angehen. Wie können wir es lösen? Es kann nicht sein, dass ich jedes Mal, wenn ich wegmuss, erst einmal bei Ihnen klingeln muss."

Er strich sich übers Kinn. „Hm, vielleicht könnte ich tatsächlich einen Teil des Vorgartens als Parkplatz nutzen", murmelte er mehr zu sich selbst.

„Das wäre auf jeden Fall eine Lösung. Der Stellplatz muss ja gar nicht zubetonniert werden."

Er nickte zögerlich. „Ich werde mich mal nach Möglichkeiten erkundigen. Das geht aber nicht von heute auf morgen. Wenn ich in der Zwischenzeit mal ausnahmsweise vor Ihrer Einfahrt parke, dann rufen Sie nicht gleich die Polizei, in Ordnung?"

„Wenn es bei Ausnahmen bleibt und nicht die Regel wird, dann ist das in Ordnung." Sie lächelte. „Sieht so aus, als ob wir das hinkriegen, oder?"

Er nickte. Sie nahm einen kräftigen Schluck Kaffee und dachte darüber nach, wie sie nun unauffällig zum wirklich interessanten Thema überleiten könnte.

„Wie geht es Ihrer Tochter?", fragte sie vorsichtig und beobachtete, wie er auf die Frage reagierte. Er blickte auf.

„Ich habe seit gestern nichts von ihr gehört. Sie geht nicht ans Telefon." Er sah wirklich besorgt aus.

„Was hat Sie Ihnen denn bisher erzählt?"

„Warum wollen Sie das wissen?“ Er runzelte die Stirn.

„Nur so“, wich sie aus und bemühte sich, nicht allzu interessiert auszusehen. Schließlich hatte die Aussöhnung mit dem Nachbarn ein weiteres Ziel, und es schien, als würde sie dem immer näher kommen.

„Sie hat mir gar nichts erzählt. Nur, dass die Polizei sie zur Vernehmung geladen hat. Mehr weiß ich nicht. Und kommen Sie mir jetzt nicht wieder mit Ihren Lügen.“

Sie sog tief Luft ein. „Lieber Herr Büyüktürk, es tut mir leid, aber es ist die Wahrheit. Ich habe gehört, wie Ihre Tochter mit dem Maler gestritten hat und dass er ihr gedroht hat.“

„Meine Tochter würde nie etwas Ungesetzliches tun.“ Seine Stimme war lauter geworden.

„Ja, das glaube ich Ihnen. Interessiert es Sie denn gar nicht, was dahintersteckt?“

„Wie meinen Sie das?“

„Wollen Sie hier einfach sitzen bleiben, Kaffee trinken und Zeitung lesen? Oder wollen Sie nicht herausfinden, was wirklich Sache ist?“

Er starrte sie an. „Ich verstehe nicht.“

„Sie sind aber wirklich schwer von Begriff.“

„Was erlauben Sie sich!“

„Jetzt beruhigen Sie sich wieder. Ich meine, wir sollten der Sache auf den Grund gehen und nicht einfach tatenlos zusehen, dass Ihrer Tochter Ungemach bereitet wird.“

„Wir?“ Er sah aus, als ob er soeben ein Ufo gesehen hätte.

„Ich kann es auch alleine angehen, wenn Sie zu bequem sind, Ihrer Tochter beizustehen.“

„Jetzt hören Sie mal …“

„Papperlapapp“, fiel sie ihm ins Wort. „Machen Sie nun mit oder nicht?“ Sie sah ihn fordernd an.

Er schlug mit der Hand auf den Tisch und erhob sich aus seinem Stuhl. „Selbstverständlich.“

Sie stand ebenfalls auf. „Okay, dann sollten wir zuerst mal versuchen, mit Ihrer Tochter zu sprechen, oder was meinen Sie?“

Nun sah sein Blick wieder besorgt aus. „Ich denke, das muss jetzt sein.“

„Gut, dann kommen Sie. Wir nehmen Ihren Wagen. Ich komme ja eh nicht aus meiner Einfahrt raus.“ Sie konnte sich bei dieser Spitze eines verschmitzten Lächelns nicht erwehren, und selbst Herr Büyüktürk grinste sie unvermittelt an.

„Moment, ich muss noch die Schuhe wechseln“, rief er ihr nach.

Sie drehte sich zu ihm. „Machen Sie das. Ich muss

auch noch kurz was holen. In einer Minute an Ihrem Wagen."

Zurück in ihrem Haus nahm sie ihren Mantel von der Garderobe und holte den Hut aus der Schachtel. Noch ein Griff nach ihrer Handtasche, und sie war auf dem Weg zu dem Mercedes, der ihr bisher immer ein Dorn im Auge gewesen war.

Der Nachbar drehte den Zündschlüssel, und der Motor antwortete mit einem gemächlichen Blubbern, das dann fordernder wurde und schließlich in das regelmäßige Tuck-Tuck des Dieselaggregats überging. Sie betrachtete ihn, wie er den Wagen auf die Straße lenkte. Er wirkte auf dem Fahrersitz wie ein Kutscher seiner Majestät, der das hochherrschaftliche Gefährt führte und sich seiner Verantwortung voll bewusst war. Sie schmunzelte und hoffte, dass er es nicht bemerkte. Vorsichtig lugte sie nach hinten, ob vielleicht eine gehäkelte Klopapierrolle mit Inhalt auf der Ablage lag, aber dies war nicht der Fall.

„Wohin fahren Sie denn?", fragte sie.

„Na, zu meiner Tochter. Das sagten Sie doch."

„Ja, aber wohin zu Ihrer Tochter?" Sie schaute auf die Uhr im Armaturenbrett des alten Daimlers. „Wenn die Uhr in diesem historischen Gefährt noch stimmt, dann sollte Ihre Tochter doch eigentlich zu der Zeit bei der Arbeit sein, oder?"

Er sah auf die Uhr und dann zu ihr. „Ach, stimmt.

Sowohl die Uhr als auch Ihre Annahme. Also fahren wir zur Stadtverwaltung?"

Sie nickte. „So ist es."

Er beschleunigte und bog in die Hauptstraße ein.

Auf dem großen Parkplatz vor dem Verwaltungsgebäude stiegen sie aus und gingen zum Eingang, wo ein Mann hinter einer Glasscheibe saß. „Zu wem möchten Sie?", fragte er und musterte sie.

„Wir möchten zu Frau Dammer, meiner Tochter", erläuterte Herr Büyüktürk, und der Mann hinter der Scheibe starrte auf seinen Monitor.

„Haben Sie einen Termin?", fragte er, während er weiter auf den Bildschirm schaute.

„Nein, ich muss sie nur kurz sprechen. Ist privat."

„Nun", er blickte vom Computer auf zu Herrn Büyüktürk. „Wie es scheint, ist Ihre Tochter nicht im Haus. Ich höre mal kurz nach. Einen Moment bitte." Er griff nach dem Telefonhörer, wählte eine Nummer und sprach ein paar Sätze. Dann legte er wieder auf. „Ihre Tochter hat sich heute Morgen krankgemeldet."

„Oh, danke für die Auskunft. Dann fahre ich gleich zu ihr."

Der Mann nickte und beachtete sie nicht weiter.

„Die Sache scheint Ihre Tochter wirklich mitgenommen zu haben", sagte Frau Appeldorn, bevor sie wieder ins Auto stieg.

Er sah sie nur an und nickte kaum merklich. Aber die Sorge war ihm deutlich anzusehen.

Dieses Mal startete er den Wagen sichtlich entschlossener, und Frau Appeldorn hätte es nicht überrascht, wenn beim Anfahren die Reifen gequietscht hätten.

Frau Dammer wohnte mit ihrem Mann im Neubaugebiet am Rande der Stadt. In der Straße sahen alle Häuser exakt gleich aus: Zweistöckig, weiß getüncht, Steingarten vor der Tür. Frau Appeldorn hatte sich immer gefragt, wie man hier in der Nacht sein eigenes Haus erkennen konnte. Sie hatte sich immer vorgestellt, dass man nach einer alkoholisierten Feier sicherlich regelmäßig vor der falschen Haustür landete. Herr Büyüktürk wusste aber genau, wohin sie mussten, und parkte zielgenau am dritten Haus. Es unterschied sich von den anderen dadurch, dass kein Kinderspielzeug im Vorgarten zu sehen war.

„Hat Ihre Tochter keine Kinder?“, fragte sie daher ihren Begleiter. Der schüttelte den Kopf. „Sie wollen, aber es hat noch nicht geklappt.“ Es war ihm anzumerken, dass ihn der Gedanke schmerzte.

Sie stiegen aus und gingen auf die Haustür zu. Das Fenster neben der Tür schien zur Küche zu gehören, aber es war niemand zu sehen. Herr Büyüktürk drückte den Klingelknopf. Im Inneren bewegte sich nichts. Er drückte noch einmal. Dieses Mal länger, und der Klingelton war deutlich zu vernehmen. Frau Appeldorn sah durch das Küchenfenster, aber sie konnte nichts erkennen.

„Kann es sein, dass sie nicht zu Hause ist?“, fragte sie.

Herr Büyüktürk schüttelte den Kopf. „Wo sollte sie denn sonst sein, wenn sie sich krankgemeldet hat?“

Frau Appeldorn zuckte mit der Schulter. „Weiß nicht, beim Arzt vielleicht?“

„Hm, sie ist doch wahrscheinlich gar nicht richtig krank.“

„Stimmt auch wieder. Klingeln Sie nochmal.“

Er drückte den Knopf erneut und hielt ihn einige Sekunden fest. Gerade, als er ihn losließ, konnte Frau Appeldorn eine Bewegung durch das Fenster erkennen. „Ah, da ist jemand“, verkündete sie, als sich die Haustür auch schon öffnete.

„Baba, was machst du denn hier?“

Frau Dammer stand in der Tür und sah aus, als ob sie gerade aus dem Bett aufgestanden wäre. Ihr Haar stand in alle Richtungen ab, und sie trug einen Schlafanzug, dessen Hose zu rutschen schien. Als sie Frau Appeldorn erblickte, zuckte sie zusammen und griff nach ihrer Hose. „Was macht sie denn hier?“

„Wir haben uns Sorgen um dich gemacht, Hati“, erklärte ihr Vater.

„Warum kommst du denn mit ihr zu mir?“, hakte die Tochter nach.

„Es tut mir sehr leid, liebe Frau Dammer, dass ich Sie in Schwierigkeiten gebracht habe“, schaltete sich Frau Appeldorn ein. „Das war wirklich nicht meine Absicht. Ihr Vater und ich wollten nach Ihnen sehen. Geht es Ihnen gut?“

Frau Dammer schien mit einem Mal hellwach zu sein und blitzte Frau Appeldorn an. „Was denken Sie denn? Die Polizei hat mich in die Mangel genommen, und mein Chef hat mir nahegelegt, ich solle mich erstmal krankmelden, bis die Sache geregelt ist. Was meinen Sie, wie es mir damit geht?“ Sie machte einen Schritt zurück und ergriff die Haustür. „Komm das nächste Mal ohne sie“, wandte sie sich an ihren Vater und wollte die Haustür schließen. „Hati, lass uns bitte rein. Wir wollen dir doch helfen.“ Er stellte einen Fuß gegen die Tür. Sie drückte dagegen. „Wie sollte die mir schon helfen?“ Wieder drückte sie gegen die Tür, aber ihr Vater blieb standhaft.

„Hatice, jetzt stell dich nicht so an! Lass uns rein, und dann wie erwachsene Menschen besprechen, was zu tun ist.“ Sein Ton war bestimmter geworden und verfehlte seine Wirkung nicht. Seine Tochter ließ von der Haustür ab.

„Na gut, Baba, wenn es unbedingt sein muss, dann

kommt eben rein." Sie machte einen Schritt zurück, und Frau Appeldorn folgte Vater und Tochter ins Haus.

Sie gelangten ins Wohnzimmer, wo Frau Dammer sich in einen Sessel fallen ließ. „Jetzt erwartet aber keine Bewirtung von mir."

Herr Büyüktürk ging zum gegenüberliegenden Sessel, und Frau Appeldorn setzte sich auf die Couch. „Liebe Frau Dammer, ich konnte nicht umhin, Ihren Streit mit Herrn Borger mitanzuhören. Womit hat er Sie erpresst?"

„Er hat mich nicht erpresst." Frau Dammer funkelte sie an.

„Aber er sprach doch von einem Fehltritt."

„Ach, das war nichts. Da hat er nur eine Kleinigkeit aufgebauscht."

„Hati, sei ehrlich! Hast du Mist gebaut?" Ihr Vater sah sie besorgt an.

„Nein, Baba, es war wirklich nichts."

„Wenn es nichts war, warum drohte er dir dann damit?", hakte der Vater nach.

„Weil er ein verdammtes Arschloch war, das sich für einen begnadeten Künstler hielt. Er hat mit allen Mitteln versucht, als Künstler groß herauszukommen, und dafür war ihm jeder Weg recht."

„Ja, bei uns hat er auch ständig gemeckert und anmaßende Forderungen gestellt", pflichtete ihr Frau Appeldorn bei.

„Das ändert aber nichts daran, dass er dachte, etwas gegen dich in der Hand zu haben. Und für die Polizei ist das ein Motiv." Der Vater war etwas im Sessel nach vorne gerückt und fixierte seine Tochter. „Hati, du musst es uns sagen, damit wir dir helfen können."

Frau Dammer sah zwischen ihrem Vater und Frau Appeldorn hin und her. „Ihr seid aber ein komisches Gespann." Sie fummelte an einem Faden auf der Sessellehne. „Wie gesagt, es war nichts. Du erinnerst dich an die Fahrt in unsere Partnerstadt letzten Monat? Du wolltest ja nicht mit."

Ihr Vater nickte.

„Herr Borger war unter den interessierten Bürgern, die an der Reise teilgenommen haben. Nun hat er herausgekriegt, dass ich in der Reisekostenabrechnung etwas aufgeführt habe, was nicht stimmte."

„Woher will er denn wissen, was Sie abgerechnet haben?", hakte Frau Appeldorn nach.

Frau Dammer sah zu ihr. „Wie sich herausgestellt hat, arbeitet in der Buchhaltung der Stadtverwaltung eine Frau, die früher bei ihm angestellt war, und die hat er wohl gezielt auf mich angesetzt. Wie gesagt, er war wirklich ein Arschloch, und es tut mir nicht leid, was ihm passiert ist."

„Hati!" Ihr Vater sah sie erbost an. „So etwas sagt

man nicht. Erst recht nicht, wenn es einen verdächtig macht."

„Ich weiß, Baba", erwiderte sie. „Aber er hat mir das Leben zur Hölle gemacht. Du weißt, was davon abhängt, dass ich es hier schaffe."

Ihr Vater nickte. „Ich weiß, Hati."

„Hätten Sie diese Frau in der Buchhaltung nicht den Vorgesetzten melden können?", schaltete sich Frau Appeldorn wieder ein.

Frau Dammer schüttelte energisch den Kopf. „Was hätte ich denn sagen sollen? Dann wäre ich doch auch aufgeflogen." Sie sah wieder zu ihrem Vater. „Es tut mir wirklich leid. Es war nur ein Versehen, dass ich eine private Ausgabe versehentlich mit abgerechnet habe."

Frau Appeldorn lehnte sich auf der Couch zurück. „Ich glaube nicht, dass Sie wegen eines kleines Versehens Ärger bekommen hätten, wenn Sie es gleich eingestanden hätten. Jetzt sieht die Sache natürlich schlimmer aus. Weiß denn die Polizei davon?"

Sie nickte schwach.

„Okay, wie Ihr Vater schon sagte, das ist ein Motiv. Wer könnte es denn sonst noch auf Herrn Borger abgesehen haben?"

Frau Dammer sah sie an. „So, wie der sich aufgeführt hat, so ziemlich jeder, der mit ihm Kontakt hatte."

„Fällt Ihnen niemand Bestimmtes ein?"

Sie zuckte mit den Schultern. „Sogar seine eigene Ehefrau konnte ihn nicht leiden."

„Wie kommen Sie denn darauf?", fragte Frau Appeldorn nach.

„Als ich einige Tage vor dem Event in der alten Krawattenfabrik war, habe ich mitbekommen, wie sie gestritten haben. Sie hatte sich wohl erhofft, dass er in seinem Ruhestand mehr Zeit mit ihr verbringen würde, und nun hing er in jeder freien Minute in seinem Atelier herum."

„Da haben Sie es", wandte Herr Büyüktürk ein. „Es gibt eine andere Verdächtige."

„Na ja, ob sie wirklich verdächtig ist, wissen wir noch nicht", entgegnete Frau Appeldorn.

„Aber Sie glauben doch jetzt auch, dass meine Tochter es nicht war?"

Frau Appeldorn musterte die Tochter. „Vermutlich nicht."

„Vermutlich?"

„Nein, ich glaube nicht, dass es Ihre Tochter war." Sie drehte sich zu der Tochter. „Sie waren es doch nicht, oder?"

„Natürlich nicht", schnappte diese zurück.

„Schon gut", versuchte Frau Appeldorn zu beschwichtigen, aber Frau Dammer war aus ihrem Sessel aufgesprungen. „Sie gehen jetzt besser."

Frau Appeldorn erhob sich von der Couch, und auch Herr Büyüktürk stand auf. Er ging zu seiner Tochter und nahm sie in den Arm. „Mach dir keine Sorgen, Hati. Alles wird gut."

Sie saßen wieder im Mercedes und Herr Büyüktürk lenkte das Gefährt nach Hause.

„Da hat sich Ihre Tochter aber schon in was reingeritten."

Herr Büyüktürk sah kurz von der Straße zu ihr. Dieser kurze Moment genügte, um eine ungewohnte Entschlossenheit in seinem Gesichtsausdruck zu erkennen.

„Und wir werden ihr da heraushelfen." Es klang, als würde er einen offiziellen Schwur ablegen.

„Jawoll!", bestätigte Frau Appeldorn schmunzelnd. „Denken Sie das Gleiche wie ich?"

Wieder schaute er kurz zu ihr. Dann nickte er. „Die Ehefrau", sagte er, und Frau Appeldorn lachte nun laut auf. „Genau. Jetzt nehmen wir uns die Ehefrau vor." Sie schaute auf ihre Uhr. „Nur nicht sofort."

„Warum nicht?" Er sah sie fragend an.

„Ich muss mich fertigmachen. Heute Nachmittag gehe ich zur Wassergymnastik."

Er lachte. „Ist das da, wo alte Frauen mit Schaumstoffwürsten im Schwimmbad planschen?“ Noch einmal lachte er auf.

„Lachen Sie ruhig. Man muss im Alter in Bewegung bleiben.“ Sie betrachtete seinen Bauch, der deutlich über den Hosengürtel wogte. „Täte Ihnen auch gut.“

„Pah“, stieß er aus. „Soweit kommt es noch.“

Sie zuckte mit den Schultern. „Sie müssen es ja wissen. Fahren Sie jetzt bitte erstmal nach Hause. Ich melde mich dann nach der Gymnastik wieder bei Ihnen.“

„Zu Befehl.“ Er startete den Motor und fuhr los.

IV

„Du hast was?“ Ute drückte ihre Poolnudel unter Wasser und versuchte, nicht das Gleichgewicht zu verlieren.

„Ich habe mit meinem Nachbarn seine Tochter befragt. Schließlich müssen wir doch wissen, was passiert ist, damit nichts am Kulturverein hängenbleibt.“

„Was soll denn an uns hängenbleiben?“ Ute sah sie skeptisch an. Die Vorturnerin gab das Signal für eine neue Übung, die Frauen nahmen ihre Poolnudeln hoch und bogen Sie über ihren Köpfen zu einem Halbkreis.

„Weiß ich nicht, aber sicher ist sicher“, antwortete Frau Appeldorn, während sie sich nach rechts und links drehte. „Kanntest du Herrn Borger genauer?“

Die Trainerin gab das Kommando, dass die Frauen nun die Poolnudel hinter sich auf das Wasser legen und ihre Beine auf dem Wasser liegend nach vorne strecken sollten. Ute schluckte Wasser beim Versuch, auf die Frage zu antworten, und musste sich hinstellen und husten. Dann startete sie einen erneuten Versuch.

„Was heißt genauer? Er hat halt ständig angerufen, weil ihm irgendwas nicht passte“, antwortete sie, als ihr die Übung endlich gelang. „Er hat ständig erwähnt, dass er ein erfolgreicher Manager gewesen sei und dass er die Dinge ganz anders angehen würde.“

„Kennst du seine Ehefrau?"

„Ich kenne sie", schaltete sich Elisabeth ein, die in der Reihe vor ihnen turnte. „Die Borgers wohnen bei uns in der Straße."

Frau Appeldorn und Ute rückten etwas an sie heran, kritisch beäugt von der Vorturnerin, die eindringlich eine weitere Übung ansagte.

„Hast du noch gar nicht erzählt", stellte Ute fest und paddelte kräftig mit den Füßen.

„Viel Kontakt haben wir nicht. Die Frau ist aber nett. Ihn haben wir kaum zu Gesicht bekommen. War ja ständig geschäftlich unterwegs. Aber sie hat sich an den Nachbarschaftsaktionen immer beteiligt. Ich glaube, sie hätte gerne mehr Kontakt gehabt." Die Frauen ließen die Füße sinken und folgten der neuen Anleitung der Vorturnerin, indem sie die Nudel zuerst mehrfach mit dem rechten Arm an der Seite unter Wasser drückten und dies dann mit dem linken Arm wiederholten. „Sie hat mal gesagt, dass sie sich ein Wohnmobil kaufen wollten, wenn er in Ruhestand ist, um damit durch die Welt zu reisen", fuhr Elisabeth fort.

„Ach, haben sie das denn gemacht?" Ute nahm ihr Trainingsgerät nach vorne in beide Hände und drückte es erneut unter Wasser.

Elisabeth schüttelte den Kopf. „Nein, ich glaube nicht. Ihr Mann hat dann ja das Malen für sich entdeckt."

„Es heißt, seine Frau war darüber nicht sehr glücklich, und sie sollen sich ziemlich gestritten haben deswegen“, schaltete sich Frau Appeldorn ein.

Elisabeth nickte. „Es hat gekriselt zwischen ihnen.“ Sie nahm ihre Nudel hoch, wie es die Übungsleiterin vormachte. „Glaubst du, sie hat ihren Mann umgebracht?“

Frau Appeldorn machte einen Knoten in ihre Nudel, schob sie sich unter den Po und begann mit Tretbewegungen. „Ein Motiv hätte sie zumindest.“

Die Trainerin gab das Signal, dass die Gymnastikstunde beendet war, und die Frauen schwammen zur Treppe. Als sie am Beckenrand standen und sich abtrockneten, kam Frau Appeldorn ein Gedanke. „Kennt jemand von euch diesen Kommissar Walther?“

Ute nickte. „Nicht direkt, mein Mann kennt ihn, glaube ich. Was willst du denn von ihm?“

„Wäre schon gut, etwas mehr über die Details zum Fall zu erfahren.“

„Hängst du dich da jetzt nicht etwas zu viel rein? Ist doch der Job der Polizei.“

Frau Appeldorn trocknete ihre Beine ab und sah dann zu den Freundinnen hoch. „Vielleicht kann ich helfen.“

Ute und Elisabeth wechselten einen Blick und dann sahen sie Frau Appeldorn an. „Wie meinst du das?“

Als Herr Büyüktürk die Tür öffnete, hielt ihm Frau Appeldorn einen Zettel entgegen. „Hier. Das ist die Telefonnummer von einer Gartenbaufirma. Ich habe da angerufen. Sie könnten recht zügig Ihren Vorgarten umgestalten."

Er sah von ihr zu dem Zettel, den sie vor seinem Gesicht hin und her schwenkte, und dann wieder zu ihr. „Machen Sie jetzt Druck?"

„Nein, aber auf die lange Bank schieben wollten Sie es doch nicht, und ich habe mich eben mal umgehört. Jetzt nehmen Sie die Nummer und wechseln wieder die Schuhe." Sie betrachtete seine Hausschuhe. „Wir müssen die Ehefrau befragen."

„Waren Sie mal verheiratet?", fragte er sie unvermittelt.

„Was?"

„Ich fragte, ob Sie mal verheiratet waren?"

„Nein, was geht Sie das an?"

„Hat mich nur mal interessiert. Aber wundert mich nicht." Er drehte sich zum Gehen.

„Was soll das heißen?", rief sie ihm hinterher, aber er reagierte nicht. Stattdessen zog er seine Schuhe an, griff sich sein Sakko und die Autoschlüssel und stand wieder vor ihr. „Wollen wir?"

„Was soll das?", hakte sie nach, während er an ihr vorbei zum Auto ging.

„Wie gesagt, nur so." Er öffnete die Autotür und beobachtete, wie sie auf der Beifahrerseite einstieg.

„Wie ist Ihre Frau gestorben?", fragte sie, während er den Motor anließ.

„Das geht Sie auch nichts an", sagte er, während er den Motor anließ.

„Ach, erst stellen Sie mir so persönliche Fragen, und dann zieren Sie sich selbst."

„Wo wohnt die Frau überhaupt?", wechselte er das Thema, und Frau Appeldorn nannte ihm die Adresse.

Beide schwiegen, und Frau Appeldorn beobachtete ihren Nachbarn vorsichtig aus dem Augenwinkel. Er entsprach nicht dem Klischeebild eines Mannes mit türkischer Herkunft. Klar, der etwas dunklere Teint könnte darauf hindeuten, dass seine Wurzeln eher südlich lagen. Sein Haar war ergraut, und mit der schwarz geränderten Brille wirkte er wie ein Professor.

„Was war nochmal ihr Beruf?", brach sie das Schweigen.

„Ich war Professor für Germanistik an der Universität."

„Ungewöhnlich für einen Mann Ihrer Herkunft."

„Warum? Müssen Türken immer Stahlarbeiter oder Dönerverkäufer sein?"

„Nein, natürlich nicht. Aber üblich ist es auch nicht, das müssen Sie doch zugeben. Ich finde es sehr beeindruckend. Wie sind Sie denn ausgerechnet zur Germanistik gekommen?“

Er sah sie an. Sie versuchte, in ihrem Gesicht ehrliches Interesse zu zeigen, weil sie es auch wirklich wissen wollte. Es schien überzeugend zu sein, denn er antwortete. „Bei uns zu Hause wurde immer viel gelesen. Mein Vater war Lehrer, und wir sprachen ständig über Bücher. Irgendwann wollte ich die deutschen Schriftsteller im Original lesen und lernte Deutsch. Da war es dann kein großer Schritt mehr, auch Germanistik zu studieren.“

„Toll“, sagte Frau Appeldorn und hoffte, dass ihr Nachbar spürte, dass sie dies ehrlich meinte.

Als er in die Straße einbog, in der die Borgers ihr Haus hatten, verlangsamte er den Wagen und sah wieder zu ihr. „Was sagen wir eigentlich, wenn wir bei ihr sind?“

Darüber hatte sie sich gar keine Gedanken gemacht. Sie war nur ergriffen von der Idee, alle Umstände um den Mord an dem Maler aufzuklären.

„Ehrlich gesagt, ich weiß es nicht“, antwortete sie wahrheitsgemäß.

Er hielt den Wagen am Straßenrand an. „Dann sollten wir uns das überlegen, bevor wir bei ihr auftauchen.“

„Das stimmt.“

Beide starrten in Gedanken versunken durch die Windschutzscheibe auf die Straße, und Frau Appeldorn spielte im Kopf verschiedene Szenarien durch. Sie könnte sagen, dass sie ihr Beileid aussprechen wollten. Dann würde die Gattin sicher fragen, woher sie ihren Mann kannte. Sie könnte ehrlich antworten, dass sie ihn vom Kulturverein kannte, aber wie begründete sie die Begleitung ihres Nachbarn? Er schien am gleichen Problem zu nagen.

„Wir behaupten einfach, dass Sie auch Mitglied im Kulturverein sind und wir als offizielle Abordnung kommen", schlug sie vor.

Er nickte. „Das könnte klappen."

„Dann los", befahl sie, und er setzte den Blinker, um wieder auf die Straße einzubiegen, als ein Wagen an ihnen vorbeischoss.

„Arschloch", murmelte Herr Büyüktürk und erschrak, als ihm auffiel, dass Frau Appeldorn dies gehört hatte. Sie sah ihn verblüfft an.

„Haben Sie nicht gesehen, wie der mich geschnitten hat", rechtfertigte er seinen Ausbruch.

„Ja, habe ich. Ich bin nur überrascht, dass Sie auf Deutsch fluchen."

„Dass ein Deutscher in Deutschland auf Deutsch flucht, überrascht sie? Sie müssen wirklich an Ihren Vorurteilen arbeiten."

„Ich habe keine Vorurteile", stellte sie klar. Ihre Stimme war lauter geworden.

Er grinste nur und setzte den Wagen in Bewegung.

An der Adresse angekommen, erkannten sie beide den Wagen wieder, der direkt vor dem Haus stand. „Ist das nicht das Arschloch von eben?“, Frau Appeldorn grinste.

Er nickte. „Ja, sieht so aus.“ Er stoppte den Wagen direkt hinter dem des Rabauken und schaltete den Motor ab. „Dann wollen wir mal sehen, wer das ist und was der hier macht.“ Es war ihm anzumerken, dass auch ihn die Neugier gepackt hatte.

Bevor Frau Appeldorn die Wagentür geöffnet hatte, kam ein Mann aus dem Haus der Borgers, der ebenfalls südländisch wirkte, aber eher spanisch oder lateinamerikanisch. Er bewegte sich elegant, und Frau Appeldorn konnte nicht umhin, ihn genauer zu betrachten. Hinter ihm erschien eine blonde Frau, die sichtlich aufgeregt war. Er schrie sie an, und sie schrie zurück.

„Du kannst mich mal!“, konnten sie noch von dem Mann hören, sobald die Wagentür geöffnet war. Dann ging er zu seinem Auto. Die Frau verschwand daraufhin wieder im Haus. Frau Appeldorn zog die Wagentür wieder zu. „Wir sollten ihm folgen und feststellen, wer das ist.“

„Eine Verfolgung?“ Herr Büyüktürk sah zu dem Wagen vor ihnen, der gerade losfuhr, und dann zu seiner Beifahrerin. „Der sieht uns doch.“

„Jetzt fahren Sie schon! Aber halten Sie ausreichend Abstand, dann bemerkt er schon nichts.“

Zögerlich startete er den Motor und fuhr los. Sie konnten gerade noch erkennen, wie der Verfolgte nach rechts in die Hauptstraße abbog. Mit einigem Abstand taten sie es ihm gleich.

„Er ist bestimmt ihr Liebhaber“, mutmaßte Frau Appeldorn, während ihr Nachbar sehr konzentriert nach vorne starrte, um den anderen Wagen nicht aus den Augen zu verlieren. An einer roten Ampel musste dieser anhalten, und der Abstand zu ihm wurde geringer. „Mist, jetzt sieht er uns bestimmt“, raunte Herr Büyüktürk.

„Nein, fahren Sie einfach ganz normal, dann fällt schon nichts auf. Er rechnet doch nicht damit, verfolgt zu werden.“

Er musste mit dem Mercedes gleich hinter dem Verfolgten anhalten. Frau Appeldorn beobachtete im Rückspiegel des Vordermanns, ob er sie vielleicht musterte, aber es gab kein Anzeichen dafür.

Endlich sprang die Ampel auf das ersehnte Grün, und die Autos setzten sich in Bewegung. Kurz darauf fuhr der Vordermann in eine Einfahrt. Herr Büyüktürk lenkte den Mercedes daran vorbei und hielt dann am Straßenrand. Der Autofahrer hinter ihnen hupte und überholte sie heftig gestikulierend. Herr Büyüktürk winkte beschwichtigend zurück, während Frau Appeldorn versuchte, den Verfolgten im Seitenspiegel zu erblicken. „Ich kann ihn nicht mehr sehen." Sie öffnete die Wagentür.

„Wo wollen Sie hin?"

Sie zeigte in Richtung der Einfahrt, die der Wagen vor ihnen genommen hatte. „Na, sehen, wo der Mann hin ist, und rauskriegen, wer er ist. Kommen Sie?"

Sie war schon einige Meter voraus, als Herr Büyüktürk sie einholte.

„Da kann doch alles Mögliche sein. Was sagen wir denn, wenn uns jemand fragt?"

„Keine Ahnung. Wird sich schon ergeben." Frau Appeldorn hatte das gleiche Gefühl, wie sie es zuletzt bei der Arbeit für den Seniorchef hatte, wenn er ihr wieder mal ein besonderes Projekt anvertraut hatte. Es war, als ob lange ungenutzte Teile ihres Geistes und ihres Körpers endlich wieder lebendig würden. Sie hätte nie zu hoffen gewagt, dass sie sich nach dem Ende der Berufstätigkeit und vor allen Dingen nach dem Ende der langen Chemotherapie je wieder so voller Leben fühlen würde. Diesen Moment wollte sie auskosten, solange es nur ginge.

„Kommen Sie schon", befahl sie ihrem Nachbarn, der Mühe hatte, Schritt zu halten.

Sie passierten die Einfahrt, in die der Wagen eingebogen war, und kamen in einen Hinterhof, in dem Kinder spielten. An der Seite waren einige Parkbuchten, wo sie den verfolgten Wagen erkannten. Dahinter war ein Mehrfamilienhaus.

„Wie sollen wir ihn denn hier finden?“ Herr Büyüktürk betrachtete das Haus und zählte in Gedanken die Wohnungen.

Frau Appeldorn ging stattdessen auf eines der Kinder zu. „Hallo“, begann sie. „Hier ist doch vorhin ein Mann mit dem Wagen dort hereingekommen. Weißt du, wo der wohnt?“

Das Kind, ein Mädchen von ungefähr zehn Jahren, sah sie frech an. „Ja“, sagte sie. „Der tanzt da.“ Sie zeigte auf einen Eingang neben dem Haus.

„Er tanzt da?“ Frau Appeldorn war sich nicht sicher, ob sie das Kind richtig verstanden hatte.

Das Mädchen nickte. „Ja, da!“ Wieder zeigte es auf den Eingang. „Abends ist die Musik immer laut, und meine Mutter ärgert sich.“

„Oh, danke schön.“ Frau Appeldorn ging zu ihrem Nachbarn, der ebenfalls auf den Nebeneingang starrte.

„Ist das eine Tanzschule?“ Er suchte nach Anzeichen dafür.

„Würde man das dann nicht direkt erkennen?“, gab Frau Appeldorn zu bedenken, während sie beide einige Schritte auf den Eingang zu gingen. An der Tür klebte ein Zettel. *Öffnungszeiten* stand darauf geschrieben, und darunter war aufgeführt, an welchen Tagen und Zeiten anscheinend hinter der Tür etwas stattfand. Frau Appeldorn schaute auf ihre Uhr.

„Am besten kommen wir wieder her, wenn das Etablissement geöffnet ist. Dann können wir uns unauffälliger umhören."

Er nickte. „Okay. Und was machen wir jetzt?"

„Wir fahren zu Frau Borger und sehen, was sie uns sagt."

Er nickte und sie gingen zurück zum Mercedes.

Als sie in dem Wagen saßen und Herr Büyüktürk am Zündschlüssel drehte, um ihn anzulassen, stockte er plötzlich in der Bewegung.

„Was ist?", fragte Frau Appeldorn.

„Wie spät ist es?", ihr Nachbar tippte mit dem Finger auf die analoge Uhr im Armaturenbrett des Daimlers.

Sie sah auf ihre Armbanduhr. „Die Uhrzeit stimmt. Halb fünf, wieso?"

„Dann müssen wir den Besuch bei der Ehefrau verschieben." Er startete den Motor und fuhr los.

„Was ist denn?", hakte sie nach.

„Ich habe einen wichtigen Termin." Er fuhr ziemlich rasant um die Kurven, und Frau Appeldorn musste sich an der Tür festhalten.

„Wenn Sie einen Unfall bauen, kommen Sie nie an", ermahnte sie ihn, während er wieder schwungvoll in eine Linkskurve ging, die sie gegen die Tür presste.

Es hätte sie nicht überrascht, wenn die Reifen

gequietscht hätten, als er abrupt vor ihrer Einfahrt zum Stehen kam und das Auto schon verlassen hatte, während sie gerade die Beifahrertür öffnete. Sie wollte ihn noch nach der Art des so wichtigen Termins fragen, als sie vor dem Auto stand, aber er war längst mit einem kurzen Winken und Worten, die nach „bis später" klangen, in seinem Haus verschwunden. Natürlich hatte er wieder vor ihrer Einfahrt geparkt, und sie betrachtete ihr Auto, das nun in seiner Bewegungsfreiheit eingeschränkt war. „Und wenn ich jetzt nochmal wegmuss?", murmelte sie vor sich hin. Aber ihren Nachbarn jetzt zum Wegfahren aufzufordern, erschien ihr angesichts seiner Eile eher sinnlos.

Das Problem des eingeparkten Wagens löste sich, noch bevor sie ihre Haustür geöffnet hatte. Ihr Nachbar erschien wieder vor dem Haus. Er hielt einen länglichen Gegenstand in der Hand und trug statt des üblichen Sakkos einen Mantel, unter dem am unteren Rand ein grünlicher Stoff herauslugte. So rasant, wie er gekommen war, fuhr er auch wieder los. Frau Appeldorn stand da und sah dem Mercedes nach, der um die Straßenecke bog.

V

Frau Appeldorn räumte gerade das Geschirr vom Abendbrot in die Spülmaschine, als es an der Haustür klingelte. Sie klappte die Tür der Spülmaschine hoch, trocknete sich die Hände und ging zur Tür. Sie hatte mit ihrem Nachbarn gerechnet, aber als sie die Tür öffnete, stockte sie verblüfft.

„Herr Kommissar, was verschafft mir denn die Ehre?"

Kommissar Walther hob beschwichtigend die Hand. „Ich hoffe, ich komme nicht ungelegen, aber ich wollte Sie kurz sprechen. Und da die Adresse quasi auf meinem Heimweg liegt, dachte ich, ich schaue mal eben vorbei."

„Ja, natürlich. Kommen Sie doch herein."

Der Kommissar folgte der Aufforderung. Er trug eine sportliche Windjacke über einem blauen Hemd zu einer Jeans. Er sah generell sportlich aus und entsprach absolut nicht der Vorstellung, die Frau Appeldorn von Kommissaren hatte. Sie musste sich aber auch eingestehen, dass ihre Vorstellungen sehr von Horst Tappert und Hansjörg Felmy geprägt waren. Schon mit Schimanski hatte sie nicht viel anfangen können.

„Legen Sie doch ab", schlug sie ihm vor.

Er schüttelte den Kopf. „Ich will Sie nicht lange stören."

„Na ja, kurz Platz nehmen können Sie aber doch, oder?"

Er nickte, zog seine Jacke aus und reichte sie Frau Appeldorn. Die zeigte in Richtung des Wohnzimmers. „Kommen Sie und setzen Sie sich. Kann ich Ihnen etwas anbieten?"

„Nein, nein, ist wirklich nicht nötig." Er setzte sich in einen Sessel.

„Ich habe mir gerade einen grünen Tee aufgegossen. Möchten Sie auch eine Tasse?"

„Nein, danke. Wie gesagt, ich möchte Sie nicht lange aufhalten."

Frau Appeldorn setzte sich ihm gegenüber. „Was führt Sie denn zu mir? Ich hoffe, ich bekomme keinen Ärger mit der Polizei?"

Er schüttelte den Kopf. „Ich bin nicht dienstlich hier." Er betrachtete seine Hände. „Noch nicht", hängte er an.

„Oh, das klingt nun doch beängstigend."

„Ich hoffe, es muss nicht soweit kommen, dass es beängstigend wird."

Er fixierte ihren Blick und fuhr fort: „Mir ist zu Ohren gekommen, dass Sie Nachforschungen im Fall des toten Herrn Borger anstellen."

„Wie kommen Sie denn darauf?"

„Hier sprechen sich die Dinge schnell herum, liebe Frau Appeldorn. Sie haben im Kulturverein darüber gesprochen, dass Sie dem Fall nachgehen wollen."

„Das ist vielleicht zu viel …"

„Lassen Sie es mich so sagen", unterbrach er sie. „Wenn Sie sich einmischen und dadurch unsere Ermittlungen gefährden, dann werde ich wiederkommen müssen. Und dann wird es dienstlich sein und Konsequenzen für Sie haben." Er sah sie streng an.

„Oh, ich weiß nicht, was Sie da gehört haben, aber Nachforschungen ist ein viel zu großes Wort. Quasi als Projektverantwortliche für den Tag der offenen Ateliers habe ich natürlich eine Verantwortung dem Kulturverein gegenüber, jeden Schaden abzuwenden. Da ist es unumgänglich, dass ich die Zusammenhänge kenne."

„Liebe Frau Appeldorn, ich kann Sie nur eindringlich auffordern, sich aus jeglichen Untersuchungen herauszuhalten."

„Versprochen, Herr Kommissar. Ich komme Ihnen gewiss nicht in die Quere."

Er musterte sie, und sie versuchte einen überzeugenden Gesichtsausdruck aufzusetzen.

„Das kann ich nur hoffen", er machte Anstalten, sich zu erheben.

„Aber nur mal so aus Neugier, Herr Kommissar", hakte Frau Appeldorn nach. „Gibt es denn neue Entwicklungen in dem Fall?"

Er verzog das Gesicht. „Sie erwarten doch nicht von mir, dass ich Ihnen Details zu einem laufenden Fall erzähle."

„Nein, natürlich nicht."

Wieder machte er Andeutungen, aufstehen zu wollen.

„Ich muss ehrlich sagen, dass ich Sie sehr bewundere", stellte Frau Appeldorn fest und verfehlte damit nicht die gewünschte Wirkung. Der Kommissar ließ sich wieder in den Sessel fallen.

„Ach, nein, das ist zu viel der Ehre", winkte er ab. „Ich mache nur meinen Job."

„Aber den machen Sie gut. Und Sie sind ja auch noch so jung. Sie müssen eine steile Karriere hingelegt haben."

„Ach, nein, eigentlich nicht", stammelte er.

„Nur so allgemein", begann sie. „Ich will gar keine Details zum Fall wissen. Aber wie ist eigentlich das generelle Vorgehen bei einem solchen Mordfall?"

Er zuckte mit den Schultern. „Nun, im Grunde gehen wir immer gleich vor. Es wird eine Kommission gebildet, der dann alle Beamtinnen und Beamten angehören, die für die Auflösung gebraucht werden."

Sie nickte. „Stimmt, davon habe ich schon gehört. Und Sie leiten die Mordkommission in diesem Fall?"

Er verzog leicht das Gesicht, und es war ihm anzumerken, dass er nach den richtigen Worten suchte.

„Also, äh, eigentlich nein. Die Leitung übernimmt immer ein erfahrener Hauptkommissar. Ich bin ja nur Oberkommissar." Wie er das Wort „nur" betonte, zeigte, dass ihn dieser Umstand sehr belastete.

„Ach", beschwichtigte Frau Appeldorn ihn. „Das ist sicher nur eine Frage der Zeit. Wenn die Verantwortlichen sehen, wie Sie diesen Fall lösen, ist die Beförderung bestimmt nicht mehr weit." Sie musterte ihn. „Haben Sie eigentlich schon die Ehefrau von Herrn Borger befragt?"

Er sprang aus seinem Sessel auf. „Ich habe Ihnen doch gesagt. Keine Details zum Fall."

Sie stand ebenfalls auf und machte einen Schritt auf ihn zu. „Na ja, Sie werden ganz gewiss die Ehefrau befragen. Das ist doch nun wirklich keine geheime Information. Und ich könnte Ihnen im Gegenzug doch auch Informationen liefern, die Ihnen bei den Ermittlungen helfen könnten. Wäre doch für die Beförderung sicherlich sehr hilfreich, finden Sie nicht?" Sie legte ihm leicht die Hand auf die Schulter, und er setzte sich wieder. Sie tat es ihm gleich.

„Welche Informationen haben Sie denn?", fragte er nach.

„Nun, ich glaube, die Ehefrau verheimlicht etwas. Womöglich hat sie ein Verhältnis. Zumindest deuten Beobachtungen von heute Nachmittag daraufhin. Das wäre doch ein Motiv, nicht wahr?"

„Ja, wäre es, wenn es denn stimmte. Aber Sie äußern nur Vermutungen. Die bisherigen Beweise deuten eher auf eine andere Person."

„Jetzt sagen Sie nicht, Sie meinen Frau Dammer. Die war es nicht, denke ich."

„Wenn Sie sich da mal nicht täuschen."

„Mir ist klar, dass meine Beobachtung von dem Streit zwischen ihr und Herrn Borger diesen Anschein erzeugt hat, aber der Grund dafür erscheint mir doch als zu gering für einen Mord."

„Menschen sind schon wegen geringerer Dinge ermordet worden. Und so ein Schlag auf den Kopf macht man schnell mal, wenn man wütend ist."

„Er ist erschlagen worden?"

Der Kommissar schreckte auf. „Das haben Sie nicht gehört." Wieder sprang er auf. „Ich muss jetzt wirklich los."

Frau Appeldorn erhob sich auch wieder und folgte ihm in den Flur, wo er sich seine Jacke von der Garderobe nahm.

„Machen Sie sich keine Sorgen", wandte sie sich an ihn. „Von mir erfährt keiner was." Sie lächelte ihn an.

„Sie würden mich in Teufels Küche bringen", murmelte er, während er zur Haustür ging.

„Das mache ich nicht. Keine Sorge. Aber Frau Dammer war es bestimmt nicht."

Er drehte sich zu ihr und sah ihr tief in die Augen. „Doch, sie war es. Wir haben die Mordwaffe gefunden und ihre Fingerabdrücke waren darauf."

Er nickte ihr zum Abschied zu, ging hinaus und schloss die Haustür hinter sich.

Den ganzen Morgen hatte Frau Appeldorn darüber nachgedacht, wie sie ihrem Nachbarn schonend beibringen könnte, dass es belastende Indizien gegen seine Tochter gab. Und sie rätselte, was wohl die Mordwaffe gewesen sein könnte. Zu dumm, dass sie dem Kommissar dieses Detail nicht auch noch hatte entlocken können. Sie schob den Einkaufswagen in den Supermarkt und wäre bald dem alten Mann vor ihr in die Fersen gefahren. Dass diese Rentner aber auch immer so langsam durch den Markt schlurfen mussten. Sie zuckte zusammen. Sie war jetzt auch eine Rentnerin. Sie schüttelte sich und überholte den Mann mit schnellen Schritten. Nein, sie war eine aktive und dynamische Pensionärin.

Der Mord geschah im Atelier, also lag ein Gegenstand von dort als Waffe nahe. Der Mörder hatte sicherlich keine eigene Schlagwaffe mitgebracht. Gedankenverloren legte sie den Eisbergsalat aus dem Sonderangebot für 99 Cent in den Einkaufswagen. Aber der Tote hatte gemalt. Welche möglichen Mordwaffen gab es bei einem Maler? Ihr fiel nichts ein, während sie vor dem

Regal mit den diversen Nudelsorten stand. Sie entschied sich für Fusilli, legte eine Packung davon in den Wagen und schob ihn weiter. Sie versuchte, sich das Atelier wieder vor Augen zu rufen. War da irgendein Gegenstand gewesen, der als Mordwaffe hätte dienen können?

„Da können Sie auch Zeitungspapier essen“, hörte sie eine weibliche Stimme sagen und schrak aus ihren Gedanken auf. „Sie sind doch die Frau vom Kulturverein, oder?“

Frau Appeldorn sah in Richtung der Stimme und erkannte sofort, wer sie da angesprochen hatte. „Guten Morgen“, sagte sie überrascht.

„An den Hut erinnert man sich auf jeden Fall.“ Die Frau lächelte und zeigte auf den Salat. „In dem Eisbergsalat sind kaum Nährstoffe. Und bio ist der auch nicht.“

Frau Appeldorn erinnerte sich, wie sie die Frau beim Tag der offenen Ateliers mit ihren merkwürdigen Tees genervt hatte. Was hatte sie noch ausgestellt?

„Was macht die Kunst, Frau äh …“

„Staller. Frederike Staller.“

„Ach ja, verzeihen Sie. Es waren so viele Namen an dem Tag. Sie waren doch in der alten Krawattenfabrik.“

Frau Staller nickte. „Ich hoffe, meine Skulpturen sind Ihnen in Erinnerung geblieben.“

„Ja, sicher. An die kann ich mich erinnern“, beeilte sie

sich zu bestätigen und hoffte, dass der Dame nicht auffiel, dass sie log.

Die Künstlerin kam etwas auf sie zu. „Haben Sie schon von dem schrecklichen Unglück gehört?"

„Sie meinen den Tod von Herrn Borger? Ja, das ist wirklich schrecklich."

„Er war so ein netter Mensch", fuhr Frau Staller fort. „Und so einfühlsam. Das konnte man an seiner Aura sofort erkennen."

Frau Appeldorn stutzte. „Oh, kannten Sie sich näher?"

„Nun, wir haben uns immer wieder in der Fabrik getroffen, und unsere Kunst hat uns verbunden." Sie sprach, als ob sie über einen Heiligen sprechen würde, und sah dabei an Frau Appeldorn vorbei nach oben, dass diese fast schon glaubte, der Geist des toten Malers würde leuchtend über ihrem Kopf schweben.

„Wer kann ihm nur so etwas angetan haben?", fragte Frau Appeldorn und gab sich betont mitgenommen.

Die Bildhauerin antwortete nicht und schüttelte nur leicht den Kopf.

„Er soll mit einigen Menschen Streit gehabt haben", hakte Frau Appeldorn nach.

Frau Staller schien aus ihren Gedanken zu erwachen. „Sie meinen diese Citymanagerin? Eine schreckliche Frau. Einfach keinen Zugang zur Kunst." Sie legte eine Hand auf ihre Brust, und ihr Blick bekam einen verträumten Glanz. „Der Martin hat sich für uns eingesetzt, verstehen Sie? Dafür bin ich ihm sehr dankbar."

„Kennen Sie denn auch seine Ehefrau?"

„Nein, aber der Martin war nicht mehr glücklich in seiner Ehe."

„Das hat er Ihnen erzählt?"

Sie nickte. „Er brauchte manchmal eine Schulter, an der er sich aussprechen konnte."

„Oh", ließ Frau Appeldorn verlauten und entschied sich dann, nicht weiter zu fragen.

„Ich habe ihm extra einen meiner Engel geschenkt, damit ihm seine heilende Wirkung helfen möge." Sie seufzte. „Er war wohl nicht stark genug."

„Einen Engel?", hakte Frau Appeldorn nach.

„Erinnern Sie sich denn nicht?" Der Vorwurf war deutlich vernehmbar. „Ich gestalte doch Engelfiguren, die die Herzen der Menschen öffnen."

„Ja, natürlich", beeilte sich Frau Appeldorn zu bestätigen. „Wie traurig, dass dieser Schutzengel Herrn Borger nicht helfen konnte."

Die Bildhauerin nickte und sah auf die Uhr. „Ich muss los. Heute wird Mangold von unserem Gemeinschaftsacker geerntet." Sie nickte Frau Appeldorn zu und verschwand in Richtung der Kassen.

Frau Appeldorn sah ihr nach. Sie konnte sich nicht an eine Engelsfigur im Atelier des Malers erinnern, aber sie konnte sich vorstellen, dass sie sich gut als Mordwaffe eignen würde.

Gerade als Frau Appeldorn mit den Einkäufen vor ihrer Haustür stand und in der Handtasche nach dem Schlüssel kramte, stürmte ihr Nachbar auf sie zu.

„Sie verdächtigen meine Tochter nun ganz offiziell“, rief er ihr auf halbem Weg entgegen, und Frau Appeldorn sah in seine Richtung. „Sie haben sie zur Vernehmung als Verdächtige geladen und ihr empfohlen, sich einen Anwalt zu holen.“

„Das tut mir leid.“

Ihr Nachbar musterte sie. „Das überrascht Sie nicht?“

Frau Appeldorn hatte den Schlüssel gefunden und öffnete die Haustür. „Ich hatte so etwas befürchtet.“

„Aber wieso? Sie war es nicht.“

Sie nahm ihre Einkäufe, ging ins Haus und gab Herrn Büyüktürk mit der Hand das Zeichen, ihr zu folgen. Er tat es und schloss die Haustür hinter ihnen, während sie Mantel und Hut ablegte und dann mit den Einkäufen in Richtung Küche ging. Er kam ihr nach. „Wissen Sie etwa mehr?“

Sie nickte. „Ich befürchte ja. Der Kommissar war gestern Abend noch bei mir und hat sich etwas verplappert.“ Sie öffnete den Kühlschrank und legte die gekühlten Teile aus dem Einkaufsbeutel hinein.

„Nun sagen Sie schon“, forderte sie der Nachbar auf, während sie den Kühlschrank schloss und die Nudeln in einen der oberen Küchenschränke räumte. Dann drehte sie sich zu ihm. „Ich weiß nicht, wie ich es sagen soll.“ Sie zögerte und musterte den Vater. „Wie es aussieht, haben sie wohl die Mordwaffe gefunden, und die Fingerabdrücke Ihrer Tochter sind darauf.“

Herr Büyüktürk sah sie erschrocken an. „Mordwaffe? Welche Mordwaffe?“

Frau Appeldorn faltete die Einkaufstasche zusammen und legte sie an ihren Platz. Dann drehte sie sich wieder zu ihm. „Anscheinend wurde Herr Borger erschlagen. Ich weiß nicht genau, womit. Aber ich habe eine Vermutung.“

Ihr Nachbar sank auf einen der Küchenstühle und hielt die Hände vor das Gesicht. „Oh Gott, in was ist mein armes Mädchen da nur hineingeraten?“

Frau Appeldorn überlegte, wie sie reagieren sollte. Zögerlich ging sie auf ihn zu und legte eine Hand auf seine Schulter. „Wir wissen, dass Ihre Tochter es nicht war. Der einzige Weg, ihr zu helfen, ist, den wahren Mörder oder eben die wahre Mörderin zu finden.“

Er löste seine Hände vom Gesicht und sah zu ihr hoch. „Die Ehefrau?“

Frau Appeldorn zuckte mit den Schultern und zog ihre Hand zurück. „Könnte sein. Womöglich gibt es aber auch noch andere Aspekte.“

Ihr Nachbar richtete sich auf. „Welche? Was wissen Sie noch?“

Sie berichtete ihm von ihrem Zusammentreffen mit der Bildhauerin im Supermarkt.

„Sie hat ihn wirklich als nett und hilfreich beschrieben?“, fragte er nach, nachdem sie geendet hatte.

Frau Appeldorn nickte.

„Merkwürdig, das hat sonst niemand getan. Lief da was zwischen denen?“

Wieder nickte sie. „Der Gedanke kam mir auch.“

Er stand vom Stuhl auf, und sein Gesicht drückte Entschlossenheit aus. „Dann ist das womöglich ein weiteres Motiv für die Ehefrau, nicht wahr?“

Erneut nickte Frau Appeldorn. „Es ist an der Zeit, dass wir uns mit ihr unterhalten.“

Ihr Nachbar war schon auf halbem Weg zur Tür, als er sich umdrehte. „Kommen Sie?“

Sie hetzte ihm nach und griff nach Hut und Mantel.

„Hoffentlich ist sie daheim“, besorgt wandte sie sich an ihren Nachbarn, als er den Mercedes vor dem Haus der Borgers anhielt.

„Werden wir ja sehen.“ Er stieg bereits aus.

Wieder hatte sie alle Mühe, ihm zu folgen. „Herr Büyüktürk, bitte bleiben Sie ruhig und lassen mich besser reden“, rief sie ihm hinterher.

Er blieb stehen und drehte sich zu ihr. „Wieso?“

Sie musste leicht schnaufen, als sie ihn erreicht hatte.

„Sie sind emotional zu sehr involviert. Es hilft uns nicht, wenn sie nicht mit uns redet. Wir bleiben bei dem Plan, wie gestern besprochen. Wir sind vom Kulturverein und kommen, um unser Beileid auszusprechen. In Ordnung?“

Er verzog das Gesicht und nickte. „Ja, ja, ist ja schon gut.“

Sie ging voraus und klingelte an der Tür. Einen kurzen Augenblick später öffnete sich diese, und die Ehefrau sah sie fragend an. „Was kann ich für Sie tun?“

„Guten Tag, Frau Borger“, begann Frau Appeldorn. Die Angesprochene nickte. Sie trug eine Jeans, Turnschuhe und eine einfache Bluse. Ihr mittelblondes, mit hellblonden Strähnchen durchsetztes Haar trug sie in einem kinnlangen Bob. Sie sah aus der Nähe betrachtet jünger aus, als Frau Appeldorn erwartet hatte, und es erhärtete sich der Eindruck, der sich schon bei der gestrigen Begegnung aus der Ferne eingestellt hatte. Sie kannte diese Frau, doch woher? Alles in allem wirkte Frau Borger nicht wie eine extrem trauernde Witwe, aber ging nicht jeder anders mit Leid um?

„Mein Name ist Mareike Appeldorn, und das ist mein Kollege Herr Büyüktürk. Wir sind vom hiesigen Kulturverein, und wir wollten Ihnen unser herzliches Beileid zum tragischen Tod Ihres Mannes ausrichten.“

Die Ehefrau musterte sie und dann den Nachbarn.

„Das ist aber nett von Ihnen. Möchten Sie kurz hereinkommen?“

„Wir möchten Ihnen nicht zur Last fallen …“, begann Frau Appeldorn. „Aber einen kurzen Moment haben wir sicher Zeit.“ Sie machte einen Schritt auf die Frau zu, die den Weg ins Haus freimachte. Herr Büyüktürk folgte ihr, und Frau Borger wies in Richtung des Wohnzimmers, wo sie auf der Couch Platz nahmen.

„Möchten Sie nicht kurz ablegen? Darf ich Ihnen etwas anbieten?“, fragte Frau Borger.

„Ach, das geht schon. Meine Aufgabe ist es, Ihnen vom Kulturverein jede Unterstützung anzubieten, die Sie benötigen.“

Frau Borger setzte sich ihnen gegenüber in einen Sessel. „Das ist lieb von Ihnen.“

„Wir sind alle so geschockt. Er war so engagiert“, fuhr Frau Appeldorn weiter fort.

Die Ehefrau nickte. „Ja, das kann ich mir denken.“

„Ich kann nicht ermessen, wie schrecklich dies für Sie sein muss. Gerade erst war Ihr Mann im Ruhestand. Sie hatten doch sicher noch viele Pläne.“

Die Ehefrau sah sie an. „Ja, das hatten wir. Kann ich Ihnen wirklich nichts anbieten?“

„Was hatten Sie denn geplant?“ Frau Appeldorn ignorierte die Frage.

Frau Borger sah sie irritiert an. „Wir wollten uns eigentlich ein Wohnmobil zulegen und reisen."

„Oh, wie toll."

„Aber er hatte ja jetzt seine Malerei."

„Sie waren nicht so begeistert von seinem Hobby?", schaltete sich Herr Büyüktürk ein, und sowohl Frau Borger als auch Frau Appeldorn sahen ihn an. Die erste überrascht, und die zweite mit einem warnenden Blick.

Frau Borger suchte sichtlich nach einer richtigen Antwort. „Na ja, es war natürlich schön, dass er etwas gefunden hatte, was ihn erfüllte."

„Aber Sie hätten sich gewünscht, er hätte mehr mit Ihnen unternommen", stellte Frau Appeldorn fest. „Das kann ich gut verstehen."

Die Ehefrau nickte.

„Waren Sie dann auch bei der Ausstellung in seinem Atelier am Sonntag?", hakte wieder Herr Büyüktürk nach.

Die Frau schüttelte den Kopf. „Das war mehr sein Metier."

„Seine Künstlerkolleginnen und Kollegen aus der Krawattenfabrik sind alle geschockt und vermissen ihn schon jetzt", meldete sich Frau Appeldorn zu Wort.

Der Blick der Ehefrau schien sich leicht zu verdunkeln. „Ja, ja", murmelte sie nur.

„Ich habe heute Morgen noch Frau Staller getroffen,

und sie hat mir gesagt, wie nett Ihr Mann immer zu ihr war."

Frau Borger stand unvermittelt aus ihrem Sessel auf und schaute demonstrativ auf ihre Armbanduhr. „Ich danke Ihnen sehr für Ihren Besuch, aber ich muss jetzt leider los. Es gibt so vieles, was ich noch organisieren muss."

Frau Appeldorn und Herr Büyüktürk erhoben sich ebenfalls. „Ja, natürlich. Wie gesagt, wenn Sie etwas benötigen, melden Sie sich bitte." Sie gab Herrn Büyüktürk mit einem Schubs zu verstehen, dass sie gehen sollten, und er folgte der Aufforderung zögerlich. Gemeinsam gingen sie alle drei zur Haustür.

Als die Ehefrau die Tür hinter ihnen geschlossen hatte und sie zum Auto gingen, sah Herr Büyüktürk sie mürrisch an. „Wir hätten ihr mehr auf den Zahn fühlen müssen."

„Das ging jetzt nicht. Wir haben doch schon jede Menge erfahren."

„Ach ja, und was?", fragte er, während er die Tür des Mercedes öffnete.

Sie stieg ein und griff nach dem Anschnallgurt. „Wir wissen nun, dass es richtig war, was man uns gesagt hat. Sie war sauer, dass ihr Mann sich nur der Malerei gewidmet hat und nicht mit ihr durch die Welt getourt ist. Und sie hat gelogen."

Er sah zu ihr, während er am Zündschlüssel drehte

und der Motor laut blubbernd ansprang. „Sie hat nicht die Wahrheit gesagt?“

Sie nickte. „Ja, ich weiß nämlich jetzt, wo ich sie schon mal gesehen habe.“

VI

„Wieso halten Sie?“ Frau Appeldorn sah ihren Nachbarn an.

„Ich habe Hunger. Sie nicht?“

Sie wandte sich zur anderen Seite und erblickte den türkischen Imbiss. „Na, wenn das kein Klischee ist.“

Er lachte. „Jeder mag Döner.“ Er stockte und sah zu ihr. „Sie doch auch, oder etwa nicht?“

Sie lachte ebenfalls. „Ja, ja.“

Sie stiegen aus, und Frau Appeldorn folgte ihm. Sie mussten warten, bis ein Jugendlicher bedient worden war, dann begrüßte der Mann hinter der Theke Herrn Büyüktürk auf Türkisch. Sie plauderten kurz und lachten, dann wandte sich Herr Büyüktürk an sie. „Einen Döner?“

Sie nickte. „Ja, mit allem außer Peperoni.“

Er sprach wieder mit dem Mann, und dann beobachteten beide wortlos, wie ihre Döner zubereitet wurden. Als es ans Bezahlen ging, wollte Frau Appeldorn ihr Portemonnaie aus der Handtasche holen, aber Herr Büyüktürk hielt sie mit einer Handbewegung davon ab. „Ich mache das“, sagte er und reichte dem Mann einen Geldschein.

Nachdem sie ihre Döner in Empfang genommen hatten, setzten sie sich vor den Imbiss an einen der dort aufgestellten Biertische. Frau Appeldorn schob einen vollen Aschenbecher an das andere Ende des Tisches. Dann begann sie vorsichtig, das Papier um das Fladenbrot abzuwickeln, damit sie hineinbeißen konnte. Trotz aller Vorsicht fielen ein Stück Gurke und Hirtenkäse auf den Tisch.

„Das schaffe ich nie", murmelte sie mit vollem Mund, und Herr Büyüktürk lachte laut auf.

„Das macht Sie menschlich." Auch er biss in sein Mittagessen und musste mit einem Fleischstück balancieren, damit es nicht hinunterfiel.

„Wirke ich sonst nicht menschlich?"

„Na ja, es umgibt sie schon immer eine ziemliche Kühle."

„So ein Blödsinn", protestierte sie. „Sie sind ja auch nicht unbedingt eine Ausgeburt an Herzenswärme."

„Das können Sie gar nicht beurteilen. Sie kennen mich doch gar nicht."

„Sie mich auch nicht, und trotzdem behaupten Sie so etwas."

Er nickte. „Da haben Sie recht." Dann biss er kräftig in sein Fladenbrot.

Den letzten Rest ihrer Mittagsmahlzeit vertilgten sie wortlos. Frau Appeldorn wischte sich Mund und Finger mit den mitgegebenen Servietten ab und knüllte alles in das Papier, in dem das Fladenbrot gelegen hatte.

„Noch einen Tee?“, fragte Herr Büyüktürk.

Frau Appeldorn zögerte, und ihr Nachbar verstand dies als Aufforderung. „Bin gleich wieder da.“

Sie beobachtete, wie er wieder kurz mit dem Mann hinter dem Tresen sprach und dann mit zwei Gläsern dampfenden türkischen Tees zurückkam. Er stellte eines der Gläser vor ihr hin und setzte sich dann wieder auf seinen Platz.

„Woher kennen Sie denn jetzt die Ehefrau?“, fragte er unvermittelt, nachdem sie jeweils einen Schluck genommen hatten, und Frau Appeldorn benötigte einen Moment, um sich wieder zu erinnern.

„Sie war in der Krawattenfabrik. Da hat sie gelogen. Ich haben sie gesehen.“

„Ja? Wann denn?“

„Als ich dort eintraf am Sonntag, kam eine Frau herausgerannt und rempelte mich dabei an. Das war sie.“

„Oh, das klingt doch, als ob etwas vorgefallen wäre. Warum haben Sie sie nicht gleich damit konfrontiert?“

„Ich bin mir erst bei der Verabschiedung darüber klargeworden. Und eine plumpe Konfrontation hilft auch nicht. Besser ist es, wenn wir erst einmal tiefer bohren und weitere Fakten sammeln, damit sie keine Ausflüchte mehr nehmen kann.“

Sie spürte, wie er sie musterte. „Was ist?“, fragte sie.

„Das macht Ihnen richtig Spaß, nicht wahr?“

„Ach Quatsch, es muss sein. Für Ihre Tochter und den Kulturverein.“

Er lachte. „Ja, sicher.“ Er leerte sein Teeglas und stellte es vor sich ab. „Was machen wir denn als Nächstes?“

Sie sah auf ihre Uhr. „Jetzt erst mal nichts. Ich habe noch Termine. Aber wir sollten am Abend mal in die Krawattenfabrik gehen. Vielleicht treffen wir die anderen Künstler dort an und erfahren etwas, was uns weiterhilft.“

„Guter Plan“, bestätigte er und stand auf.

Sie betrachtete das noch nicht ganz geleerte Teeglas und entschied dann, es stehen zu lassen. „Gehen wir.“

Frau Appeldorn balancierte das Tablett mit den Tassen und Untertassen auf dem Weg die zwei Stufen hinauf zur Kaffeetafel. Sie stellte das Tablett ab und begann, das Geschirr auf die Plätze zu verteilen. Elisabeth kam hinzu und stellte Kuchenteller hinzu. „Weißt du, welchen Kuchen es heute gibt?“, fragte sie.

„Ich hoffe, der Apfelkuchen ist wieder dabei. Beim letzten Mal gab es nur so trockene Sorten.“

Elisabeth nickte. „Ach, mit genügend Sahne gehen auch die.“ Sie lachte, dann stutzte sie. „Mist, die Sahne.“ Sie rannte zurück in die Küche und Frau Appeldorn begann, das Besteck zu verteilen. Als sie fertig war, betrachtete sie die gedeckte Kaffeetafel und sah sich im Raum der Seniorenbegegnungsstätte um. Er hatte den Charme eines in die Jahre gekommenen Kindergartens. Sie seufzte. Die Senioren, die regelmäßig zur wöchentlichen Kaffeetafel kamen, waren nicht viel älter als sie. Jedes Mal sah sie in die Gesichter, die auf sie traurig wirkten, und fragte sich, ob ihr eigenes Leben auch so enden würde. Wäre irgendwann die wöchentliche Kaffeetafel mit anderen Senioren der einzige Höhepunkt der Woche?

Die Tür öffnete sich, und eine Frau im Rollstuhl wurde von einem Herrn hereingeschoben. „Hallo, schön, dass Sie hier sind“, begrüßte Frau Appeldorn die Gäste und half dem Mann, den Rollstuhl die Rampe neben den Stufen hinaufzuschieben. „Sie können sich Ihren Platz noch frei auswählen“, teilte sie der Dame mit und versuchte, ein möglichst fröhliches Lächeln hinzubekommen. Die Seniorin belohnte ihre Bemühungen, indem sie ebenfalls lächelte und zu dem Mann hinter ihr sagte: „Da.“ Sie zeigte mit dem Finger auf den Platz am vorderen Ende der Tafel.

„Gute Wahl“, bestätigte Frau Appeldorn und lachte, während der Begleiter den Rollstuhl an die gewünschte Stelle lenkte.

Elisabeth kam aus der Küche und hielt zwei große Schüsseln mit Schlagsahne in den Händen, die sie auf den Tisch stellte. „Der Kuchen ist gekommen“, verkündete sie in Richtung Frau Appeldorn. „Apfel ist dabei." Sie grinste.

Weitere Gäste erschienen und verteilten sich auf die Plätze an der Kaffeetafel. Elisabeth hatte drei Kuchenplatten auf dem Tisch verteilt und Frau Appeldorn begann, Kaffee auszuschenken.

Als Frau Appeldorn eine leere Kaffeekanne in die Küche brachte, um sie wieder aufzufüllen, wandte sich Elisabeth an sie. „Hast du die Frau gesehen, die mit dem Gehstock, die ganz vorne sitzt?"

Frau Appeldorn nickte. „Ja, was ist mit ihr?"

„Sie heißt Staller mit Nachnamen. Heißt so nicht auch die esoterische Bildhauerin, von der du mir vorhin erzählt hast?"

„Du meinst, sie ist mit ihr verwandt?"

„Könnte doch sein? Frag sie doch einfach."

Frau Appeldorn füllte die Kaffeekanne auf und ging zurück zur Kaffeetafel. Es gab nur wenige Gespräche. Die meisten aßen wortlos ihren Kuchen und Frau Appeldorn musste angesichts dieser Trostlosigkeit gegen den Kloß in ihrem Hals ankämpfen. Sie ging zu Frau Staller.

„Noch Kaffee?"

Die Frau nickte und hielt ihr die Kaffeetasse entgegen.

„Kann es ein, dass ich Ihre Tochter kennengelernt

habe?“, fragte Frau Appeldorn, während sie die Tasse füllte.

„Frederike?“, fragte die Frau und Frau Appeldorn nickte.

„Ja, genau. Ich habe sie beim Tag der offenen Ateliers kennengelernt. Sie macht wunderschöne Engel.“

Die Frau lächelte. „Ach, meine Frederike. Sie ist meine Jüngste“, begann Frau Staller bereitwillig zu erzählen. „Die Nesthäkchen werden ja immer viel zu sehr verwöhnt.“ Die anderen Frauen in der Runde nickten. „Ihre eine Schwester ist Anwältin, und die Älteste sogar Ärztin. Leider sind beide weggezogen, und ich sehe sie kaum noch.“ Sie seufzte und erntete mitfühlende Blicke aus der Runde. „Frederike hatte mit so etwas nie was am Hut“, fuhr sie fort. „Sie hat begonnen, Sozialpädagogik zu studieren, das aber dann abgebrochen und eine Ausbildung zur Heilpraktikerin gemacht. Ich mache mir ständig Sorgen, was aus dem Kind mal werden soll.“ Wieder nickten die anderen Frauen in der Runde. Es schien, als ob alle mindestens ein Sorgenkind ihr Eigen nennen würden.

„Ist sie denn verheiratet?“, fragte Frau Appeldorn nach.

Frau Staller schüttelte den Kopf. „Nein, ihr ist einfach keiner gut genug. Gelegentlich taucht mal ein Mann in ihrem Leben auf, aber bevor es ernst werden kann, ist er wieder weg. Mir stellt sie die gar nicht erst vor.“ Sie hielt ihren Teller in Richtung des Apfelkuchens hoch. „Kann ich ein Stück bekommen?"

Frau Appeldorn legte es ihr auf den Teller. „Sahne?"

Frau Staller nickte, und Frau Appeldorn begann, Sahne auf das Kuchenstück zu schaufeln, bis Frau Staller mit der Hand ein Signal gab. Sie stellte den Teller vor sich hin und begann, ein Stück mit der Gabel abzutrennen und zum Mund zu führen. Auf halber Strecke stoppte sie, und das Kuchenstück mitsamt einer größeren Portion Sahne schwebte gefährlich in der Luft. „Aktuell ist da wieder wer, aber sie erzählt mir ja nichts." Sie bewegte das Kuchenstück zu ihrem Mund. Als sie es genüsslich verzehrt hatte, sah sie Frau Appeldorn an. „Ich glaube ja, es ist ein verheirateter Mann. So, wie sie herumdruckst." Die anderen Frauen an der Tafel sahen gespannt zu ihr. Guter Tratsch hellte einfach jede Kaffeetafel auf.

„Wissen Sie denn nicht, wer es ist?", fragte die Dame im Rollstuhl, die Frau Staller gegenübersaß.

Frau Staller schüttelte den Kopf, während sie sich ein weiteres Kuchenstück auf die Gabel lud. „Ich habe keine Ahnung. Muss aber ein großes Tier sein. Sie hat mal so etwas fallen lassen. Ein Manager, oder so."

Nun war das Gemurmel groß, und es wurden unter den Damen und Herren um die Tafel Vermutungen ausgetauscht, wer wohl der untreue Ehemann sein könnte. Später wurde sich eher generell über Untreue, Affären und einige Vorkommnisse in der Vergangenheit ausgetauscht. Elisabeth und Frau Appeldorn sahen sich an und nickten sich zu. Es war schön zu sehen, wie die Kaffeegäste auflebten und jetzt angeregt diskutierten.

Nachdem das letzte Kuchenstück vertilgt, der Kaffee ausgetrunken und die Senioren wieder gegangen waren, räumten die Frauen die Tafel ab und das Geschirr in die Spülmaschine ein. Als Elisabeth auf den Startknopf der Maschine drückte und diese gurgelnd Wasser für den Spülvorgang ansog, wandte sie sich an ihre Mitstreiterin. „Sag mal, Mareike." Sie musterte Frau Appeldorn. „Hängst du dich nicht etwas zu viel in die Angelegenheiten der Polizei, wenn du da überall nachfragst?"

Frau Appeldorn spülte ihr mitgebrachtes Kuchenbesteck ab und verstaute es in ihrer Handtasche. Dann hängte sie das Geschirrhandtuch über den Halter. „Hast du etwa mit Kommissar Walther gesprochen?"

„Nein, nein, ich dachte nur."

„Weißt du, Elisabeth, ich glaube, die Polizei ist auf einer völlig falschen Fährte, und ich helfe ihr, wenn mich anderweitig umhöre."

„Aber das ist doch auch gefährlich." Die Freundin sah sie mit einem besorgten Blick an.

Frau Appeldorn lächelte. „Ach, Quatsch. Wieso denn?"

„Immerhin haben wir es mit einem Mörder zu tun. Pass ja auf dich auf“, fügte Elisabeth an.

„Mach ich“, sagte Frau Appeldorn, und gemeinsam verließen sie die Seniorenbegegnungsstätte.

„Da sind Sie ja endlich!“ Herr Büyüktürk stand an ihrer Einfahrt, als sie aus dem Auto ausstieg.

„Was ist denn los?“ Sie sah sich um. „Wo haben Sie denn Ihr Auto geparkt?“

Er zeigte die Straße hinunter. „Da hinten irgendwo. Wo waren Sie? Wir müssen los.“

„Was haben Sie es plötzlich so eilig?“

Er kam einen Schritt auf sie zu. „Ich habe vorhin mit Hatice gesprochen. Sie ist völlig fertig. Ich mache mir große Sorgen. Es nimmt sie alles so mit, und die Polizei macht richtig Druck. Wir müssen etwas finden, was sie entlastet.“

„Okay, okay. Ich muss nur kurz die Sachen ins Haus bringen und komme sofort wieder. Holen Sie doch schon mal das Auto. Sie fahren.“ Einen kurzen Moment blieb er unschlüssig stehen, dann ging er in die Richtung, in der das Auto stehen sollte.

Frau Appeldorn stellte ihre Handtasche an ihrer Garderobe ab und betrachtete sich in dem großen Wandspiegel, der daneben angebracht war. Der Hut saß noch perfekt, aber sie sah so aus, wie sie sich fühlte. Müde. Ein gemütlicher Abend auf der Couch wäre auch schön. Es war ein anstrengender Tag gewesen, und in ihr hallten die Worte des Arztes nach, mit denen er sie entlassen hatte. „Schonen Sie sich", hatte er gesagt. „Ihr Körper braucht Zeit, bis er wieder ganz erholt ist."

Sie nahm das Besteck aus der Handtasche und brachte es in die Küche. Der Arzt würde ihr sicher raten, heute zuhause zu bleiben und nicht irgendwelchen Ermittlungen nachzugehen. Andererseits war es doch schön, dass etwas in ihrem Leben geschah. Dass sie nicht nur alleine daheim herumsaß und sich auf die nächste Kaffeetafel in der Begegnungsstätte freute. Dass sie sich hin und wieder anstrengen musste, war ein kleiner Preis dafür, sich lebendig zu fühlen.

Eine Hupe vor dem Haus holte sie aus ihren Gedanken. Sie ging zurück zur Garderobe, nickte ihrem Spiegelbild kurz zu und griff ihre Handtasche. Dann ging sie aus dem Haus.

Dieses Mal war das Tor zur alten Krawattenfabrik geschlossen und ging nur schwer auf. Herr Büyüktürk half ihr, dagegen zu drücken. Schließlich waren sie im Gebäude. Es war immer noch derselbe Geruch, den Frau Appeldorn von ihrem letzten Besuch in Erinnerung hatte. Eine Melange aus Farbe, heißem Metall und anderen Düften, die sie nicht einordnen konnte.

„Da lang", sagte sie in Richtung ihres Begleiters und ging voraus in den Flur, wo das Atelier des Malers war.

Die Tür war mit einem amtlichen Siegel gesichert. „Schade. Ich hatte gehofft, einen Blick in den Raum werfen zu können."

Herr Büyüktürk machte einen Schritt an die Tür und betrachtete das Siegel. „Das kriegen wir nicht ab, ohne es zu beschädigen."

„Na, Sie haben ja Ideen. Das wäre strafbar, und wir bekämen ziemlichen Ärger."

„Ist ja schon gut", winkte er ab. „Und jetzt?"

„Ich schlage vor, wir arbeiten uns von rechts nach links durch." Sie zeigte auf die Türen.

Er nickte. „Gut. Dann los." Er ging zur ersten auf der rechten Seite.

„Moment", rief sie ihm hinterher. „Hier müssen wir kräftiger anklopfen. Der Mann schweißt ständig irgendwelche Metallteile zusammen und hört sonst nicht, dass wir hereinkommen. Das ist gefährlich."

Herr Büyüktürk verzog das Gesicht. „Gefährlich, pah." Dennoch hämmerte er kräftig gegen die Tür. Aber ohne auf eine Antwort zu warten, drückte er die Klinke hinunter und öffnete sie. Sofort umgab sie ein Hauch von schmelzendem Metall, und das Brutzeln des Schweißbrenners war zu hören. „Hallo!", rief Herr Büyüktürk und hielt sich die Hand vor Augen. Frau Appeldorn war noch auf dem Flur stehengeblieben und schaute vorsichtig um die Ecke.

„Hallo!", rief Herr Büyüktürk erneut, dann drehte

sich der Schweißer um und stoppte seine Arbeit. Er klappte seine Schweißermaske hoch. „Was machen Sie denn hier?“, rief er.

„Entschuldigen Sie“, begann Herr Büyüktürk, und Frau Appeldorn kam in den Raum.

„Ach, Sie kenne ich doch“, stellte der Schweißer fest. „Wollen Sie sich etwa schon wieder beschweren?“

Frau Appeldorn hob beschwichtigend die Hände. „Nein, nein, wir sind hier, weil wir Sie etwas fragen wollten.“

Er musterte die beiden Besucher und legte seine Schweißpistole ab. „Aha, und was?“

„Sie haben doch sicher mitbekommen, dass hier nebenan ein schreckliches Unglück geschehen ist, oder?“

Er nickte. „Ja, aus der Zeitung. Ich war bis gestern beruflich unterwegs. Den Herrn Manager hat´s erwischt. Mieses Karma, kann ich da nur sagen.“

„Oh, mir scheint, Sie waren nicht gut auf ihn zu sprechen“, wandte Herr Büyüktürk ein.

„Man soll ja nichts Schlechtes über Tote sagen, aber er ist uns schon ziemlich auf den Geist gegangen mit seinem Getue. Ständig hat er den großen Manager in einem multinationalen Konzern heraushängen lassen und wollte alles bestimmen und organisieren.“

„Hatten Sie denn Streit mit ihm?“

Er winkte ab. „Ich hab´ ihn einfach machen lassen und mich um meinen eigenen Kram gekümmert."

„Wie standen denn Ihre Kolleginnen und Kollegen hier in der Fabrik zu ihm?"

„Die meisten waren wohl auch genervt." Er fingerte an seinem Metallobjekt herum und drehte es etwas, so dass man es nun von einer anderen Seite betrachten konnte. „Soll ein Ritter werden", erklärte er seinen Besuchern.

Herr Büyüktürk betrachtete die Metallkonstruktion. „Ja, kann man schon erkennen."

Frau Appeldorn sah ihn verblüfft an. „Ein wenig", stammelte sie. „Gab es denn in letzter Zeit konkrete Zusammenkünfte hier untereinander?", fuhr sie fort.

Der Künstler sah von seinem Werk auf und nickte. „Ja, wir hatten ja einige Treffen zur Organisation des Tages der offenen Ateliers. Herr Borger hatte natürlich die Führung übernommen. Fast jede Idee, die irgendwer vorbrachte, wurde von ihm abgeschmettert. Außer …"

Sie sahen ihn an. „Ja?", hakte Frau Appeldorn nach.

„Na ja, unsere kleine Fee – ich nenne sie so, weil sie immer so abgehoben und fern von dieser Welt wirkt – also, wenn sie etwas sagte, dann war das immer prima und wurde wohlwollend aufgenommen."

„Wer ist denn diese Fee?", fragte Herr Büyüktürk.

Frau Appeldorn machte einen Schritt auf den Schweißer zu. „Lassen Sie mich raten. Sie meinen die Bildhauerin mit den Engeln drei Türen weiter, nicht wahr?"

Der Künstler nickte. „Genau die meine ich."

„Hatten die zwei etwas miteinander?", fragte Frau Appeldorn nach.

Er zuckte mit den Schultern. „Einige haben es vermutet, und sie wollte definitiv etwas von ihm. So, wie sie ständig um ihn herumtänzelte. Aber ob er sich darauf eingelassen hat, kann ich nicht sagen. Gesehen habe ich nichts. Geht mich ja auch nichts an." Er drehte wieder an seinem Kunstwerk. „Aber wenn ich hier arbeite, kriege ich sowieso nicht so viel von dem mit, was in den anderen Ateliers geschieht."

Frau Appeldorn nickte. „Danke, das hat uns auf jeden Fall schon geholfen." Sie gab ihrem Nachbarn mit einem Blick zu verstehen, dass sie gehen konnten.

„Eine Frage habe ich noch", wandte der sich stattdessen an den Mann. „Wie lange waren Sie am Sonntagabend noch hier?"

Der Schweißer sah ihn an. „Ich bin Punkt zwanzig Uhr gegangen, als der Tag der offenen Ateliers beendet war. Hat sich für mich sowieso nicht gelohnt."

Frau Appeldorn wollte erwidern, dass dies wahrscheinlich an seiner Unhöflichkeit gelegen haben könnte, verkniff es sich aber dann doch. „Haben Sie denn gesehen, ob die anderen noch hier waren?", fragte sie stattdessen.

Er nickte. „Ja, soweit ich mich erinnern kann, waren alle Türen noch geöffnet. Ein paar Besucher liefen ja auch noch hier herum.“

„Okay, danke. Ich denke, wir haben alles, oder?“ Sie musterte ihren Begleiter.

„Ja, danke“, ergänzte er. „Viel Erfolg noch.“

Der Schweißer nickte und klappte seine Maske herunter. Frau Appeldorn und Herr Büyüktürk beeilten sich, die Tür hinter sich zu schließen, als sie wieder das Brutzeln des Schweißgeräts vernahmen.

Sie sahen sich an, und Frau Appeldorn lächelte. „Die Fee“, sagte sie, und Herr Büyüktürk lachte ebenfalls. „Genau, die Fee.“ Sie gingen zum Atelier von Frederike Staller und klopften an die Tür. Es war nichts zu hören. Frau Appeldorn betätigte die Türklinke, doch es war abgeschlossen. „Der Künstlerin ist heute wohl nicht nach kreativem Schaffen“, stellte sie fest und sah zu ihrem Nachbarn.

„Und jetzt?“, fragte der, als die Tür des Ateliers nebenan geöffnet wurde.

„Oh, wie schön, dass Sie wieder vorbeischauen.“ Der Klebebandkünstler strahlte sie an. „Wollten Sie noch einmal die Kunstwerke bestaunen?“

„Nein, wir sind leider aus einem anderen Anlass hier“, klärte ihn Frau Appeldorn auf, doch Herr Gläser ließ sich davon nicht beirren.

„Haben Sie schon meine Werke gesehen?“, wandte er sich an Herrn Büyüktürk.

Der sah von ihm zu Frau Appeldorn, die ihn mit Blicken warnen wollte, doch er verstand nicht und ging dem Künstler in die Falle. „Nein, ich denke, ich habe sie noch nicht gesehen.“

Das Gesicht von Robert Gläser hellte sich um weitere Grade auf, und er fasste seinen vermeintlichen Käufer an den Arm. „Dann nur keine Scheu. Kommen Sie herein.“ Er schob ihn in sein Atelier, und Frau Appeldorn blieb nichts anderes übrig, als hinterherzutrotten.

Der Künstler erläuterte ausführlich seine Technik und hielt währenddessen verschiedene Sorten Klebeband in die Höhe. „Beeindruckend, nicht wahr?“, endete er und sah Herrn Büyüktürk beifallheischend an.

„Äh“, stammelte er. „Ja, ganz, äh, also …“

Der Künstler tätschelte seine Schulter. „Ja, das kenne ich. Vielen, die das zum ersten Mal sehen, fehlen die Worte. Es überwältigt einen eben, nicht wahr?“

Herr Büyüktürk starrte ihn an und nickte wortlos. Dann sah er hilfesuchend zu Frau Appeldorn. Ich habe Sie gewarnt, wollte sie sagen, aber tat es nicht. Stattdessen wandte sie sich unerwartet an Herrn Gläser. „Sie haben doch sicher auch von dem tragischen Tod Ihres Ateliernachbarn gehört, oder?“

Der Blick des Künstlers änderte sich schlagartig. Jegliche Begeisterung war daraus verschwunden. Er nickte. „Ja, natürlich. Wie schrecklich."

„Wie lange waren Sie denn am vergangenen Sonntag noch hier?"

„Oh, ich habe noch gewartet, bis die letzten Besucher weg waren. Es muss so gegen halb neun gewesen sein. Dann bin ich gegangen."

„Wie war denn Ihr Verhältnis zu Herrn Borger? Er soll ja recht schwierig gewesen sein."

Robert Gläser nickte. „Ja, er hatte schon ziemliche Chefallüren, aber mir war es recht, dass sich jemand um alles kümmerte. Ich würde sagen, wir hatten ein normales, künstlerisches Arbeitsverhältnis."

„Haben Sie eine Vermutung, wer Herrn Borger das angetan haben könnte?", hakte Frau Appeldorn nach.

Der Klebebandkünstler zuckte mit den Schultern. „So etwas kann ich mir nicht vorstellen." Er machte eine Pause und begann dann stockend. „Aber wenn ich es so recht bedenke, er hatte wohl Probleme mit den Frauen."

„Den Frauen?", fragte Herr Büyüktürk nach.

„Ja, mit seiner Ehefrau hatte er ständig Streit. Sie war an dem Tag noch hier, und ich habe sie streiten hören. Na ja, und welches Verhältnis ihn mit Frederike verband, weiß ich nicht genau. Ich denke aber, da lief was." Er sah seine Besucher an. „Frederike ist die Bildhauerin nebenan, bei der sie gerade geklopft haben. Ach, das wissen Sie wahrscheinlich schon." Er lächelte.

Frau Appeldorn nickte. „Danke, Sie haben uns sehr geholfen." Sie sandte Herrn Büyüktürk einen eindringlichen Blick, um ihn zum schnellen Verlassen des Ateliers zu bewegen, aber es dauerte zu lange, bis dieser verstand.

„Meine Kunstwerke kann man erwerben", wandte sich Herr Gläser an ihn. „Machen sich in jeder Wohnung gut."

Herr Büyüktürk sandte einen hilfesuchenden Blick an seine Nachbarin. Die packte ihn beherzt am Arm. „Wir müssen dringend los. Wir werden uns das noch überlegen, nicht wahr?" Sie nickte Herrn Büyüktürk eindringlich zu.

„Ja, ja, wir überlegen uns das", bestätigte der und folgte Frau Appeldorn durch die Tür.

„Sie wissen ja, wo Sie mich finden", rief der Künstler ihnen nach. „Ich komme auch gerne zu Ihnen nach Hause mit einigen Werken. Dann können Sie sehen, wie sie in Ihren eigenen vier Wänden wirken."

„Danke, danke", rief Herr Büyüktürk zurück, während sie ihn aus der Fabrik zog.

Frau Appeldorn legte ihren Hut in die Schachtel. Morgen würden sie versuchen, mit Frederike Staller und noch einmal mit der Ehefrau zu sprechen. Sie war überzeugt, dass eine von den beiden Herrn Borger die Statue über den Schädel geschlagen hatte.

Sie ging in ihr Wohnzimmer, schaltete die Musikanlage ein und überlegte, welche CD für den heutigen Abend passen könnte. Sie entschied sich für Crystal Castles, legte sie ein und ließ sich in ihren Lieblingssessel fallen. Sie schloss die Augen und bei den sphärischen Klängen der Musik entstanden Bilder vor ihrem inneren Auge. Sie sah sich und den Kommissar, wie er sie beglückwünschte. Die Blitzlichter der Pressefotografen flammten auf, und Mikrofone wurden ihr entgegengehalten. Sie sah sich im Mittelpunkt des Geschehens. Eine wohlige Wärme durchflutete ihren Körper. Eine innere Zufriedenheit erfasste sie.

Es dauerte, bis sie aus den Klängen der Musik ein unpassendes Geräusch herausfiltern konnte, das sie dann als Klingeln des Telefons identifizierte.

Sie seufzte, dann stand sie auf, stoppte die Musik und nahm das störende Gerät in die Hand.

„Ja?“, meldete sie sich, als sie auf die Taste mit dem grünen Hörer gedrückt hatte.

„Mareike?“, fragte die Stimme am anderen Ende.

„Ja, klar. Wer sonst? Hallo Annemie.“

„Was ist los, Schwesterchen? Man hört gar nichts mehr von dir. Wie geht es dir? Was hat der Arzt gesagt?“

„Alles gut so weit.“ Sie ging wieder zu ihrem Sessel und setzte sich.

„Das war´s? Alles gut?“

„Was soll ich denn sonst sagen?"

„Herrgott, du warst ja nie bekannt für Gefühlsausbrüche, aber es geht um Krebs, verdammt nochmal. Kannst du dir da nicht vorstellen, dass sich deine Schwester Sorgen um dich macht?"

„Doch, ja, klar. Aber ist alles gut. Kein Krebs mehr zu sehen."

„Das ist doch großartig. Hättest mich ruhig mal anrufen und es mir sagen können."

Frau Appeldorn schaute auf das Telefon und nahm es dann wieder ans Ohr. „Bin ich noch nicht dazu gekommen."

„Ach, ja, was machst du denn so Wichtiges? Bist doch jetzt Rentnerin."

„Pensionärin."

Annemie lachte. „Von mir aus. Und? Was machst du so, Frau Pensionärin?"

„Ach, so dies und das."

„Klingt ja spannend." Sie machte eine Pause. „Sag mal, was hältst du davon, wenn du am Wochenende zu uns kommst? Thomas freut sich auch, dich mal wieder zu sehen. Seit die Kinder aus dem Haus sind, haben wir nicht mehr so viel Besuch hier. Na, was denkst du?"

Frau Appeldorn sog tief Luft ein. „Dein Mann kann mich doch gar nicht leiden."

„So ein Quatsch. Er mag dich. Ihr diskutiert eben

leidenschaftlich gerne."

„Ich kann am Wochenende nicht, habe viel zu tun."

„Du meinst, so dies und das?", antwortete die Schwester, und der Unmut war auch durch das Telefon sehr deutlich zu vernehmen.

„Ach, kann ich dir jetzt nicht erklären. Ist komplex."

„Mareike, du kannst dich jetzt nicht alleine in deinem Häuschen vergraben. Das tut dir nicht gut. Du musst auch auf deine Verfassung achten. Eine gesunde Psyche macht einen gesunden Körper."

„Meine Psyche ist gesund."

„Das bleibt sie aber nicht, wenn du immer nur alleine bist."

„Annemie, ich bin nicht alleine. Ich habe die Frauen vom Kulturverein und meinen Nachbarn." Frau Appeldorn tadelte sich innerlich dafür, dass ihr das herausgerutscht war.

„Deinen Nachbarn?" Die Hoffnung, dass ihre Schwester den Fauxpas nicht mitbekommen haben könnte, war dahin.

„Ja, wir arbeiten in einem Projekt zusammen."

„Wie schön, dass du da jetzt die Nachbarn kennenlernst. Ist er nett?"

„Er ist mein Nachbar. Jetzt dichte da nichts hinein. Als ob ich in meinem Alter noch irgendeinen Kerl in meinem Leben haben wollte."

„Warum denn nicht? Du bist doch noch ziemlich ansehnlich."

„Oh, wie nett. Das erfreut jedes Frauenherz." Sie versuchte, so spöttisch zu klingen, wie es möglich war.

„Mensch, Mareike, es ist echt nicht leicht mit dir. Aber es freut mich, dass da Menschen um dich herum sind. Und du weißt, du bist jederzeit bei uns willkommen, wenn dir die Decke auf den Kopf fällt, okay?"

„Ja, das weiß ich. Danke."

Sie beendeten das Gespräch, und Frau Appeldorn schaltete die Musik wieder ein. Aber diese angenehmen Bilder von ihrem feierlichen Triumph wollten sich partout nicht wieder einstellen.

VII

Während sie an ihrem zweiten Kaffee nippte, ließ sie ihren Blick durch das Fenster hinaus schweifen. Es war ein sonniger Morgen. In der Ferne konnte sie sehen, wie der Wind die Blätter in den Bäumen leicht hin und her bewegte. Ihre Gedanken schienen im gleichen Tempo die Richtung zu wechseln. Was war der beste nächste Schritt, um den Mörder oder nach aktueller Faktenlage eher die Mörderin des Malers zu überführen? Sie beobachtete, wie ein Vogel, die Art wusste sie nicht, sich direkt vor ihrem Fenster niederließ und sie anzusehen schien.

„Na, hast du eine Idee?“, fragte sie den Besucher. Dann sog sie tief Luft ein, trank den letzten Rest Kaffee und stand auf. Der Vogel schreckte auf und flog davon. „Ja, ja, hau ruhig ab. Warst mir keine Hilfe“, murmelte sie, während sie die Kaffeetasse ausspülte und abstellte.

Kaum zu glauben, dass sie nun schon das zweite Mal in einer Woche die Tür zur Polizeiwache aufzog. Sonst machte doch jeder eher einen großen Bogen um dieses Gebäude. Es gab schließlich wenige positive Gründe, hier vorbeizuschauen.

Die Beamtin hinter dem Tresen musterte sie.

„Ich möchte gerne Herrn Oberkommissar Walther

sprechen", Frau Appeldorn kam lieber jeder Frage zuvor. Die Beamtin griff zum Telefonhörer, wählte und fragte nach Herrn Walther. „Hier ist Besuch für Sie", hörte Frau Appeldorn sie sagen, dann legte sie auf. „Er kommt sofort."

Frau Appeldorn nickte und ging einen Schritt auf die Tür zu, von der sie wusste, dass sie in die oberen Büros führte. Einen kurzen Moment später öffnete sie sich und Her Walther erschien. „Frau Appeldorn, was führt Sie zu mir?"

„Ich würde sagen neue Erkenntnisse. Haben Sie einen Augenblick?"

Er nickte. „Natürlich. Kommen Sie."

Sie gingen wieder die Treppe hinauf in sein Büro. Sie setzte sich neben seinen Schreibtisch auf den Besucherstuhl, ohne seine Aufforderung abzuwarten, und beobachtete, wie er sich in seinen Bürostuhl fallen ließ.

„Was gibt es denn Neues?"

„Haben Sie zwischenzeitlich mit der Ehefrau gesprochen?"

„Sie wissen doch …"

„Ja, ja, ich weiß", winkte sie ab. „Ich weiß, dass sie lügt. Ich bin sicher, Ihnen hat sie auch nicht die Wahrheit gesagt."

„Was genau meinen Sie?" Herr Walther lehnte sich etwas in ihre Richtung.

„Sie hat Ihnen sicher erzählt, dass sie am Sonntag

nicht in der Krawattenfabrik war. Das stimmt nicht. Sie war dort. Ich habe sie gesehen. Und sie hat sich mit ihrem Mann gestritten. Herr Gläser hat dies mir gegenüber bestätigt." Sie beobachtete, wie der Kommissar ihre Worte aufnahm. Er griff nach einem Kugelschreiber, der auf dem Schreibtisch lag, und drehte ihn in seinen Händen. „Danke für diese Information."

„Sie hat gleich drei Motive. Sie war unzufrieden, weil er nicht mit ihr gereist ist und stattdessen nur in seinem Atelier war." Sie machte eine Pause und musterte seinen Gesichtsausdruck. „Und", fuhr sie langsam fort. „Sie ahnte, dass er eine Affäre hatte."

Der Kommissar sah sie mit einer Mimik an, die Gelassenheit ausdrücken sollte, aber Frau Appeldorn konnte deutlich erkennen, dass dies nur gespielt war. Sie wusste, ihn interessierte, was sie zu sagen hatte.

„Sie wissen, von wem die Statue stammt, mit der er erschlagen wurde?"

Er runzelte die Stirn. „Woher wissen Sie …"

Sie lächelte. „Es war einfach naheliegend." Sie rückte an den Schreibtisch heran und sprach leise. „Erkennen Sie jetzt, dass ich Ihnen helfen kann?"

„Sie bringen mich in Teufels Küche", zischte er ihr entgegen.

„Na ja, nicht, wenn Sie Ermittlungserfolge zu vermelden haben. Herr Noch-Oberkommissar."

Er ließ sich zurück in seinen Stuhl fallen und stand dann auf.

„Vielen Dank, Frau Appeldorn“, sagte er übertrieben laut und hielt ihr seine Hand entgegen.

Sie musterte ihn und stand dann ebenfalls auf. „Sehr gerne“, antwortete sie ebenfalls lauter als gewöhnlich.

„Kommen Sie, ich bringe Sie noch hinunter.“ Er gab ihr das Signal, ihm zu folgen. Als sie das Büro verlassen hatten und auf die Treppe zugingen, rückte er an sie heran. „In fünfzehn Minuten im Park“, hauchte er ihr ins Ohr, um dann in deutlich stärkerer Lautstärke fortzufahren. „Hier entlang.“

Welches Ende des Parks hatte er wohl gemeint? Frau Appeldorn betrachtete die Wege, die weiter in die Grünfläche führten. An einem Vormittag mitten in der Woche waren keine anderen Menschen zu sehen. Sie wählte den Weg um den See. Dort müsste sie weite Teile des Parks übersehen können. Als sie zum See abbog, erschrak sie. Sie hatte sogar kurz aufgeschrien, als eine Hand ihr auf die Schulter tippte.

„Lassen Sie uns dorthin gehen“, forderte der Kommissar sie auf, und Frau Appeldorn musste sich kurz beruhigen, bevor sie der Aufforderung folgen konnte.

„Wollen Sie, dass ich einen Herzinfarkt bekomme?“

„Sorry, aber es ist besser, wenn uns niemand sieht.“

Sie gingen in einen Seitenweg, der sie hinter einen

Bereich mit lauter Bäumen und Gebüsch führte. Dort stand eine Bank, auf die der Kommissar zusteuerte. „Setzen wir uns", schlug er vor, und Frau Appeldorn folgte der Aufforderung.

„Was soll diese Geheimnistuerei?"

Er sah sie an. „Wenn jemand auf der Wache mitbekommt, dass ich mich mit Ihnen über Ermittlungsdetails austausche, kann ich Beförderungen für immer vergessen."

„Wir arbeiten also jetzt zusammen?"

Er sah sie an. „Sagen wir mal so: Sie teilen mir mit, was Sie so erfahren, und ich gebe Ihnen vielleicht, aber nur vielleicht, ein paar Tipps, wo es naheliegt, mal nachzufragen. Okay?"

Sie nickte und lächelte ihn an.

„Aber wenn auch nur eine Andeutung davon an Dritte gelangt, ist dieser Deal gestorben, und ich mache Ihnen das Leben zur Hölle. Haben wir uns verstanden?"

„Oh", sagte Frau Appeldorn. „So streng, Herr Kommissar?"

„Das ist kein Spaß."

„Schon klar." Sie lächelte. „Ich habe verstanden."

„Das will ich hoffen."

„Alles klar. Was hat Ihnen denn die Ehefrau nun gesagt?"

Er seufzte. „Sie hatten recht. Sie hat behauptet, nicht in der Fabrik gewesen zu sein."

Frau Appeldorn grinste. „Gelogen", stellte sie sachlich fest. „Haben Sie auch schon mit Frederike Staller gesprochen?"

„Sie meinen diese Heilpraktikerin?"

„Genau, von ihr stammt nämlich die Mordwaffe."

„Ja, sie hat sie ihm mal geschenkt. Soweit sind wir auch schon."

„Ja, aber sie hatte auch eine Affäre mit Herrn Borger."

Er sah sie an und zog die Stirn in Falten. „Hm, darauf haben wir aber bisher keine Hinweise gefunden."

„Echt nicht? Die anderen Künstler erzählen aber, dass sie ständig um ihn herumgeschwirrt ist und er nur ihre Ideen immer für gut befunden hat."

„Okay."

„Nix okay. Das ist zumindest das zweite Motiv für die Ehefrau. Und Frau Staller rückt auch auf in den Kreis der Verdächtigen. Haben Sie die Alibis überprüft?"

„Für wen halten Sie uns? Natürlich haben wir das. Die Frauen behaupten beide, am Abend alleine zuhause gewesen zu sein."

„Also keine Alibis", hielt Frau Appeldorn fest. „Wann genau ist er denn erschlagen worden?"

Der Kommissar beobachtete, wie eine Frau ihren Kinderwagen in Richtung See schob, dann wandte er sich wieder seiner Gesprächspartnerin zu.

„Laut Gerichtsmedizin muss dies zwischen 21 und 22 Uhr geschehen sein. Die Frauen haben zwar keine Alibis, aber es gibt auch niemanden, der gesehen hätte, dass eine von ihnen zu dem Zeitpunkt in der Fabrik war."

„Die anderen Künstler behaupten auch, dann schon weg gewesen zu sein." Sie überlegte. „Aber warum war dann Herr Borger noch da?"

„Das wissen wir aktuell noch nicht." Er machte eine Pause. „Was ist denn Motiv Nummer drei?"

Sie sah ihn fragend an.

„Na, Sie sprachen vorhin von drei Motiven", erläuterte er.

„Ach ja", begann sie. „Der Mann, mit dem sie sich gestritten hat. Vielleicht hat sie auch eine Affäre."

„Sie sehen irgendwie überall Affären. Welcher Mann?"

„Hatte ich Ihnen das nicht erzählt?"

„Nein, haben Sie nicht."

„Wir haben gesehen, wie sie sich mit einem Mann gestritten hat."

„Okay, und wissen Sie auch, wer er ist?"

Sie schüttete den Kopf. „Nein, leider nicht." Dann fiel

ihr etwas ein. „Aber ich weiß, wo er hingefahren ist und wie sein Auto aussieht. Vielleicht können Sie ihn darüber ermitteln.“

„Ist ein Anfang.“ Er zog einen Block und einen Stift aus seiner Innentasche. „Dann schießen Sie mal los!“

Sie beschrieb ihm das Auto des Mannes und wie sie ihm gefolgt waren.

„Danke“, sagte er, als sie geendet hatte und er den Block wieder einsteckte. „Mal sehen, ob wir da etwas herausfinden können.“

„Prima.“ Dann sah sie zu ihm, und ihr kam ein weiterer Gedanke. „Gibt es denn Zeugen, dass Frau Dammer um diese Zeit in der Fabrik war?“

Er schüttelte den Kopf. „Nein, auch nicht.“

„Dann verdächtigen Sie sie nicht mehr?“

Er drehte sich zu ihr. „Doch, das tun wir sehr wohl. Die Fingerabdrücke sind ein deutliches Indiz. Wir werden schon jemanden finden, der sie gesehen hat.“

„Konzentrieren Sie sich lieber auf die Ehefrau und die Affäre.“

„Nur Vermutungen, Frau Appeldorn, nur Vermutungen.“ Er stand auf. „Ich muss los.“

Sie erhob sich ebenfalls, und sie reichten sich die Hände. Er hielt ihre Hand fest und zog sie an sich heran. „Bitte machen Sie keinen Blödsinn und informieren mich bei jeder Kleinigkeit, okay?" Er sah ihr tief in die Augen.

Sie nickte so heftig, dass ihr beinahe der Hut verrutscht wäre, dann zog sie ihre Hand aus der seinen. „Natürlich", stellte sie fest. „Sie informieren mich aber auch."

Er nickte noch einmal kurz und ging dann weiter an den Bäumen vorbei aus dem Park.

Frau Appeldorn stand noch eine Zeit dort und betrachtete die Umgebung. Nun war sie also die geheime Informantin eines Kommissars. Wie hatte sie bloß denken können, das Leben als Pensionärin würde langweilig?

„Der Kommissar braucht Beweise für die Affären." Herr Büyüktürk starrte sie an. „Wie kriegen wir die?", fuhr Frau Appeldorn fort und ging an ihm vorbei in sein Haus. Er beeilte sich, die Tür zu schließen und ihr auf dem Weg in seine Küche zu folgen. Dort angekommen, drehte sie sich zu ihm. „Haben Sie eine Idee?"

„Guten Morgen, Frau Nachbarin", sagte er besonders betont. „Wie geht es Ihnen?"

Sie verdrehte die Augen. „Was soll das Gesülze? Wir müssen Beweise liefern, sonst ist die Polizei nicht davon abzubringen, Ihre Tochter anzuklagen."

Er setzte sich auf seinen Stuhl. „Und wie sollen wir das anstellen?"

„Ich weiß es doch nicht. Deshalb bin ich ja hier. Überlegen Sie gefälligst mal. Es geht schließlich um Ihre Tochter."

Er verzog das Gesicht und ließ sich in seinen Stuhl fallen, während sie in der Küche hin und her lief.

„Wir müssten herausfinden, wer dieser Mann war, mit dem die Ehefrau gestritten hat", murmelte er mehr zu sich als zu ihr.

Sie blieb stehen und drehte sich zu ihm. „Genau!"

Er sah sie an. „Prima. Und wie machen wir das?"

Sie schüttelte den Kopf. „Sie sind aber wirklich keine Hilfe." Sie setzte sich ihm gegenüber an den Tisch. „Ist doch ganz einfach."

„Ach ja?", fragte er ungläubig.

„Natürlich. Was sind wir beide?" Sie lächelte ihn herausfordernd an.

Er zuckte mit den Schultern. „Weiß nicht. Verrückt?"

„Quatsch, nein. Wir sind beide …" Sie machte eine Pause. „Na? Ein Mann, eine Frau. Na, fällt der Groschen?"

Er sah sie fragend an. „Sie meinen …"

„Genau das meine ich. Wenn es da eine Tanzschule gibt, dann tun wir einfach so, als ob wir uns die mal ansehen wollten." Wieder warf sie ihm einen erwartungsfrohen Blick zu.

„Tanzen? Wir?", grummelte er.

Sie nickte. „So richtig tanzen müssen wir bestimmt nicht. Wir wollen uns ja nur umschauen. Dann sagen wir, dass wir es uns überlegen.“ Sie lehnte sich zurück. Er musterte sie. „Wenn Sie meinen.“

„Oder haben Sie eine bessere Idee?“

Er schüttelte kaum merklich den Kopf.

„Dachte ich mir doch.“ Frau Appeldorn stand auf und ging zu ihm. „Ich erwarte Sie pünktlich heute Abend achtzehn Uhr, und dann fahren wir dorthin.“ Sie wartete keine Bestätigung ab, sondern verließ das Haus.

Zuhause angekommen, gelang es ihr noch, den Mantel aufzuhängen und den Hut auf den Dielenschrank zu legen. Dann hastete sie zur Couch ins Wohnzimmer und ließ sich darauf fallen. Ihr Herz pochte ihr bis zum Hals. Sie schloss die Augen. Wann hatte sie sich zuletzt so lebendig gefühlt? Die Angst, die sich aus einer Ecke in ihrem tiefen Inneren meldete, versuchte sie zu ignorieren. Sie würde einen Mordfall aufklären.

„Dann wollen wir mal“, sprach Herr Büyüktürk sich selbst Mut zu, als sie in der Straße hielten, an der sich die Tanzschule befand.

Als sie in den Innenhof kamen, in dem zuletzt die Kinder gespielt und der Wagen des Mannes gestanden hatte, der nun ihr Ziel war, war alles ruhig. Es waren weder Kinder zu sehen, noch fanden sie den Wagen des Mannes.

„Er scheint nicht hier zu sein", teilte Frau Appeldorn ihre Beobachtung mit, und ihr Nachbar murrte.

„Sollen wir ein anderes Mal wiederkommen?"

Sie drehte sich zu ihm. „Nein, wir ziehen das jetzt durch." Entschlossen ging sie voraus auf den Nebeneingang zu. Dieses Mal stand die Tür offen, und es war Musik zu hören.

„Tango", stellte Herr Büyüktürk fest, und Frau Appeldorn sah ihn überrascht an.

„Oh, der Herr kennt sich aus." Sie grinste und ging voraus.

Sie marschierten an einer Garderobe vorbei und kamen in einen großen Saal. In der Mitte befand sich eine Tanzfläche, die fast den ganzen Raum einnahm. Nur eine schmale Reihe mit Tischen und Stühlen trennte sie von der Wand. An einem Ende befand sich eine Bühne, auf der an einer Seite ein Tisch mit technischem Equipment stand. Ein Paar tanzte Tango Argentino nach einer Melodie, die sie nicht kannte, aber die zu Herzen ging. Die beiden wirkten vollkommen losgelöst von der Welt. „Das ist er", raunte ihr Herr Büyüktürk zu.

Sie nickte und beobachtete die Bewegungen des Paares. Sie verschmolzen beim Tanzen regelrecht in perfekter Harmonie. Ihre Beine umschlangen sich, lösten sich wieder und machten geheimnisvolle Schlenker. Das Licht im Raum war gedämpft und unterstrich so das

Gefühl, die echte Welt verlassen zu haben und in eine Traumwelt gelangt zu sein. Sie standen da und beobachteten die Tanzenden.

Als das Lied wechselte, stoppte das Paar und kam zu ihnen.

„Hallo“, begrüßte sie der Mann. „Was führt Sie zu uns? Der Tanzabend beginnt erst in zwei Stunden.“

Frau Appeldorn benötigte einen Moment, bis sie wieder Worte fand. „Ja, also, wir wollten es uns mal ansehen.“ Sie sah zu ihrem Nachbarn. „Wir hatten überlegt, ob wir auch mal zum Tanzen kommen sollten.“ Herr Büyüktürk verzog das Gesicht, und sie hoffte, dass der Mann dies nicht mitbekommen hatte.

„Bei uns ist jeder herzlich willkommen“, erläuterte der Mann. „Haben Sie denn schon Mal Tango getanzt?“

„Nein, eigentlich nicht. Wir dachten, wir könnten es hier lernen.“

Der Mann lachte. „Wir sind hier ein Tangoclub. Keine Tanzschule. Aber wir bieten immer wieder auch Kurse an. Ich schaue gleich mal, wann der nächste Kurs beginnt. Heute ist Clubabend. Sie können gerne hierbleiben und es sich ansehen.“

„Oh, das ist nett. Eine Bekannte hat mir von diesem Ort erzählt. Kennen Sie eigentlich Frau Borger?“

Er sah sie überrascht an. „Sie kennen Laura?“

Sie nickte. „Ja, schlimm, was mit ihrem Mann passiert ist, nicht wahr?“

Er zog sich einen Stuhl vom nahestehenden Tisch heran und forderte sie mit einer Handbewegung auf, sich ebenfalls zu setzen. Als sie alle Platz genommen hatten, sah er zu Frau Appeldorn. „Ja, es ist schrecklich." Er stockte. „Und ich Idiot habe mich noch mit ihr gestritten."

„Ach ja? Warum das denn?", fragte Frau Appeldorn und hoffte, dass ihr Interesse nicht zu offensichtlich wurde.

Er winkte ab. „Eigentlich eine dumme Sache. Sie sollte heute mit mir einen Solotanz aufführen, und als sie den Auftritt absagte, ohne mir den Grund zu nennen, da war ich enttäuscht."

„Warum hat sie Ihnen denn nicht gesagt, was geschehen ist?"

Er schüttelte den Kopf. „Da müssen Sie sie fragen. Aber sie hat nie viel über sich erzählt. Sie sagte immer, das Tanzen sei ihre Flucht aus der Realität, und da wolle sie durch nichts gestört werden."

„Tanzt sie denn schon lange?", schaltete sich Herr Büyüktürk ein.

„Ja, schon einige Jahre. Sie sagte immer, dass sie bald mit ihrem Mann tanzen würde, sobald er in Ruhestand wäre. Aber dann hat er wohl ein anderes Hobby gefunden. Das hatte sie sehr enttäuscht, aber sie versuchte, sich nichts anmerken zu lassen. Ich kann mir gar nicht ausmalen, welcher Schock es für sie sein muss, dass er nun tot ist.“ Er stand abrupt auf. „Ich hole Ihnen mal unseren Flyer zu den Tangokursen und den Terminen.“ Er verschwand in Richtung Garderobe.

Frau Appeldorn sah zu ihrem Nachbarn. „Meinen Sie, die hatten ein Verhältnis?“

Er schüttelte den Kopf. „Es wirkt nicht so.“

„Ja, denke ich auch.“

Der Mann kam zurück und reichte ihnen einen Flyer. Sie erhoben sich.

„Danke“, ergriff Frau Appeldorn das Wort. „Das schauen wir uns an und melden uns.“

Der Mann lächelte. „Ich kann es Ihnen nur empfehlen. Der Tango bringt Leben in jede Beziehung.“

„Wir sind nicht …“, setzte Herr Büyüktürk an, doch Frau Appeldorn unterbrach ihn. „Das klingt toll. Wir melden uns.“ Dann fasste sie Herrn Büyüktürk an den Arm und zog ihn in Richtung Ausgang.

„Sie hatten keine Affäre“, stellte Herr Büyüktürk fest, als sie wieder im Mercedes saßen. Frau Appeldorn biss sich auf die Unterlippe. „Hm, sieht ganz so aus.“

„Und jetzt?“, hakte er nach.

Sie sah zu ihm. „So ganz sicher, dass sie nicht doch etwas miteinander hatten, sind wir nicht. Verdächtig ist sie immer noch.“

„Ich weiß nicht“, brummelte der Nachbar. „So, wie

der Mann über sie gesprochen hat, machte es auf mich nicht den Eindruck, dass sie eine Affäre haben, und auch nicht, dass sie ihren Mann umgebracht hat.“

„Ja, mein Gefühl stimmt Ihnen zu. Aber wir brauchen nicht nur ein Gefühl. Wir brauchen Beweise, und solange wir die nicht haben, bleibt sie verdächtig.“

Er startete den Motor. „Nach Hause?“

Sie sah zu ihm. „Nein, wir sollten eine Heilpraktikerin konsultieren.“

„Hä?“ Er musterte sie. „Was meinen Sie?“

„Mal angenommen, die Ehefrau war es tatsächlich nicht. Wer kommt dann infrage?“ Sie machte eine Pause, aber er antwortete nicht. „Na, wenn es die Ehefrau nicht war, dann war es die Geliebte.“

„Sie meinen …“

Sie nickte. „Genau, die meine ich.“

„Und da wollen Sie jetzt einfach hin?“

„Ja, Sie haben mich richtig verstanden.“

„Und was sagen wir, wenn wir bei ihr sind?“

Sie zuckte mit den Schultern. „Na, was schon? Dass wir sie als Heilpraktikerin konsultieren wollen.“

„Wir beide? Zusammen? Ohne einen Termin auszumachen?“

„Nun fahren Sie schon und seien Sie nicht so kritisch. Uns wird schon was einfallen.“

Er verzog das Gesicht. „Und wohin muss ich da?“

Sie nannte ihm eine Adresse. „Ich habe sie gegoogelt. Dort hat sie ihre Praxis."

„Worauf habe ich mich da nur eingelassen?", murmelte er. Dann fuhr er los.

„Eine blöde Idee", sagte Herr Büyüktürk, als sie ausstiegen und auf das Haus zugingen, in dem Frau Staller ihre Praxis haben sollte.

„Haben Sie eine bessere?", erwiderte Frau Appeldorn.

Er schwieg und sie gingen zur Haustür. Ein weißes Schild mit dem Logo für Heilpraktiker zeigte, dass sie richtig waren. Frau Appeldorn drückte den Klingelknopf. Sie warteten eine Weile, aber nichts geschah.

„Sehen Sie, sie ist gar nicht da", stellte Herr Büyüktürk fest.

„Laut ihrer Webseite hätte sie aber heute Abend noch Sprechstunde."

Herr Büyüktürk zeigte auf das Schild. „Termine nach Vereinbarung steht da. Wenn sie keinen Termin hat, ist sie vielleicht auch nicht da."

Frau Appeldorn drückte erneut auf den Klingelknopf. „Sie ist bestimmt da. Vielleicht ist sie in einem Termin und kann nicht gleich aufspringen, um an die Tür zu gehen."

„Super, dann wird sie richtig sauer sein, dass wir sie

in einem Termin stören."

Der Türsummer erklang, und Frau Appeldorn beeilte sich, die Tür aufzudrücken. „Werden wir ja sehen", behauptete sie trotzig.

Sie gingen zu der Tür, an der ebenfalls das Heilpraktikerschild prangte. Sie war verschlossen. Frau Appeldorn klopfte, aber wieder geschah nichts.

„Merkwürdig."

Der Nachbar ging an ihr vorbei und legte sein Ohr an die Tür. „Ich glaube, da ist jemand."

Frau Appeldorn schubste ihn beiseite. „Ja, natürlich. Sie hat uns schließlich die Tür geöffnet." Sie klopfte an die Tür. „Hallo", rief sie.

Sie konnten ein Kratzen an der Tür vernehmen.

„Vielleicht hat sie einen Hund", vermutete Herr Büyüktürk.

„Und der hat uns die Tür geöffnet?"

„Kann doch sein. Hunde sind schlau."

„Quatsch." Sie klopfte erneut gegen die Tür. „Hallo!", rief sie lauter.

Wieder war das Kratzen zu vernehmen und jemand oder etwas werkelte am Türgriff. Es machte klack und die Tür sprang einen Spalt auf. Dann war ein dumpfes Geräusch zu hören. Etwas Schweres war auf den Boden gefallen.

Herr Büyüktürk drückte gegen die Tür, aber dieses

Etwas blockierte sie. Er drückte heftiger und langsam ließ sie sich öffnen. Als sie weit genug geöffnet war, zwängte er sich durch den Spalt. Frau Appeldorn beobachtete ihn.

„Oh, Gott“, hörte sie ihn sagen. „Rufen Sie sofort einen Krankenwagen. Schnell!“

VIII

„Ihr Zustand ist kritisch. Sie haben sie gerade noch rechtzeitig gefunden." Der Kommissar sah sie an. „Was machen Sie hier überhaupt?"

Frau Appeldorn stellte die Wasserflasche ab, die ihr der Polizeibeamte gereicht hatte, und sah zu ihm hoch. „Ich benötigte ihren Rat als Heilpraktikerin."

„Ach ja?" Er sah auf die Uhr. „Um diese Uhrzeit?"

„Ja. Es war dringend, und Homöopathie kann recht hilfreich sein. Was hat sie denn genau?"

Der Kommissar verzog das Gesicht, und seine Zweifel an der Richtigkeit ihrer Antwort wurden deutlich sichtbar. Er wippte leicht mit dem Kopf, bevor er antwortete. „Sie hat ein schweres Gehirntrauma. Da hat jemand kräftig auf sie eingeschlagen. Wären Sie nicht gekommen, wäre sie sicher gestorben. Es ist auch nicht sicher, ob sie je das Bewusstsein wiedererlangen wird." Er machte eine Pause, um dann fortzufahren. „Haben Sie jemanden gesehen, als Sie hier ankamen?"

Sie schüttelte den Kopf. „Nein." Dann sah sie sich um. „Wo ist denn mein Nachbar?"

Der Kommissar zeigte in Richtung eines Polizeiwagens. „Dort. Wirkt auch etwas mitgenommen." Dann musterte er sie. „Sie sind schon ein merkwürdiges Gespann."

„Wieso?“

„Nur so.“

Sie machte Anstalten aufzustehen.

„Geht es wieder?“, fragte er. „Vorhin waren sie kreidebleich.“

Sie nickte. „Geht schon.“ Dann erhob sie sich vollends. „Wissen Sie denn, womit auf sie eingeschlagen wurde?“

Ein Polizist kam zu Herrn Walther und sprach leise mit ihm. Der Kommissar nickte und wandte sich dann wieder Frau Appeldorn zu. „Wie es aussieht, war es wieder eine Statue.“

„Eine von ihren eigenen Statuen?“

Er nickte.

„Das ist kein Zufall, oder?“

Wieder nickte er. „Sieht ganz so aus.“

Auf ihrer Rückfahrt schwiegen beide. Frau Appeldorn versuchte immer wieder, die Gedanken zu sortieren. In was waren sie da hineingeraten? War es wirklich so eine gute Idee, einen Mord aufklären zu wollen? Vielleicht sollte sie es eher den anderen Rentnerinnen gleichtun und sich darauf beschränken, zu verreisen oder Museen zu besuchen. Sie beobachtete Herrn Büyüktürk, wie er konzentriert den Mercedes durch die Straßen der Stadt in Richtung ihres Zuhauses lenkte. Sie wollte ihn fragen, welche Gedanken ihn beschäftigten, aber dann hatte sie doch das Gefühl, dies könnte zu persönlich sein. Schließlich hatten sie gerade erst vor drei Tagen Frieden geschlossen und waren seitdem jeden Tag gemeinsam unterwegs. Waren sie nun schon Freunde, mit denen man seine persönlichen Gedanken besprechen wollte?

Er stoppte den Wagen vor ihrer Einfahrt und sah sie an.

Sie nickte. „Ja, sicher. Lassen Sie ihn hier stehen. Ich muss morgen nicht mit dem Auto raus."

Er schaltete den Motor aus, und beide stiegen aus dem Wagen. Es war, als ob eine schwere Decke über ihnen läge, die jedes Gespräch verhinderte. Die Gedanken schwirrten herum, aber Worte wollten sich nicht bilden lassen. Sie nickten beide nur und gingen dann jeer in sein Haus.

Frau Appeldorn legte ihren Hut behutsam in die bereitliegende Schachtel, zog ihren Mantel aus und hängte ihn an die Garderobe. Als sie sich im Spiegel betrachtete, erschrak sie, weil sie so blass aussah. Sie musste sich deutlich machen, dass es an dem Schock lag, eine halbtote Frau gefunden zu haben, und nicht an Nachwirkungen ihrer Krankheit.

Sie ging ins Wohnzimmer und betrachtete die Fernbedienung. Dann ließ sie sich in ihren Lieblingssessel fallen und zog es vor, keine Musik einzuschalten.

Als sie am Morgen aus der Haustür trat und den Mercedes sah, der noch vor ihrer Einfahrt parkte, schalt sie sich für ihre Erlaubnis, ihn dort stehen zu lassen. Sie überlegte kurz, ob sie bei ihrem Nachbarn klingeln und ihn bitten sollte, den Wagen wegzufahren, aber dann entschied sie sich dagegen. So weit war es nicht bis zum Markt, und der Fußweg würde ihr guttun.

Sie ging an den Reihenhäusern vorbei, überquerte die Hauptstraße und sah bereits von Ferne die Stände der Markthändler. Eine Frau überholte sie mit dem Fahrrad und rief ihr einen Gruß zu.

Auf dem Markt angekommen begutachtete Frau Appeldorn die Auslagen am Gemüsestand. Die Frau hinter dem Gemüse sah sie fragend an. „Vier Tomaten“, klärte Frau Appeldorn sie auf, und die Frau begann, die Tomaten in eine Papiertüte zu packen.

„Eine davon noch“, instruierte sie die Marktfrau, als ihr jemand auf die Schulter tippte.

„Guten Morgen, Mareike. Hast du es schon gehört?“ Frau Appeldorn gab der Marktfrau mit einem Nicken zu verstehen, dass sie nichts weiter kaufen wollte, und drehte sich dann zu der Fragestellerin um.

„Guten Morgen, Ute. Was soll ich schon gehört haben?“

Ute zog sie etwas an sich heran und sprach leise. „Die Bildhauerin soll auch tot sein.“

Frau Appeldorn löste sich von dem Griff. „Schwer verletzt, aber tot ist sie nicht."

„Woher weißt du das denn?"

Die Marktfrau nannte den Betrag für das Gemüse, und Frau Appeldorn überreichte ihr einen Geldschein. „Wir haben sie gefunden", klärte sie ihre Freundin auf.

„Was?"

„Ihr Rückgeld", unterbrach wieder die Marktfrau und hielt ihr Kleingeld und die Gemüsetüte entgegen. Frau Appeldorn nahm beides an, packte das Geld ins Portemonnaie und das Gemüse in die Einkaufstasche, während Ute sie anstarrte.

„Jetzt sag schon."

Frau Appeldorn zog sie etwas vom Gemüsestand weg. „Wir sind gestern Abend noch zu ihr gefahren, um ihr ein paar Fragen zu stellen." Sie bemerkte den Blick ihrer Freundin. „Sie lebte noch, aber jemand hat kräftig auf sie eingeschlagen. Niemand weiß, ob sie es überleben wird."

„Das ist schrecklich."

Frau Appeldorn nickte. „Ja, das ist es."

„Und weiß die Polizei denn schon, wer es war?"

„Keine Ahnung."

Ute verzog das Gesicht. „Komm, du weißt doch was."

Frau Appeldorn zuckte mit den Schultern.

„Ich brauche noch Eier." Sie ging in Richtung des Eierstands, und Ute folgte ihr. „Spann mich doch nicht so auf die Folter", raunte sie ihr zu.

„Sechs Eier", orderte Frau Appeldorn, und der Mann im Verkaufswagen packte die gewünschte Zahl in eine Schachtel.

„Ich weiß nicht viel. Aber es sieht so aus, als ob es einen Zusammenhang zum Mord an dem Maler gäbe." Sie legte dem Mann Geld in die dafür vorgesehene Schale auf dem Tresen. Er zählte das Geld, nickte kurz zur Bestätigung und reichte ihr die Eierschachtel.

„Das ist eine Katastrophe für unseren Kulturverein", murmelte Ute, als sie vom Eierstand weggingen.

„Es ist schrecklich, ja. Aber der Verein hat doch nichts damit zu tun."

„Aber jeder, der von unserem Tag der offenen Ateliers hört, wird nur noch an die Morde denken und nicht an unsere gute Arbeit."

„Bis jetzt ist es nur ein Mord, und mit unserem Tag der offenen Ateliers hat es nichts zu tun."

Ute stoppte und drehte sich zu ihr. „Bist du da sicher? Es kann doch kein Zufall sein, dass alles direkt an demselben Tag und kurz danach geschieht. Der Tag der offenen Ateliers muss etwas ausgelöst haben. So viel steht fest."

Frau Appeldorn hatte ebenfalls angehalten und ließ den Gedanken wirken. „So hatte ich es noch gar nicht betrachtet." Sie zögerte. „Aber du könntest recht haben."

Ute nickte. „Darauf kannst du wetten."

„Das heißt ..." Wieder stockte Frau Appeldorn und versuchte, ihre Gedanken besser zu sortieren, bevor sie eine Schlussfolgerung aussprach. „Das heißt, wenn wir rauskriegen, was der Auslöser gewesen sein könnte, dann wissen wir auch, wer den Mord begangen hat, nicht wahr?"

Ute nickte.

„Dann sollten wir noch einmal genau den Ablauf des Tages durchgehen und nach möglichen Ansatzpunkten suchen", Frau Appeldorn war wieder ganz in ihrem Element und fühlte sich besonders lebendig. Mochten andere Rentnerinnen ihr Wohl darin finden, es ruhig angehen zu lassen. Sie wusste nun, dass sie eine Herausforderung brauchte, und einen Mord aufzuklären, war genau das Richtige.

Ute musterte sie. „Was ist denn mit dir los?"

Frau Appeldorn schreckte aus ihren Gedanken auf. „Was soll denn los sein?"

Ute grinste. „Na, du sahst gerade so aus, als ob dir jemand eine Adrenalinspritze gegeben hätte. Plötzlich leuchtest du."

Frau Appeldorn lachte laut auf und erschrak, als sich Leute umdrehten. „Ja, ich hatte einen belebenden

Gedanken.“ Sie fasste ihrer Freundin unter den Arm. „Komm, ich brauche noch Käse.“

Während sie der Frau im Käsewagen ihre Wünsche mitteilte, tippte Ute sie an. „Du denkst aber an Samstag, oder? Die anderen freuen sich schon riesig.“

„Ja, diesen hier“, bestätigte Frau Appeldorn der Verkäuferin, die auf einen Camembert zeigte. „Samstag?“, wandte sie sich Ute zu.

„Jetzt komm. Du hast es doch nicht vergessen?“

„Nein, nein, habe ich nicht. Kegeln mit den Damen vom Kulturverein. Wie könnte ich das vergessen.“

„Du ziehst ein Gesicht, als müsstest du dir einen Zahn ziehen lassen. Es macht Spaß, glaube mir.“

Die Verkäuferin reichte Frau Appeldorn eine Papiertüte mit Käse, und Frau Appeldorn hielt ihr das Geld hin. „Wenn du meinst. Bringen denn alle ihre Männer mit?“

Ute nickt. „Ja, meiner hat zwar etwas gemurrt, am Abend spielt Schalke, aber da muss er durch.“

„Schön“, murmelte Frau Appeldorn.

Wieder in ihrer Straße angekommen, betrachtete sie den Mercedes, der immer noch vor ihrer Einfahrt parkte. Sie beschloss, die Schonfrist für den Nachbarn zu beenden, und klingelte an seiner Haustür. Es dauerte eine Weile, bis er öffnete. „Müssen Sie jetzt doch mit dem Auto raus?"

Sie ging an ihm vorbei in sein Haus, und er sah ihr verwundert nach. „Nein, aber wir müssen nochmal zur Ehefrau."

Er schloss die Haustür und folgte ihr, da sie schon in seine Küche vorausgegangen war. „Warum müssen wir zu ihr?" Er setzte sich auf seinen Stuhl.

„Wollen Sie mir keinen Platz anbieten?"

Er zuckte mit den Schultern. „Sie sind uneingeladen hereingekommen. Da können Sie sich auch uneingeladen einen Stuhl nehmen."

Sie zog sich einen Stuhl heran, setzte sich und stellte die Einkaufstasche neben dem Stuhl ab. Sie überlegte, ob sie auch den Hut kurz abnehmen sollte, aber entschied sich dagegen

„Wir müssen zu Frau Borger, weil sie nun noch verdächtiger ist."

„Wieso?"

„Nun seien sie nicht so schwer von Begriff. Angenommen, der Maler hatte ein Verhältnis mit der Bildhauerin, wovon wir eigentlich ausgehen. Dann hat sie für beide Morde ein Motiv."

„Aber warum sollte sie dann Tage nach dem Mord an dem Maler zur Bildhauerin gehen und ihr eine Statue über den Kopf schlagen?"

„Eifersucht ist ein sehr starkes Motiv."

„Als ob Sie sich damit auskennen würden."

Sie zuckte, und in ihren Gedanken sah sie Armin vor sich, wie er herumdruckste und sich wand. Längst hatte sie gewusst, dass er eine Affäre hatte, aber sie hatte es nicht wahrhaben wollen. Sie hatten bereits über Hochzeit gesprochen, und nun stand er da und suchte nach Worten, um ihr zu erklären, dass er sich in eine andere verliebt hatte. Damals hätte sie ihm liebend gerne eine Statue über den Schädel geschlagen. Sie schüttelte sich. „Was wissen Sie schon? Sie haben wahrscheinlich eine Musterehe geführt. Immer die liebe Gattin um sich herum."

„Wir waren uns immer treu, falls Sie das meinen."

„Sag ich doch. Sie wissen nicht, wie sehr Eifersucht schmerzen kann. Glauben Sie mir, da ist man zu allem fähig."

Er betrachtete sie aufmerksam. „Haben Sie auch jemandem etwas über den Schädel geschlagen?"

„Lenken Sie nicht ab. Steigen Sie lieber aus Ihren Pantoffeln und lassen Sie uns losfahren."

„Vielleicht ist sie gar nicht da. Ich glaube sowieso nicht, dass sie nochmal mit uns redet."

„Einen Versuch ist es wert. Also, hopp, hopp!" Sie stand auf und machte eine auffordernde Bewegung mit der Hand. „Ich bringe nur schnell die Einkäufe weg."

Als sie wieder aus dem Haus kam, saß ihr Nachbar bereits im Mercedes und startete den Motor. Während dieser mit seinem gewohnten Blubbern den Betrieb aufnahm, stieg sie ein. Herr Büyüktürk lenkte den Wagen auf die Straße.

Es kam ihr vor, als wären sie den Weg zum Haus der Borgers schon hunderte Male gefahren. Als er den Wagen vor dem Haus stoppte, stockte er.

„Was sagen wir denn jetzt, warum wir schon wieder kommen? Der Trick mit den Beileidswünschen funktioniert nicht noch einmal."

Frau Appeldorn überlegte. „Beim letzten Mal hat sie recht ablehnend reagiert, als wir den Namen Staller erwähnt haben. Wir könnten nun vorgeben, dass wir sie direkt informieren wollten, weil wir es als unsere Pflicht betrachten und damit sie es nicht von Dritten erfährt."

Er zog den linken Mundwinkel nach oben. „Das glaubt sie uns nie."

Sie winkte ab. „Ach was. Natürlich glaubt sie es uns. Jetzt kommen Sie schon."

Sie stieg aus dem Mercedes und ging zur Haustür, er tat es ihr nach. Frau Borger öffnete. Sie war ganz in Schwarz gekleidet und sah sie überrascht an. „Sie?"

„Entschuldigen Sie, liebe Frau Borger, dass wir Sie noch einmal überfallen, aber es ist etwas Schreckliches geschehen, und wir vom Kulturverein fühlen uns verantwortlich dafür, dass Sie es nicht von Dritten erfahren. Dürfen wir vielleicht kurz hereinkommen?“

Frau Borger sah sie verwundert an und machte dann einen Schritt zur Seite, um sie einzulassen. Sie schloss die Tür, machte aber keine Anstalten, sie weiter ins Wohnzimmer zu führen. Sie verschränkte die Arme vor der Brust. „Was ist denn passiert?“

„Sie kennen doch Frau Staller, die Künstlerkollegin Ihres Mannes.“

Das Gesicht von Frau Borger verdunkelte sich, und sie schien ihre Arme noch enger vor ihre Brust zu drücken. Sie nickte schwach und fixierte Frau Appeldorn fast durchdringend.

„Frau Staller wurde gestern ebenfalls überfallen und ringt um ihr Leben. Das ist so schrecklich.“ Frau Appeldorn musterte den Gesichtsausdruck ihres Gegenübers, aber konnte keine Regung entdecken. „Kannten Sie sich eigentlich persönlich?“

Frau Borger antwortete nicht, und es war ihr anzumerken, dass sie nach Worten suchte. Sie löste ihre Arme. „Nicht wirklich“, murmelte sie. „Und was habe ich damit zu tun?“

„Natürlich nichts, liebe Frau Borger“, flötete Frau Appeldorn übertrieben freundlich. „Aber da dieser Überfall in offensichtlichem Zusammenhang mit dem Mord an Ihrem Mann steht, mussten wir einfach sichergehen, dass Sie informiert sind. Stellen Sie sich nur mal vor, jemand hätte Sie unvermittelt auf der Straße angesprochen." Frau Appeldorn schüttelte den Kopf, als stellte sie sich gerade diese Ungeheuerlichkeit vor.

„Sie war übrigens Heilpraktikerin im Hauptberuf. So eine mit den Kügelchen", schaltete sich Herr Büyüktürk ein. „Sie waren nie bei ihr, oder?"

„Was soll diese Frage?" Frau Borger blitzte ihn an. „Ich hatte mit dieser Frau nichts zu tun." Sie schaute demonstrativ auf ihre Armbanduhr. „Ich muss jetzt leider los. Danke, dass Sie mich informiert haben." Sie öffnete die Haustür.

„Natürlich." Frau Appeldorn machte einen Schritt zum Ausgang und drehte sich noch einmal zur Ehefrau. „Sie wissen, wir sind für Sie da, wenn Sie irgendetwas benötigen."

Die Ehefrau nickte nur, und Frau Appeldorn und ihr Nachbar gingen aus dem Haus. Frau Borger schloss die Tür hinter ihnen.

„Was für eine blöde Frage. Die mit den Kügelchen. Waren Sie mal bei ihr? Was haben Sie gedacht, würde sie antworten? Ja, ich war bei ihr und habe ihr eine Statue auf ihrem Kopf zerschmettert?"

„Wir wollten ihr doch auf den Zahn fühlen. Durch Ihre Schauspielerei haben wir jedenfalls nichts erfahren."

„Na, das sehe ich anders. Sie hat jedenfalls nicht überrascht gewirkt."

„Na super, wenn wir das der Polizei sagen, nehmen die sie gleich fest."

Er ging um das Auto und schloss die Tür auf.

„Moment mal", sagte sie. „Wir sollten die Gelegenheit nutzen und unauffällig herumfragen, ob Frau Borger gestern Abend vielleicht das Haus verlassen hat."

Er sah über das Autodach zu ihr. „Unauffällig? Sie?"

„Haben Sie eine bessere Idee?"

„Was machen Sie, wenn sie uns sieht?"

„Ha! Ich habe eine Idee." Sie kramte in ihrer Handtasche und hielt einige Flyer hoch. „Wusste ich doch, dass ich die noch in der Tasche hatte. Wir sagen einfach, dass wir gleich die Chance ergriffen haben, um Werbung für den Kulturverein zu machen."

Er seufzte. „Das geht niemals gut." Dann schloss er den Wagen aber wieder ab.

„Sie sind einfach zu pessimistisch." Sie ging am Wagen vorbei auf die andere Straßenseite und klingelte an dem Haus. Es rührte sich nichts.

„Es ist mitten am Tag. Die Leute sind bei der Arbeit, Einkaufen, oder tun, was man sonst so am Tag macht."

„Papperlapapp." Sie ging an ihm vorbei in Richtung des nächsten Hauses. Auch dort öffnete niemand, und ihr Nachbar äffte sie nach: „Papperlapapp."

Nach weiteren zwei Häusern, bei denen niemand öffnete, gab es endlich eine Regung, nachdem sie an einem weiteren Haus geklingelt hatten. Eine ältere Dame öffnete. „Ja, bitte?“, krächzte sie.

„Entschuldigen Sie die Störung, wir sind vom Kulturverein und wollten Sie über unsere Aktivitäten informieren.“ Frau Appeldorn hielt ihr einen Flyer entgegen. Die Frau sah sie verwundert an.

„Kennen Sie eigentlich die Borgers dort hinten auf der anderen Straßenseite?“ Sie zeigte mit der Hand in die Richtung des Hauses und die Frau folgte ihrer Handbewegung mit den Augen.

„Da ist doch gerade der Mann gestorben“, stellte die Hausbewohnerin fest.

„Ja, schrecklich.“ Frau Appeldorn rückte etwas an die Frau heran. „Wissen Sie zufällig, ob die Frau gestern Abend zuhause war?“

Die Frau schaute irritiert und betrachtete den Flyer. „Was genau machen Sie?“

„Wir initiieren Kunstprojekte in unserer Stadt. Haben Sie Frau Borger gestern Abend gesehen?“

„Gestern war Donnerstag.“

„Ja.“

„Donnerstags geht sie abends immer weg.“

Frau Appeldorn schickte ihrem Nachbarn ein triumphierendes Lächeln.

„Danke sehr. Wir freuen uns sehr, Sie einmal bei

einer unserer Veranstaltungen begrüßen zu können. Auf Wiedersehen!" Sie gab ihrem Nachbarn das Signal zum Aufbruch, und eiligen Schrittes gingen sie zurück zum Wagen, während die Frau in der Haustür stand und vom Flyer aufsah und ihnen einen skeptischen Blick hinterherwarf.

„Donnerstags geht sie immer weg", wiederholte Frau Appeldorn das Gehörte, als sie sich auf den Beifahrersitz fallen ließ. Ihr Nachbar sah zu ihr.

„Natürlich." Er nickte mit dem Kopf, um sich selbst in seinem Gedanken zu bestätigen. „Donnerstags ist doch der Tangoabend, und da geht sie immer hin. Es heißt also überhaupt nichts."

„Es sei denn, sie war ausgerechnet gestern nicht dort. Hatte Sie nicht deshalb Streit mit dem Tanzpartner, weil sie eben nicht kommen wollte?"

Herr Büyüktürk drehte am Zündschlüssel. „Dann fahren wir da jetzt hin und fragen, ob sie gestern dort war."

Frau Appeldorn schaute auf die Uhr im Armaturenbrett des Mercedes. „Um die Zeit ist da sicher niemand. Heute Abend haben wir eher eine Chance, jemanden anzutreffen."

Der Nachbar startete den Wagen. „Okay, dann also erst einmal nach Hause."

Angestrengt schob Frau Appeldorn den Staubsauger über den Wohnzimmerboden. Wann immer ein Geräusch anzeigte, dass etwas eingesogen worden war, was nicht auf den Boden gehörte, spornte es sie an, die Bürste noch tiefer in die Ecken des Raums zu schieben. Sie sinnierte darüber nach, dass ihre Nachforschungen im Mordfall des Malers Parallelen zu ihrer Hausarbeit aufwiesen. Auch dort saugte sie sinnbildlich in irgendwelche Ecken und wartete darauf, dass es ein Geräusch gab. Doch es hatte sich bisher einfach nichts ergeben, was sie weitergeführt oder ihr zumindest ein Zeichen gegeben hätte, dass sie auf der richtigen Spur war. Kein Klackern, das sie in ihrem Tun bestätigte, wie es beim Staubsaugen gelegentlich geschah. Sie schaltete das Gerät aus, zog den Stecker aus der Steckdose und betätigte mit dem Fuß den Knopf, um das Kabel einzuziehen. Wie eine sich wehrende Schlange wurde das Kabel immer kürzer, bis schließlich nur noch der Stecker am Staubsauger baumelte. Sie stellte das Gerät in die Abstellkammer und betrachtete den Wohnzimmerboden. Er sah genauso aus wie in dem Moment, als sie mit dem Saugen begonnen hatte. Nur die Erinnerung an das gelegentliche Klacken bestätigte ihr, dass ihr Tun nicht völlig nutzlos gewesen war.

Sie ließ sich in ihren Lieblingssessel fallen und starrte weiter auf den Boden. Sie müsste auch in dem Mordfall einfach mal etwas weiter in die Ecken saugen. Klar, die Ehefrau war immer noch die Verdächtige Nummer eins.

Wenn sich am Abend herausstellen würde, dass sie nicht beim Tanzabend war, dann wäre dies ein deutliches Indiz. Aber wenn der Abend keine Klarheit bringen sollte, dann müsste sie mehr in die Ecken schauen. Nur, wo waren die?

Sie hatte am Nachmittag die komplette Bügelwäsche erledigt und sogar noch die Küchenschränke ausgewischt. Dennoch fühlte sie sich leer. Sie hatte nie verstanden, dass manche Menschen Befriedigung in dieser Hausarbeit fanden. Sie starrte auf den Küchenschrank. Niemand wusste, dass es hinter der Tür nun sehr ordentlich und sauber war. Es war sogar unerheblich, dass dem so war. Sie hatte Stunden mit etwas zugebracht, was ihr völlig nutzlos erschien. Sie schrak auf, als es klingelte.

Sie öffnete die Haustür, und bevor ihr Nachbar etwas sagen konnte, rief sie ihm entgegen: „Ich komme!" Sie griff ihren Mantel, die Tasche und nahm den Hut. Vor dem Spiegel setzte sie ihn auf und ging dann aus dem Haus. Ihr Nachbar war bereits zum Autor vorausgegangen und startete den Motor, als sie eingestiegen war.

„Wie war Ihr Nachmittag?", fragte er, als er losfuhr.

„Nicht der Rede wert", antwortete sie. Dann steuerte er den Wagen in Richtung des Tangoclubs.

Die Tür stand offen und von drinnen war wieder diese gefühlvolle Musik zu hören. Als sie den Raum betraten, sahen sie den Tanzpartner von Frau Borger mit einer Frau auf der Tanzfläche. Sie tanzten sehr innig und schienen die Besucher nicht zu bemerken. Frau Appeldorn betrachtete die geschmeidigen Bewegungen und wie der Mann seine Partnerin stets genau fixierte. Sie schien der Mittelpunkt seines Tuns zu sein. Die Körper schmiegten sich eng aneinander, und der Tanz bestand oft nur aus einer sanften Bewegung eines Beines um das der Partnerin.

Herr Büyüktürk machte einen Schritt und stieß an einen der Stühle. Das Tanzpaar stockte in seinen Bewegungen und sah zu ihnen herüber.

„Entschuldigung“, murmelte Herr Büyüktürk.

Das Paar löste sich voneinander. Der Mann ging zur gegenüberliegenden Seite des Raums und stoppte die Musik. Dann kam er zu ihnen.

„Guten Abend“, sagte er. „Unser Tangoabend war aber gestern.“

„Ja, entschuldigen Sie die erneute Störung“, begann Frau Appeldorn. „Wir wollten …“

Der Mann fiel ihr ins Wort. „Ja, das kenne ich. Man hat erst einmal Hemmungen, gleich zu einer Milonga zu gehen.“ Er lächelte. „Ich kann Ihnen aber versichern, dass es wirklich kein Problem darstellt.“ Er betrachtete Frau Appeldorn. „Wollen Sie Ihren Mantel und den Hut nicht ablegen?“

Sie sah ihn fragend an.

Er griff nach Ihrem Mantel, und Frau Appeldorn zog

ihn aus. Dann hielt der Mann seine Hand in Richtung ihres Hutes, und zögerlich legte sie ihn in seine Hand. Er deponierte alles auf einem Tisch neben sich und hielt dann seine Hand wieder in ihre Richtung. „Darf ich bitten?“, ergänzte er.

„Also, äh …“

„Machen Sie sich keine Sorgen.“ Er winkte mit seiner Hand und Frau Appeldorn legte die ihre hinein. Sanft zog er sie auf die Tanzfläche und nickte zu seiner Tanzpartnerin. Prompt startete die Musik, und Frau Appeldorn spürte seine Hand auf ihrem Rücken. Er zog sie an sich heran. Seine linke Hand hielt ihre Rechte fest und drückte beide an seine Brust, während seine Rechte ihren Körper fest in seine Richtung drückte. Sie spürte, wie sein Bein das ihre umspielte und ihm einen Impuls gab. Instinktiv machte sie einen Schritt und dann noch einen und noch einen. Sie tanzten. Sie wusste nicht, wie ihr geschah. Sie war vollkommen gefangen in seinem Griff und dennoch war es keine Angst oder Unwohlsein, was sie umgab. Das Gegenteil war der Fall. Sie fühlte sich vollends geborgen. Sie schwebte. Ihre Beine machten Bewegungen, von denen sie keine Ahnung gehabt hatte. Sie drehten sich im Raum, und nur noch vage nahm sie ihren Nachbarn wahr, der dort irgendwo an Rand stand und sie mit offenem Mund beobachtete.

Die Musik stoppte, und als ob sie erst einmal wieder in den Orbit eintreten müsste, ließ der Mann sie nicht sogleich los, sondern wollte sie vorsichtig wieder im Hier und Jetzt ankommen lassen. Erst dann löste er seine Hände von ihr.

„Sehen Sie“, sagte er. „Ist gar nicht so schwer.“

Frau Appeldorn sah ihn an, unfähig, ein klares Wort zu artikulieren. Der Nachbar kam zu ihnen. „Nicht schlecht“, raunte er. „Ich wusste ja gar nicht, dass Sie so gut tanzen können.“

„Kann ich auch gar nicht“, antwortete Frau Appeldorn.

Der Mann lächelte. „Doch, können Sie.“ Dann wandte er sich Herrn Büyüktürk zu. „Meine Partnerin tanzt auch gerne mal mit Ihnen.“

„Oh, nein, danke“, beeilte sich der Nachbar zu sagen.

„Sehe ich Sie dann beim nächsten Kurs?“, wandte sich der Tänzer wieder an Frau Appeldorn, die dabei war, sich Mantel und Hut wieder anzuziehen.

„Vielleicht“, murmelte Frau Appeldorn und musterte das verwunderte Gesicht ihres Nachbarn. „Ach, was ich noch fragen wollte“, schloss sie an. „Laura Borger war gestern Abend nicht hier, oder?“

Der Mann sah sie verwundert an. „Laura? Nein, sie war nicht hier. Sehen Sie sie noch? Dann grüßen Sie sie bitte von mir.“

Frau Appeldorn nickte. „Das machen wir.“

Sie drehten sich zum Gehen. „Vielen Dank für den Tanz."

Der Mann lächelte. „Immer gerne wieder."

IX

Niemand sagte ein Wort, als der Nachbar den Mercedes wieder in die Straße lenkte, in der sie wohnten. Frau Appeldorn starrte aus dem Fenster und ihre Gedanken waren bei dem Tanz. Es schien ihr, dass bisher vollkommen ungenutzte oder zumindest stark eingerostete Areale ihres Körpers wieder zum Leben erweckt worden wären. Ihr kamen Zweifel, ob sie diese einmal entfachten Gefühle wieder würde eindämmen können.

„Halt!“, rief sie aus, und der Nachbar sah zu ihr. „Stoppen Sie! Sofort!“, wiederholte sie.

Er hielt den Wagen am Straßenrand. „Was ist denn? Ist Ihnen nicht gut? Sie sehen etwas blass aus.“

Sie schüttelte den Kopf, während ihre Hand nach dem Türgriff suchte. „Mir geht es gut. Kommen Sie!“ Sie öffnete die Wagentür und war bereits einige Schritte in die Richtung gegangen, aus der sie gekommen waren, bevor Herr Büyüktürk sie eingeholt hatte.

„Was ist denn los?“, keuchte er, als er sie erreicht hatte.

Sie stand vor einem Vorgarten und zeigte mit der Hand darauf. „Sehen Sie das?“

„Was?“ Er versuchte zu erkennen, was sie meinte.

„Na, das!“ Sie wedelte mit der Hand. „Ist doch wirklich nicht zu übersehen.“

„Sie meinen diese Skulptur?“

„Genau.“ Sie drehte sich zu ihm. „Ich kenne dieses Stück.“

Er betrachtete sie und runzelte die Stirn. „Okay?“

„Das ist ein Textilarbeiter.“

Der Nachbar musterte das metallene Etwas im Vorgarten. „Wenn Sie meinen.“

„Na ja, man erkennt es nicht direkt. Aber es soll ein Textilarbeiter sein.“ Sie sah ihn herausfordernd an. „Wollen Sie nicht wissen, woher ich das weiß?“

„Ich nehme an, Sie werden es mir jetzt sagen.“

Sie nickte. „Ich weiß es vom Tag der offenen Ateliers. Sie erinnern sich doch an den Schweißer gleich neben unserem Mordopfer. An dem Tag hat er genau an diesem Werk gearbeitet und mir gesagt, was es werden soll.“

„Gut. Sie wissen, was das ist. Schön für Sie. Warum ist das von Bedeutung?“

„Denken Sie doch mal nach.“

Er verzog das Gesicht. „Das tue ich die ganze Zeit, und ich muss gestehen, ich mache mir etwas Sorgen um Sie.“

„Blödsinn. Denken Sie mal über unseren Fall nach.“

„Und dabei soll mir dieses Blechungetüm helfen?“

Wieder nickte sie. „Der Künstler hat mir gesagt, es sei

eine Auftragsarbeit, und er arbeitete an dem Tag noch daran. Jetzt steht es hier im Garten. Na?"

„Was na?"

„Na, wie ist es hierhergekommen?"

Er hob seine Arme. „Na, wie schon? Sie werden es abgeholt haben."

„Korrekt. Fragt sich nur wann."

„Die letzten Tage, denke ich."

„Falsch gedacht. Der Schweißer hat doch gesagt, er sei unterwegs gewesen, als wir ihn wieder aufsuchten. Da arbeitete er aber schon an einem vermeintlichen Ritter." Sie zeigte auf die Skulptur. „Dieses Teil war da nicht mehr in seinem Atelier."

„Sie meinen, er hat es noch am Tag der offenen Ateliers an die neuen Besitzer übergeben?"

„Genau das meine ich."

„Aber wie soll uns das weiterhelfen?"

„Das werden wir gleich sehen." Sie öffnete das Törchen im Gartenzaun und ging zur Haustür. Er folgte ihr zögerlich. Sie klingelte, und kurze Zeit später öffnete sich die Tür. Ein Mann, Mitte vierzig, in heller Stoffhose und Hemd sah sie an. „Ja, bitte?"

„Entschuldigen Sie die Störung", begann Frau Appeldorn. „Ich bin vom Kulturverein und habe gerade die Skulptur in Ihrem Vorgarten gesehen. Sehr eindrucksvoll."

Der Mann sah sie zuerst verwundert an. Dann lächelte er. „Ja, wir haben sie von einem hiesigen Künstler fertigen lassen."

„Genau das habe ich erkannt, denn ich kenne den Künstler. Sagen Sie, kann es sein, dass Sie die Skulptur am letzten Sonntag beim Tag der offenen Ateliers abgeholt haben?"

Der Mann nickte. „Ja, das stimmt. Der Künstler sagte, dass er danach eine Weile nicht vor Ort sein würde. Wofür ist das wichtig?"

„Ach, nur so. Wann genau haben Sie es denn abgeholt?"

„Nach dem offiziellen Ende der Ausstellung. So gegen 21 Uhr, denke ich."

„Danke, das hilft mir." Sie wandte sich zum Gehen, aber drehte sich dann noch einmal zu dem Mann, der in Begriff war, die Haustür wieder zu schließen. „War da außer Ihnen und dem Künstler noch jemand im Gebäude?"

Der Mann stockte in seiner Bewegung. „Kann man wohl sagen."

„Wie meinen Sie das?"

Der Mann winkte ab. „Ach, da war dieser Maler, oder wie auch immer man ihn bezeichnen soll, der ständig mit Klebebandrollen kam und unbedingt wollte, dass wir uns auch seine Werke ansehen. Das war aber gelinde gesagt ziemlicher Schrott. Und das habe ich ihm auch gesagt."

Frau Appeldorn lächelte. „Haben Sie zufällig eine Adresse von dem Künstler, der Ihre Skulptur geschaffen hat?"

Der Mann nickte. „Ja, Moment ..." Er verschwand kurz und erschien dann wieder mit einer Visitenkarte in der Hand. Er hielt sie ihr hin. „Möchten Sie auch ein Werk kaufen?"

Frau Appeldorn nahm die Karte. „Mal sehen. Vielen Dank und entschuldigen Sie noch einmal die Störung."

„Kein Problem." Der Mann lächelte. „Schließlich ist es ja die Aufgabe der Kunst, Gespräche auszulösen, nicht wahr?"

Frau Appeldorn schenkte ihm ein Lächeln und ging wieder zu ihrem Nachbarn, der auf dem Bürgersteig auf sie wartete. Sie hielt ihm die Visitenkarte hin.

„Der Künstler hat uns noch etwas zu erklären."

„Meinen Sie, er hat dem Maler die Statue über den Kopf geschlagen und ist dann zu der Heilpraktikerin gefahren, um sie ebenfalls umzubringen, obwohl er doch angeblich unterwegs war? Scheint mir doch recht unwahrscheinlich zu sein."

Sie drehte die Karte in ihrer Hand. „Auf jeden Fall hat er gelogen, als er gesagt hat, dass er früh gegangen wäre. Das muss er uns erklären."

Der Nachbar sah auf die Uhr. „Aber nicht mehr heute, oder?“

Sie nickte. „Nein, nicht mehr heute.“

Beide betrachteten die Steine und diversen Metallskulpturen vor dem Haus. „Hier sind wir eindeutig richtig“, stellte Herr Büyüktürk fest. „Der Herr lebt aber nicht schlecht.“ Er betrachtete das Haus, oder vielmehr war es eher eine Villa, als dass es einem üblichen Gebäude in einer Wohngegend glich.

Sie nickte. „Ja, er scheint gut zu verdienen. Aber was ist nur aus den guten alten Vorgärten mit Rasen und schönen Blumen geworden?“

„Das ist den Leuten zu viel Arbeit, und daher machen Sie dann sowas. Obwohl sie sich doch wahrscheinlich auch einen Gärtner leisten könnten.“ Er zeigte auf den grauen SUV, der in der Einfahrt stand. „Dafür haben Sie dann Platz für ihr Auto.“ Er grinste.

Sie verdrehte die Augen. „Zwischen dem hier und Ihrem Stück Urwald ist noch Spielraum.“ Sie ging auf die Haustür zu. „Kommen Sie schon.“

Sie klingelte, und kurze Zeit später wurde die Tür geöffnet. Eine schlanke, zierliche Frau sah sie an. „Was kann ich für Sie tun?“

„Guten Tag, Frau …“ Frau Appeldorn sah auf die Visitenkarte in ihrer Hand. „Frau Schuster?“

Die Frau nickte. „Ja.“

„Dann ist Herbert Schuster Ihr Mann?“

Wieder nickte die Frau. „Worum geht es denn?“

„Mein Name ist Appeldorn, und ich bin vom Kulturverein.“ Sie zeigte auf die Skulpturen vor dem Haus. „Ich komme wegen seiner Kunstwerke. Ist er da?“

Frau Schuster drehte sich ins Haus. „Herbert, kommst du mal!“

Man hörte eine unverständliche Antwort. „Er kommt“, sagte Frau Schuster und ging zurück ins Haus. Einen Augenblick später erschien der Künstler. „Sie?“

„Ja, entschuldigen Sie, dass ich Sie zuhause überfalle, aber ich habe gestern Ihr Werk, den Textilarbeiter, in einem Vorgarten entdeckt.“

„Und deswegen kommen Sie vorbei? Möchten Sie denn auch eine Skulptur in Auftrag geben?“

Frau Appeldorn schüttelte heftig mit dem Kopf und besann sich dann, dass es besser wäre, mehr Begeisterung für seine Werke auszudrücken.

„Ich überlege noch. Wirkt definitiv sehr imposant, so ein Kunstwerk im Garten.“ Sie ließ ihren Blick über die metallenen Skulpturen schweifen. „Aber, sagen Sie, die neuen Besitzer haben mir erzählt, dass sie das Werk am Sonntagabend noch in Ihrem Atelier abgeholt haben. Sie haben mir aber gesagt, dass sie schon gegen zwanzig Uhr gegangen seien. Wie passt das zusammen?“

Herr Schuster sah sie mürrisch an. „Was geht Sie das an?“

Frau Appeldorn machte einen Schritt auf ihn zu und fixierte seinen Blick. „Hören Sie, wenn Sie gelogen haben und etwas über den Mord an Herrn Borger wissen, was Sie verschweigen, schwöre ich, dass ich Ihnen die Hölle heiß machen werde. Ich habe sehr gute Kontakte zu den hiesigen Behörden." Sie war überrascht, wie gut sie drohen konnte und hoffte, er würde nicht bemerken, dass sie dabei am ganzen Körper zitterte.

Er wich ihrem Blick aus. „Mein Gott, jetzt machen Sie doch nicht so einen Aufruhr. Sie haben mich gefragt, wann ich am Tag der Ateliers gegangen bin. Ich habe die Wahrheit gesagt. Kurz vor acht Uhr war ich weg. Aber dann telefonierte ich mit den Kunden und sagte ihnen, dass Ihr Werk fertig sei. Sie wollten nicht warten, bis ich wieder zurück sein würde, sondern es direkt abholen. Also fuhr ich später erneut ins Atelier. Das wird gegen einundzwanzig Uhr gewesen sein. Kann passen."

Herr Büyüktürk hatte bisher schweigend hinter Frau Appeldorn gestanden und den Disput der beiden beobachtet. Nun legte er seine Hand auf ihre Schulter. „Fragen Sie ihn nach dem anderen Künstler", raunte er ihr zu.

Sie wandte sich kurz ihm zu und dann wieder zu Herrn Schuster. „Ihr Kollege von nebenan, der mit dem Klebeband, war auch noch dort, oder?"

Der Schweißer nickte. „Robert? Ja, er hat meine Kunden ständig bedrängt, dass sie sich unbedingt auch seine Werke ansehen sollten. Mein Kunde hat ihm dann unmissverständlich gesagt, dass er seine Werke für Schrott hält. Da war er dann ziemlich eingeschnappt."

„Haben Sie denn Herrn Borger auch noch gesehen?"

Er nickte. „Ja, er kam kurz aus seinem Raum, um zu schauen, warum es bei uns so laut geworden war. Er hat die Abfuhr für Robert gerade noch mitbekommen und sich ziemlich amüsiert."

„War denn sonst noch jemand da?", schaltete sich Herr Büyüktürk direkt ein und erntete überraschte Blicke von Herrn Schuster und Frau Appeldorn. „Ist doch wichtig zu wissen", begründete er seine Frage, und Frau Appeldorn grinste.

„Ja, ist wichtig zu wissen." Sie drehte sich zum Künstler. „Und? War noch jemand dort?"

Herr Schuster zog die Stirn in Falten. „Nein, sonst habe ich niemanden gesehen."

„Wie lange waren Sie denn noch dort?", hakte Herr Büyüktürk nach.

„Nicht lange. Eine Viertelstunde vielleicht."

„Und sowohl Herr Borger, als auch der andere, Herr Gläser, waren noch dort, als Sie gingen?", wollte Frau Appeldorn wissen.

Er nickte. „Ich denke schon."

„Herbert, kommst du?“, war die Stimme seiner Ehefrau aus dem Haus zu hören.

„War´s das jetzt?“

Frau Appeldorn nickte. „Ja, für´s Erste war´s das. Aber die Polizei wird Sie sicher auch noch dazu befragen.“

„Wenn´s sein muss“, murmelte Herr Schuster, ging ohne ein Wort des Abschieds zurück ins Haus und schloss die Haustür.

„Ist ja ein netter Zeitgenosse.“ Herr Büyüktürk zuckte mit den Schultern. Gemeinsam trotteten sie zum Wagen.

„Diese vermeintlichen Künstler sind schon ein merkwürdiges Völkchen“, sagte Frau Appeldorn mehr zu sich als zu ihrem Nachbarn. Gedankenverloren stieg sie in den Wagen und beobachtete, wie ihr Begleiter den Motor startete und losfuhr.

„Wenn es stimmt, dass Herr Schuster anschließend geschäftlich unterwegs war, dann kann er den Überfall auf Frau Staller nicht gemacht haben“, sinnierte sie weiter.

„Ja, wenn es stimmt, was er gesagt hat“, bestätigte Herr Büyüktürk. „Aber wenn er gelogen hat, dann könnte er es auch gewesen sein. Er und dieser Robert Gläser waren demnach die letzten, die Herrn Borger lebend gesehen haben. Könnte so sein.“

Frau Appeldorn betrachtete ihren Nachbarn. „So langsam macht Ihnen das Ermitteln auch Spaß, oder?“

Er straffte sich. „Vielleicht. Etwas."

Sie lachte laut auf. „Ja, ja. Sie sind Feuer und Flamme, das sehe ich Ihnen an."

„Pah", ließ er nur verlauten und machte eine abwehrende Handbewegung.

Wieder lachte sie auf. „Wenn unser Metallkünstler aber nicht die Wahrheit gesagt hat, dann könnte er dem Maler auch die Statue über den Kopf geschlagen haben."

Der Nachbar sah zu ihr. „Ja, könnte er. Aber warum?"

„Keine Ahnung." Sie sah zu ihm. „Mir scheint, wir müssen mal mit diesem Klebebandkünstler reden."

Herr Büyüktürk verzog das Gesicht. „Oh, meinen Sie?"

„Ja, meine ich."

„Aber erst am Montag, oder?"

„Wieso? Haben Sie am Wochenende noch etwas vor?"

„Nein, ich meine …"

Sie sah zu ihm. „Also, wenn Sie nichts vorhaben am Wochenende …"

Er drehte sich zu ihr, während er den Wagen vor ihrer Einfahrt anhielt. „Ja?"

„Also, äh, ich meine, wenn Sie wirklich nichts vorhaben heute Abend. Ich könnte Ihre Hilfe gebrauchen."

Sie bereute es in dem Moment, den Satz ausgesprochen zu haben, als die Worte ihren Mund verlassen hatten. „Aber wenn Sie keine Zeit haben, ist es auch gut", schloss sie daher sofort an.

Er sah sie fragend an. „Nein, ich habe noch nichts vor. Was ist denn?"

„Ach, eigentlich nichts. Es ist nur so, dass die Damen vom Kulturverein heute Abend unbedingt kegeln gehen wollten. Alle bringen ihre Männer mit, und ich dachte, vielleicht, also, wenn Sie wirklich nichts Besseres vorhaben, könnten Sie mich begleiten."

„Kegeln?"

Sie nickte. „Wie gesagt. War nur so eine spontane Idee. Wenn es nicht …"

„Klar, ich komme mit. Ich wollte diese urdeutsche Sache immer mal machen."

„Wirklich?"

Er nickte heftig. „Absolut. Lassen Sie uns heute Abend kegeln gehen."

Sie stiegen aus dem Wagen aus, und Frau Appeldorn war sich unsicher, was sie fühlen sollte. Einerseits hatte sie die ganze Woche schon mit Grauen an den Kegelabend gedacht. Diese Art der deutschen Gemütlichkeit war ihr immer fremd geblieben. Dazu hatte die Vorstellung, als Einzige ohne Ehemann oder Begleitung dort zu sein, ihre Vorfreude nicht gerade gesteigert. Zumindest war dieser Punkt nun gelöst. Sie sah zu ihrem

Nachbarn hinüber, der winkend in sein Haus ging. Hoffentlich hatte sie sich nun keine neuen Probleme geschaffen.

Hastig setzte Frau Appeldorn Ihren Hut auf und öffnete die Haustür.

„Oh", konnte sie nur sagen, als sie ihren Nachbarn erblickte.

Er sah an sich herunter. „Stimmt was nicht?"

„Nein, nein", beeilte sie sich zu antworten und schalt sich innerlich dafür, dass sie den ganzen Nachmittag überlegt hatte, ob sie ihm noch Hinweise zur passenden Kleidung geben sollte. Nun stand er vor ihr und sah aus wie immer. Zumindest das Hemd schien er aber gewechselt zu haben. „Passt schon."

„Bin ich nicht fein genug?" Er sah sie herausfordernd an.

„Nein, ist absolut in Ordnung. Zum Kegeln macht man sich nicht fein." Sie griff ihre Handtasche und trat aus der Haustür.

„Ist dann Ihr Hut nicht zu viel?"

Sie griff an ihre Hutkrempe und schüttelte den Kopf. „Ich gehe nie ohne Hut aus dem Haus."

„Warum nicht?"

„Das geht Sie nichts an." Sie machte einen Schritt an ihm vorbei. „Kommen Sie?"

Schweigend stiegen sie in den Mercedes.

„Wohin eigentlich?“, unterbrach er die Stille, und sie nannte ihm den Namen der Gaststätte.

„Okay“, bestätigte er nur und startete den Wagen.

Die rustikale Kneipe war am Wochenende gut besucht. Die meisten schienen sich zu kennen. Der Wirt, der hinter dem Tresen stand und Bier zapfte, während er sich mit seinen Gast unterhielt, zeigte ihnen den Weg eine Treppe hinunter zur Kegelbahn. Als sie dem folgten, konnten sie bereits Gelächter vernehmen.

„Hallo Mareike“, Ute kam ihr entgegen, begrüßte sie mit Wangenküssen und sah dann an ihr vorbei. „Und du musst der Nachbar sein.“ Sie hielt ihm die Hand entgegen. „Ich bin Ute.“

Herr Büyüktürk griff beherzt zu und lächelte. „Ich bin Alican.“

„Dann komm mal, Alican. Ich stelle dich allen vor.“ Sie zog Herrn Büyüktürk an Frau Appeldorn vorbei und schob ihn an den langen Tisch, der im Bereich vor der Kegelbahn stand. „Das ist Alican, Mareikes Nachbar“, verkündete sie. „Ihr stellt euch am besten selbst vor.“

Reihum begannen die Anwesenden ihre Namen zu nennen und reichten ihm entweder die Hand oder winkten, wenn sie weiter weg saßen. Frau Appeldorn betrachtete das Schauspiel und stand immer noch regungslos da. Ute kam wieder zu ihr.

„Er macht einen netten Eindruck."

Frau Appeldorn sah zu ihrer Freundin. „Du hast ihn ja auch gleich überfallen."

„Na klar, man muss schließlich erstmal das Eis brechen. Jetzt komm schon", forderte sie sie auf, und Frau Appeldorn legte den Mantel ab. Als sie an den Tisch trat, saß ihr Nachbar bereits und sah sie etwas unsicher an. Frau Appeldorn nahm neben ihm Platz.

„So, erst mal die Regeln", begann Ute. „Pudel kostet zehn Cent. Wenn einer alle Neune wirft, müssen alle anderen einen Euro zahlen. Kackstuhl und Stina kosten zwanzig Cent. Schnapszahl kostet eine Runde."

Herr Büyüktürk stupste seiner Nachbarin an den Arm. „Was ist denn Stina? Und was ist Kackstuhl?"

„Stina ist, wenn man die mittleren drei Kegel in einer Linie umwirft, glaube ich. Kackstuhl, wenn die äußeren Kegel stehen bleiben und es wie ein Stuhl aussieht. Was ein Pudel ist, wissen Sie?"

Er nickte. „Die Rinne, nicht wahr?"

„Stimmt", bestätigte Frau Appeldorn. „Haben Sie schon mal gekegelt?"

Er grinste. „Nein, noch nie. Ist aber ziemlich aufregend."

„Wenn Sie meinen."

Ute verkündete das erste Spiel, und nacheinander standen alle auf und beförderten die Kugel mehr oder weniger kunstfertig in Richtung der Kegel.

„Du bist dran“, sagte Ute in Richtung Mareike Appeldorn, und diese stand zögerlich auf. Sie betrachtete die Kugeln, die an der Seite der Bahn in einer Rinne lagen. Sie nahm vorsichtig eine der Kleineren heraus und wiegte sie in ihrer Hand hin und her. Dann versuchte sie, die Bewegungen der anderen vor ihr nachzuahmen. Sie machte einen deutlichen Schritt in Richtung der Bahn, ging dabei leicht in die Hocke und setzte die Kugel mittig auf die Bahn auf. Sie rollte sofort in Richtung der rechten Seite, und Frau Appeldorn befürchtete, sogleich einen Pudel geworfen zu haben, doch dann schien sich die Kugel eines Besseren zu besinnen und machte eine Kurve wieder zurück in die Mitte. Sie traf den vorderen Kegel quasi im Vorbeilaufen, und gebannt beobachtete Frau Appeldorn, wie ein Kegel nach dem anderen umfiel. Während sie noch über den Haufen umgefallener Kegel staunte, hörte sie Utes Stimme. „Na, das nenne ich einen Einstieg. Auf unsere Kegelschwester Mareike ein dreifaches Gut …“ Alle anderen stiegen ein und riefen „Holz“. Das Ganze wiederholte sich zwei Mal.

„Gut …“

„Holz!“

Frau Appeldorn wusste nicht, wie ihr geschah, und

ging zu ihrem Platz zurück. Der Mann von Elisabeth klopfte ihr anerkennend auf die Schulter.

„Elisabeth, hast du den Euro für alle außer Mareike notiert?", fragte Ute. Die Angesprochene nickte und machte Striche in ein Notizbuch.

„Nicht schlecht", raunte Herr Büyüktürk, bevor er der Aufforderung von Ute folgte.

Frau Appeldorn beobachtete, wie er vorsichtig eine der Kugeln in die Hand nahm und darauf wartete, dass die Maschine die Kegel wieder aufgestellt hatte. Dann machte er eine Bewegung, die eher so aussah, als wollte er die Kugel von oben auf die Bahn schleudern. Dann schien er sich aber zu besinnen, und ließ die Kugel aus der Hand auf die Bahn rollen. Sie nahm zuerst Kurs auf die linke Seite, orientierte sich dann mehr nach rechts, um schließlich kurz vor den Kegeln doch in die linke Rinne zu plumpsen. Ein vielstimmiges „Oh" begleitete sie, und Herr Büyüktürk sah sich unsicher um.

„Beim nächsten Mal klappt es bestimmt", tröstete Ute, während Herr Büyüktürk zu seinem Platz ging. „Gar nicht so einfach", raunte er seiner Nachbarin zu. Die lächelte unsicher und beobachtete weiter gebannt das Geschehen.

„Scheiße", fluchte Herr Büyüktürk, als seine Kugel erneut in die Rinne fiel und zum Ende der Bahn rollte.

„Fluchen kostet zwanzig Cent Strafe", stellte Elisabeth nüchtern fest und machte einen Strich in ihr Notizbuch. Alle lachten, und auch Herr Büyüktürk lachte mit. „Gelten auch türkische Schimpfworte?"

„Wenn wir sie verstehen", stellte Ute grinsend fest.

„Gut zu wissen." Er grinste und setzte sich wieder.

„Und du suchst mit Mareike den Mörder von dem Maler?", wandte sich Elisabeths Ehemann an Herrn Büyüktürk.

„Ja, die Polizei hat meine Tochter unter Verdacht. Da wollten wir etwas finden, um sie zu entlasten."

„Das ist aber doch gefährlich. Es soll ja noch einen Fall geben."

„Ja, die Heilpraktikerin", schaltete sich Elisabeth an. Alle Anwesenden begannen, über den Mordfall zu sinnieren, und tauschten Theorien aus.

„Es sind immer die Ehepartner", behauptete Utes Mann und bekam dafür einen Stups an den Arm von seiner Frau.

„Dann pass nur gut auf", neckte sie ihn.

„Elisabeth, du kennst die Borgers doch. Wusstest du, dass sie Tango tanzt?", nutzte Frau Appeldorn die Gelegenheit für eine Frage.

Elisabeth sah von ihrem Notizbuch auf. „Ja, stimmt. Sie hat mal so etwas erwähnt."

„Kann es sein, dass sie eine Affäre hat?"

Alle sahen gebannt zu Elisabeth. „Ich weiß nicht. Traue ich ihr irgendwie nicht zu."

Sie drehte ihren Stift in der Hand. „So, wie sie immer davon sprach, dass sie mehr mit ihrem Mann unternehmen wollte, passt das nicht so recht."

Frau Appeldorn sah zu ihrem Nachbarn und dann wieder zu Elisabeth. „Du hast nicht zufällig gesehen oder mitgekriegt, ob sie am Donnerstagabend das Haus verlassen hat?"

„Am Donnerstag?" Elisabeth runzelte die Stirn. „Das Haus der Borgers ist ja nicht direkt in meinem Blick. Kriege ich nicht mit, wenn sie geht." Sie griff zu dem Bierglas, das vor ihr stand. „Aber warte mal." Sie hob das Glas an. „Donnerstag sagst du?"

Frau Appeldorn nickte.

„Stimmt", ließ Elisabeth verlauten, als sie einen Schluck Bier genommen hatte. „Da war sie, glaube ich, zuhause." Sie sah zu ihrem Mann. „Erinnerst du dich? Ich bin doch nochmal mit dem Hund raus." Dann drehte sie sich wieder zu Frau Appeldorn. „Da war Licht bei ihr im Haus. Da bin ich sicher."

„Mir scheint, die Ehefrau ist raus, oder?" Frau Appeldorn sah zu ihrem Nachbarn.

Der schüttelte heftig mit dem Kopf. „Nein, nein. Sie haben es doch gehört: Die meisten Morde geschehen im persönlichen Umfeld und in der Partnerschaft. Sie hat nach wie vor das klarste Motiv, und ein bisschen Licht in einem Fenster ist bei Weitem kein Alibi. Für mich ist sie immer noch die Verdächtige Nummer eins."

„Oh, du kannst ja richtig energisch sein." Ute grinste. „Wen habt ihr denn sonst noch unter Verdacht? Oder ist die Ehefrau die einzige Verdächtige?", fragte Ute nach.

Frau Appeldorn zuckte mit den Schultern. „Bisher haben wir uns schon auf sie konzentriert. Aber ich bin mir da mittlerweile nicht mehr so sicher. Auf jeden Fall müssen wir uns die anderen Künstler etwas genauer ansehen, denke ich."

Herr Büyüktürk nickte. „Von mir aus. Diesem Schlosser traue ich jedenfalls nicht."

„Sie meinen Schuster."

„Schuster? Eher Schweißer, oder?"

Frau Appeldorn schüttelte den Kopf. „Nein, er heißt Schuster."

Der Nachbar verzog das Gesicht. „Ja, klar. Aber er ist Schlosser oder Schweißer oder so etwas."

Frau Appeldorn musste lachen. „Ja, so etwas."

Ute grinste. „Ihr seid schon ein komisches Pärchen."

„Wir sind kein Pärchen", protestierte Frau Appeldorn und Herr Büyüktürk schüttelte vehement den Kopf. „Definitiv nicht."

„Ja, ja", sagte Ute, und die Runde lachte. „Jetzt lasst uns König oder Königin auskegeln", schlug sie vor und ging selbst als Erste auf die Bahn.

„Nicht zu fassen, dass Sie der König geworden sind." Frau Appeldorn betrachtete den Karnevalsorden, den ihr Nachbar ins Mittelfach des Mercedes gelegt hatte.

„Irgendwann hatte ich raus, wie es geht. Man muss der Kugel so ein wenig Drall geben, dann klappt es."

„Mir scheint, es hat Ihnen Spaß gemacht."

Der Nachbar sah zu ihr. „War ganz lustig."

„Na ja, Sie haben Ute gehört. Sie müssen nun zum nächsten Mal wiederkommen und Ihren Titel verteidigen."

„Sie auch."

„Ich? Wieso ich?"

„Mitgefangen, mitgehangen. Sie glauben doch nicht, dass ich alleine dahingehe? Nein, nein, Sie kommen schön mit." Er grinste und hielt den Wagen vor ihrer Einfahrt an. Frau Appeldorn verzog das Gesicht. „Puh, was habe ich mir da nur angetan?"

Herr Büyüktürk lachte auf. „Sie müssen wirklich mal an Ihrer Lockerheit arbeiten."

„Ich bin locker."

„Sagt die Frau, die zwanghaft immer einen Hut trägt."

„Das ist nicht zwanghaft."

„Was denn dann?"

„Das ist mein Stil."

„Sag ich ja, zwanghaft."

„Und was ist dann ihre komische Cordhose? Liederlich?“

Er strich sich über den Oberschenkel. „Ich würde sagen, bequem.“

„Sie wissen eben nicht, was Stil ist.“ Sie öffnete die Wagentür. „Sie können mich mal.“ Dann stieg sie aus und schmiss die Tür mit aller Kraft zu. Doch der Mercedes schien ihr das theatralische Krachen nicht zu gönnen, und die Tür fiel, wie immer, mit einem dumpfen Klang ins Schloss. Ohne auf den Nachbarn zu warten, schritt sie erhobenen Hauptes durch ihren Vorgarten. Nachdem Sie die Haustür hinter sich geschlossen hatte, betrachtete sie sich im Dielenspiegel. Zwanghaft? Was fiel diesem Idioten ein? Sie nahm den Hut vorsichtig ab und legte ihn in die Schachtel. Dann zog sie ihren Mantel aus, ging ins Wohnzimmer und schaltete den CD-Spieler ein.

X

Lustlos biss sie in ihr Brötchen. Die halbe Nacht hatte sie nicht schlafen können. Hatte sie wirklich zwanghafte Charakterzüge, wie der Nachbar behauptet hatte? Sie legte das angebissene Brötchen zurück auf den Teller und nahm einen Schluck Kaffee. Zielstrebig, engagiert, dies waren die Worte, mit denen sie sich beschreiben würde.

Sie betrachtete den Küchentisch und die Reste des Frühstücks. Dann schob sie den Teller etwas von sich weg, stand auf und ging an ihren Schreibtisch. Sie nahm ein Blatt und einen Stift und setzte sich wieder. *Zeitablauf* schrieb sie oben auf das Blatt.

Was hatten die Beteiligten gesagt, wann sie in der alten Krawattenfabrik waren und wann sie wieder gegangen wären? Sie kramte in ihren Erinnerungen. Nun wurde ihr klar, warum Detektive immer Notizen machten. Das hatte sie versäumt, und sie schimpfte innerlich mit sich. Sie, die doch sonst immer an alles gedacht hatte, vergaß so ein wesentliches Vorgehen. Was war nur los mit ihr? Das durfte nicht zur Regel werden. Sie musste sich zusammenreißen.

„Erinnere dich, Mareike", forderte sie sich selbst auf und begann, die Namen aller Beteiligten untereinander auf das Blatt zu schreiben.

Was hatte der Kommissar noch gesagt? Ja, klar, zwischen 21 und 22 Uhr sollte Herr Borger erschlagen worden sein. Sie notierte die Zeiten oben auf das Blatt. Die erste Verdächtige war Frau Dammer. Doch wenn sie sich richtig erinnerte, gab es keinen Beweis, dass sie zu der Zeit des Mordes in der Fabrik gewesen war. Sie machte einen Haken hinter den Namen der Stadtmanagerin.

Die Ehefrau hatte am Abend auch niemand in der Fabrik gesehen, aber sie hatte ein starkes Motiv und auch kein echtes Alibi. Sie schrieb ihren Namen auf den Zettel und machte ein Fragezeichen dahinter. Blieben noch die Künstler selbst. Herr Borger war definitiv am Abend dort gewesen und Frau Staller auch. Herr Schuster war wiedergekommen, um seinen Kunden die Skulptur zu übergeben. Der Klebebandkünstler, wie hieß der noch? Gläser, Robert Gläser, war nach mehreren Aussagen auf jeden Fall noch dort gewesen. Was hatte er selbst noch gesagt, wann er gegangen wäre? Sie grübelte nach, um sich an dieses Gespräch zu erinnern. Dann fiel es ihr wieder ein. Genau, halb neun, hatte er gesagt. Sie war sich sicher und notierte es neben seinem Namen. Wenn Herr Schuster und seine Kunden aber recht hatten, dann konnte das nicht passen. Sie kaute gedankenverloren an ihrem Stift. Sie mussten noch einmal mit Herrn Gläser sprechen. Sie schüttelte sich beim Gedanken an diesen aufdringlichen Kerl. Aber sie hatte sich zum Ziel gesetzt, diesen Mord aufzuklären, und davon würde sie ein schlechter Künstler mit überstiegenem Selbstbewusstsein nicht abhalten. Entschlossen knallte sie den Stift auf den Tisch und erschrak, dass wie als Echo das Klingeln an der Haustür zu hören war. Sie sah auf die Uhrzeit an ihrem Handy. Wer kam denn unangemeldet an einem Sonntagmorgen zu ihr?

Ein zweites Läuten, das nun länger schrillte, ließ sie sich erheben und zur Haustür gehen. Eigentlich konnte es nur ihr Nachbar sein. Sie würde ihm wohl beibringen müssen, dass sie am Sonntagmorgen gerne ihre Ruhe hatte.

Sie wollte gerade zu einer entsprechenden Rede ansetzen, als sie die Haustür öffnete und erschrak. „Frau Borger?"

„Guten Morgen, Frau Appeldorn. Was fällt Ihnen ein, mir nachzuspionieren!"

„Was?"

„Jetzt stellen Sie sich nicht dumm. Ich weiß, dass Sie in meinem Tanzclub waren und sich als meine Freundin ausgegeben haben. Das ist eine Unverschämtheit." Die Stimme der Witwe war immer lauter geworden, und Frau Appeldorn beobachtete, wie der Mann von gegenüber, der gerade mit seinem Hund Gassi ging, neugierig in ihre Richtung starrte.

„Das ist alles ein Missverständnis, Frau Borger. Bitte kommen Sie doch erst einmal herein."

„Missverständnis? Wollen Sie mich verarschen?"

„Bitte", Frau Appeldorn versuchte, sich nicht aus der Ruhe bringen zu lassen, und nickte dem Nachbarn übertrieben freundlich zu. „Kommen Sie doch herein." Sie trat zur Seite und machte eine einladende Bewegung mit der Hand.

Frau Borger funkelte sie an, machte dann aber doch einen Schritt nach vorne, so dass Frau Appeldorn die Tür hinter ihr schließen konnte.

„Bitte, Frau Borger, kommen Sie hier entlang. Kann ich Ihnen einen Kaffee anbieten?"

„Nein, danke. Ich will endlich von Ihnen wissen, was das soll?"

Sie hatten die Küche erreicht und Frau Appeldorn zog einen Stuhl heran, um die Witwe zum Platznehmen zu animieren. Es funktionierte, und Frau Borger setzte sich zögerlich. Frau Appeldorn ging schnell um sie herum und setzte sich auf ihren Platz. „Das ist, wie gesagt, alles ein Missverständnis. Sie wissen ja, ich bin beim Kulturverein und fühle mich verantwortlich für das, was passiert ist. Ich möchte gerne mehr über die Hintergründe wissen. Aber woher haben Sie überhaupt meine Adresse?"

Frau Borger schien aus ihren Gedanken aufzuschrecken. „Sie stehen im Telefonbuch. Schon vergessen? Und der Name Appeldorn ist nicht sehr häufig." Dann verdunkelte sich ihr Blick wieder. „Aber lenken Sie nicht ab! Sie spionieren mir nach? Das ist Stalking,

Belästigung oder sicher sonst irgendein Strafbestand. Was sollte das denn?" Sie machte eine Pause, und Frau Appeldorn rechnete mit einem weiteren Aufbrausen. Dann sprach Frau Borger sehr leise, aber um einiges eindringlicher. „Denken Sie etwa, ich habe meinen Mann umgebracht?"

„Nein, natürlich nicht." Frau Appeldorn hoffte, dass es überzeugend klang.

„Seien Sie ehrlich. Sie glauben, ich habe etwas mit dem Mord zu tun. Warum sollten Sie sonst hinter mir her fragen?"

Krampfhaft versuchte Frau Appeldorn im Geiste eine Argumentation zusammenzubauen, nach der ihre Aktivitäten irgendwie sinnvoll erschienen und dennoch nichts mit einem Verdacht gegenüber Frau Borger zu tun hatten.

„Wusste ich es doch", unterbrach Frau Borger ihr Schweigen. „Ich hätte meinem Mann nie etwas antun können." Ihre Stimme brach bei diesen Worten, und Frau Appeldorn glaubte, Tränen in ihren Augen zu erkennen.

„Das glaube ich Ihnen", sagte sie daher.

Frau Borger sah auf, und ihr Blick schien Blitze auszustoßen. „Blödsinn. Sie glauben, dass ich es war. Aber ich war es nicht." Frau Borger richtete sich etwas auf und fixierte Frau Appeldorn. „Los, fragen Sie schon. Was wollen Sie wissen?"

„Also …“

„Jetzt machen Sie nicht auf schüchtern. Erst mir nachspionieren und dann rumdrucksen! Los, stellen Sie die Fragen, die Sie haben. Ich werde Sie davon überzeugen, dass ich nichts mit dem Tod meines Mannes zu tun habe. Los, machen Sie schon!“

Frau Appeldorn sah zu ihr hoch. „Na, gut. Wenn Sie es so wollen.“

Frau Borger nickte. „Also legen Sie los.“

„Okay, fangen wir damit an: Wo waren Sie am Donnerstagabend? Und sagen Sie nicht, dass sie tanzen waren. Das waren Sie nicht.“

„Ich war zuhause. Alleine.“

„Das ist aber kein überzeugendes Alibi.“

„Warum sollte ich denn am Donnerstag ein Alibi benötigen?“

„Weil am Donnerstagabend Frau Staller überfallen und schwer verletzt wurde.“

„Frau Staller?“

„Ja, die Bildhauerin, die in dem Atelier neben dem Ihres Mannes arbeitete und mit der er vielleicht ein Verhältnis hatte.“

Frau Borger sah sie erstaunt an. Dann lachte sie laut auf. „Sie meinen die Engelmacherin?“

„Engelmacherin? Nein, das ist doch was anderes …“

„Ich weiß, ich weiß“, unterbrach sie Frau Borger.

„Mein Mann und ich haben sie immer so genannt, weil sie ja diese Engel aus Speckstein machte und einen ständig damit nervte." Wieder lachte sie auf. „Oh, ist die meinem Mann auf den Senkel gegangen. Wenn jemand ihn hätte aus seinem Atelier vertreiben können, dann diese Kuh." Sie schüttelte grinsend den Kopf. „Warum hätte ich der etwas antun sollen?"

„Na, wegen des Verhältnisses …"

Wieder fiel ihr Frau Borger ins Wort. „Nein, nein, mein Mann hatte ganz sicher kein Verhältnis mit dieser Trulla. Sie hätte es sicherlich gewollt, aber eher hätte er ihr eine Statue über den Schädel gezogen."

„Woher wissen Sie, dass Ihr Mann mit einer Statue erschlagen wurde?"

„Kommen Sie sich jetzt schlau vor? Meinen Sie, Sie haben mich ertappt? Bilden Sie sich da mal nichts ein! Die Polizei hat mir natürlich berichtet, wie mein Mann gestorben ist. Ist ja wohl auch mein gutes Recht, dies zu erfahren." Sie verschränkte die Arme vor der Brust. „Waren das schon alle Ihre Beweise gegen mich?"

Nun fühlte sich Frau Appeldorn in ihrer Ehre verletzt. So ließ sie nicht mit sich umspringen. „Warum haben Sie denn gelogen und gesagt, Sie wären am Tag der offenen Ateliers nicht in der Krawattenfabrik gewesen? Nur zu blöd, dass ich Sie gesehen habe. Sie haben mich fast umgerannt, als Sie wütend den Gang entlang gestürmt kamen."

Frau Borger löste die Arme von der Brust. „Ach, Sie waren das. Natürlich." Sie tippte sich mit der Hand vor die Stirn. „Ja, jetzt haben Sie mich. Ich habe Sie angeflunkert. Aber mal ehrlich, geht es Sie etwas an, wo ich war? Und ja, ich war wütend, weil mein Mann mich mal wieder versetzt hatte. Aber da lebte er noch."

„Sie müssen zugeben, Sie hatten ein Motiv."

Sie nahm die Arme wieder vor die Brust. „Ach ja? Ein Streit mit meinem Mann, mit dem ich dreißig Jahre verheiratet war? Ganz tolles Motiv."

„Wo waren Sie denn dann am Sonntagabend?"

„Da war ich zuhause und habe darauf gewartet, dass mein Mann heimkommt. Stattdessen kam dann die Polizei." Wieder schien sich ihr Blick zu trüben. Dann sah sie wieder zu Frau Appeldorn. „Ach ja, bezeugen kann das natürlich niemand, falls Sie das wissen wollten." Sie kramte in ihrer Handtasche nach einem Taschentuch und wischte sich verstohlen über die Augen. Als sie die Hand mit dem Tuch sinken ließ, sah sie gedankenverloren in die Luft. „Mein Mann hätte mir ein Alibi geben können", murmelte sie.

„Wie das?", hakte Frau Appeldorn nach.

Frau Borger wandte sich wieder ihr zu. „Ich habe ihn an dem Abend angerufen und gefragt, wo er bleibt."

„Wann war das denn?"

Frau Borger zuckte mit den Schultern. „Kurz nach neun. Irgendwie war Trubel in der Fabrik. Er erzählte mir, dass einer seiner Mitstreiter noch Kunden dahatte, und diese Leute wollten sich auch noch seine Bilder ansehen. Dann hat er sich mit einem Kollegen gestritten, der ihm vorwarf, er habe sich gegenüber den Kunden etwas abfällig über dessen Kunst geäußert."

Frau Appeldorn wurde hellhörig. „Wissen Sie, um welchen Kollegen es ging?"

Frau Borger verzog das Gesicht zu einem sarkastischen Grinsen. „Ach, wollen Sie jetzt jemand anderen verdächtigen?" Sie winkte ab. „Ich weiß nicht genau, wer es war. Hatte irgendwas mit Textil zu tun oder so ähnlich."

Frau Appeldorn wollte nachhaken, deshalb bemerkte sie zu spät, wie Frau Borger den Blick schweifen ließ und den Zettel entdeckte, der immer noch auf dem Tisch lag. Die Witwe griff danach, bevor Frau Appeldorn reagieren konnte. „Mein Name? Mit einem Fragezeichen?" Frau Borger sah sie an. „Soll das heißen, Sie sind sich nicht sicher?" Sie grinste. „Sie sind ja schlauer, als ich dachte." Dann erhob sie sich. „So, genug geplaudert. Ich gehe. Wenn ich Sie nochmal dabei ertappe, dass Sie mir nachspionieren, dann können Sie sich auf etwas gefasst machen."

Frau Appeldorn stand ebenfalls auf, und für einen kurzen Moment standen die beiden Frauen sich direkt gegenüber. Nur wenige Zentimeter trennten sie. Dann drehte sich Frau Borger um. „Da geht es hinaus, denke ich?“ Ohne eine Antwort abzuwarten, ging sie in Richtung Haustür. Frau Appeldorn ging ihr nach und beobachtete, wie Frau Borger die Tür öffnete und hinaustrat. „Ich hoffe, ich sehe Sie nie wieder“, fauchte sie noch in ihre Richtung, bevor Frau Appeldorn die Haustür hinter ihr schloss.

Noch einen Moment lang stand Frau Appeldorn vor der verschlossenen Haustür und atmete tief ein. Dann drehte sie sich um und ging langsam zurück in ihre Küche. Den Zettel hatte Frau Borger zusammengeknüllt auf dem Küchentisch hinterlassen. Frau Appeldorn breitete ihn wieder aus, strich ihn glatt und betrachtete die notierten Namen. War Frau Borger wirklich so unschuldig, wie sie behauptete? Was war dran an dem Streit mit dem Kollegen? Die beschriebenen Umstände am Abend passten zu den bisherigen Informationen. Das Stichwort Textil wies dabei klar auf einen der Mitstreiter hin. Sollte Herr Büyüktürk mit seinen Zweifeln recht gehabt haben?

Sie hatte einige Rechnungen bezahlt, die Unterlagen für die Steuererklärung zusammengesucht und dann versucht, etwas in ihrem Buch zu lesen, aber immer wieder waren ihre Gedanken zum Tag der offenen Ateliers geglitten. Die Aussagen von Frau Borger kreisten in ihrem Kopf. Sie war sich nach wie vor nicht sicher, ob der ganze Auftritt vorhin nicht nur ein gewaltiges

Ablenkungsmanöver gewesen war, aber in ihr wuchs der Impuls, dem näher auf den Grund zu gehen. Auf jeden Fall sollte sie die Erkenntnisse mit ihrem Nachbarn diskutieren. Auch wenn seine Worte in ihr immer noch nachhallten und sie keine Lust verspürte, sich ihm gegenüber in irgendeiner Weise rechtfertigen zu müssen. Sie würde ihm nicht aus dem Weg gehen können.

Sie wollte gerade die Klingel an seiner Haustür betätigen, als diese sich öffnete. Frau Appeldorn erstarrte in ihrer Bewegung. „Was ist das denn?"

Er stutzte überrascht. „Was meinen Sie?"

Sie hob langsam die Hand und zeigte mit dem Finger auf ihn. „Ja, das?"

Er sah an sich hinunter. „Na, was schon? Ein Trikot vom SV."

„Und warum tragen Sie das komische Ding?"

„Weil der SV jetzt gleich gegen TuRa spielt."

„Fußball?"

„Nein, Feldhockey." Er verzog das Gesicht. „Natürlich Fußball. Wenn sie heute gewinnen, haben sie gute Chancen, in die Kreisliga A aufzusteigen."

„Oh", brachte Frau Appeldorn lediglich heraus.

„Was wollen Sie? Ich bin in Eile. Muss los."

Sie brauchte eine Weile, bis sie sich wieder besonnen

hatte, warum sie mit ihrem Nachbarn reden wollte. „Die Ehefrau war bei mir."

Er schob sie etwas von der Haustür weg und schloss sie hinter sich. „Die Ehefrau?"

„Ja, die Witwe. Frau Borger."

Er drehte sich zu ihr. „Warum war die denn bei Ihnen?"

„Sie hat herausbekommen, dass wir in ihrer Umgebung Fragen stellen, und wollte, dass wir aufhören."

Er sah auf seine Armbanduhr. „Ich will auf keinen Fall den Anfang vom Spiel verpassen. Kommen Sie doch mit."

„Zum Fußball?"

„Ja, natürlich. Sie sind aber heute schwer von Begriff. Sie können auch Ihren Hut aufsetzen. Passt prima zum Rot-Weiß." Er hob seine Fahne hoch.

Sie sah zu der Fahne und dann zu ihm, ohne zu wissen, was sie antworten sollte.

Er machte einen Schritt. „Entweder Sie kommen jetzt mit, oder wir reden später. Ihre Entscheidung."

„Na gut", murmelte sie. „Eine Minute." Sie hastete in ihr Haus und griff an der Garderobe nach Hut, Mantel und Tasche. Der Nachbar stand bereits vor ihrem Haus an der Straße.

„Fahren wir nicht?", fragte sie.

„Der Fußballplatz ist doch gleich die nächste Straße rein." Er machte bereits ein paar Schritte in die Richtung, und Frau Appeldorn beeilte sich, ihm zu folgen.

„Jetzt rennen Sie doch nicht so." Frau Appeldorn hastete ihm hinterher und hatte Mühe, Schritt zu halten. Sie wollte sich keine Blöße geben und zu sehr keuchen, aber sie spürte ihren Herzschlag bis zum Hals, und die Worte ihres Arztes kamen ihr in den Sinn. „Schonen Sie sich auf jeden Fall", hatte er gesagt. Einem wildgewordenen Nachbarn im rot-weißen Trikot zum Fußballplatz hinterherzuhechten, würde sicher nicht auf seine Zustimmung stoßen.

Endlich kam der Platz in Sicht, und der Nachbar verlangsamte seine Schritte.

„Geht es?", fragte er in ihre Richtung und schnaufte, bevor sie in der Lage war, irgendeine Äußerung zu machen.

„Ja, geht schon", japste sie.

„Hallo Alican", wurde der Nachbar von einem anderen Mann, ebenfalls in Vereinsfarben, begrüßt. „Wir dachten schon, du kommst nicht."

„Wurde noch aufgehalten." Er zeigte auf Frau Appeldorn. „Meine Nachbarin wollte unbedingt mitkommen." Er grinste sie an, und der Mann streckte ihr seine Hand entgegen.

„Gerd", sagte er.

Sie ergriff die Hand. „Appeldorn."

Der Mann stockte und lachte dann. „Cooler Name." Er zeigte auf den Hut. „Und toller Hut." Er klopfte ihrem Nachbarn auf die Schulter. „Wir stehen da vorne."

Gerd ging weiter, und Herr Büyüktürk winkte ihr zu. „Kommen Sie!"

Herr Büyüktürk wurde von den Anwesenden wie ein alter Freund begrüßt. Er stellte Frau Appeldorn vor. Die Gruppe bestand aus lauter Männern und nur einer einzigen Frau. Alle winkten ihr zu.

„Wollen Sie nicht wissen, was die Ehefrau gesagt hat", raunte Frau Appeldorn ihrem Nachbarn ins Ohr. Der nickte, als die Mannschaften auf den Platz kamen und Anfeuerungsrufe erklangen. Die Frau in der Runde löste sich aus der Gruppe und kam zu Frau Appeldorn. „Schön, dass ich heute nicht die einzige Frau bin. Ich bin Sofia." Sie hielt ihr die Hand entgegen, und Frau Appeldorn überlegte kurz, wie sie mit der unerwarteten Vertraulichkeit umgehen sollte. Dann erinnerte sie sich an ihren Entschluss, Lockerheit zu demonstrieren, und ergriff die Hand. „Mareike", antwortete sie.

„Mein Mann spielt da mit." Sofia zeigte auf das Spielfeld, auf dem die Männer sich zum Anstoß aufstellten. „Da vorne, die Nummer fünf."

Die gegnerische Mannschaft eröffnete das Spiel, und die Männer aus der Gruppe feuerten einzelne Spieler an und kommentierten die Aktionen auf dem Platz.

„Sie sind eine Freundin von Alican?“ Die Frau lächelte sie an.

„Ich bin die Nachbarin. Wir arbeiten zusammen.“

„Arbeiten? Ich dachte, er sei im Ruhestand.“

„Ja, ist nicht direkt Arbeit. Eher ein ehrenamtliches Projekt.“

„Ach so. Dachte mir schon, dass Alican mit dem Vorstandsposten im Verein nicht ausgelastet ist.“

„Er ist im Vorstand?“

Sie nickte. „Ja, als Beisitzer.“

Der Schiedsrichter pfiff, und die Männer reagierten mit Unmut. „Das war doch gar nichts“, rief der eine.

Herr Büyüktürk neigte sich wieder zu ihr. „Was hat sie denn gesagt?“

„Entschuldige uns kurz“, wandte sich Frau Appeldorn an Sofia. Dann fasste sie ihren Nachbarn am Trikot und zog ihn etwas zur Seite.

„Sie behauptet, dass sie ihren Mann nicht umgebracht habe. Okay, das ist keine Überraschung. Sie sagt aber auch, dass ihr Mann niemals ein Verhältnis gehabt hätte, weil er die Heilpraktikerin gar nicht leiden konnte. Und …“ Sie machte eine Pause, um festzustellen, ob er ihr noch zuhörte. Als er sie auffordernd ansah, fuhr sie fort. „Angeblich hat sie ihren Mann an jenem Abend gegen neun Uhr angerufen, als er einen

Streit mit einem Kollegen hatte. Es ging um irgendwas mit Textil. Dämmert da was?“

Die Männer schrien wieder auf und forderten lautstark eine gelbe Karte. Einer stieß Herrn Büyüktürk in die Seite. „Hast du das gesehen? Das muss der doch pfeifen!“

Er sah von dem Mann zu seiner Nachbarin. „Textil?“

„Mir scheint, unser Schweißer hat gelogen. Er muss noch nach neun Uhr dort gewesen sein und sich mit Herrn Borger gestritten haben. Textil, es ging bestimmt um den Textilarbeiter, den er gebaut haben will.“

„Tor!“, schrie die ganze Gruppe, und irgendwer packte Herrn Büyüktürk und zog ihn mit sich. Sofia klatschte Frau Appeldorn auf die Schulter. „Tor! Tor!“, rief sie aus und hüpfte vor ihr herum.

„Toll“, sagte Frau Appeldorn und starrte auf das Spielfeld, um die Orientierung wiederzuerlangen.

Alle lagen sich in den Armen, und Frau Appeldorn betrachtete das Schauspiel. Sofia kam zu ihr. „Ich warte noch auf meinen Mann, dann gehen wir alle noch einen trinken auf den Sieg. Kommst du mit?“

Frau Appeldorn wusste nicht, was sie sagen sollte. Eigentlich war diese Art der Geselligkeit nicht ihr Ding, andererseits hatte Ute ihr schon immer nahegelegt, mal mehr unter die Leute zu gehen.

Herr Büyüktürk neigte sich zu ihr. „Ist kein Problem,

wenn Sie lieber nach Hause gehen möchten. Nimmt Ihnen niemand übel."

„Sie halten mich für steif, oder?" Sie sah ihn herausfordernd an.

„Wie kommen Sie denn jetzt darauf?"

„Na? Sagen Sie schon!"

„Hat doch mit steif nichts zu tun. Jeder hat eben seine Vorlieben."

„Na gut, ich komme mit", entschlossen gab sie sich einen Ruck. Herr Büyüktürk sah sie erstaunt an. „Prima."

Die Gruppe setzte sich in Bewegung, als ein Mann mit Sporttasche auf sie zukam. Er umarmte Sofia und winkte dann den anderen zu. „Das ist mein Mann, Norbert", unterrichtete Sofia Frau Appeldorn.

„Hallo", sie nickte dem Spieler zu.

Der Tross marschierte los und ging über die Straße zu einer Gaststätte direkt gegenüber, die Frau Appeldorn bisher nur vom Vorbeifahren kannte.

Der Gastraum sah aus wie aus der Zeit gefallen. Früher hatten hier sicher dicke Schwaden von Zigarettenrauch in der Luft gehangen, und Frau Appeldorn meinte, immer noch Reste davon riechen zu können.

Die Gruppe steuerte zielgerichtet einen großen runden Tisch an, auf dem ein Aschenbecher prangte. Stammtisch stand auf einem Schild, das daran befestigt war. Alle verteilten sich um den Tisch, und Frau Appeldorn nahm zwischen Sofia und Herrn Büyüktürk Platz.

„Sechs Pils“, rief Gerd in Richtung des Wirts, der gerade hinter der Theke hervorkam und sich dem Tisch näherte. „Für dich ein Wasser?“, fragte der Mann Herrn Büyüktürk. Der nickte.

„Und deine Begleitung?“ Gerd und der Wirt sahen Frau Appeldorn an.

In dieser Umgebung einen Wein zu bestellen, erschien ihr falsch. „Auch ein Pils“, sagte sie daher, und Herr Büyüktürk lächelte sie an. „Was?“, fragte sie.

„Nichts“, antwortete er und wandte sich dann Norbert zu. „Tolles Spiel.“

Der Angesprochene bedankte sich. „Zum Schluss hatten wir mächtig Glück.“

„Das Glück ist bei den Tüchtigen“, stellte einer der Männer fest, und alle lachten.

„Nächste Woche noch einen Punkt bei 05, und wir steigen auf in die Kreisliga A“, konstatierte Herr Büyüktürk, begleitet vom Gejohle der anderen.

„Wo bleibt das Bier?“, rief jemand, und alle sahen zum Wirt, der nur nickte, während er die Biere einschenkte und auf ein Tablett drapierte.

„Ist auch dein Verdienst“, wandte sich Norbert an ihren Nachbarn.

„Ach was“, winkte der ab.

„Doch, doch. Wenn ihr nicht den Vorstand übernommen hättet nach der Pleite vor zwei Jahren, wäre hier alles den Bach runtergegangen."

Herr Büyüktürk lächelte geschmeichelt, als der Wirt mit den Getränken kam und sie auf die Anwesenden verteilte.

„Auf die Mannschaft", rief Gerd aus und hielt sein Bierglas hoch. Alle taten es ihm nach und wiederholten: „Auf die Mannschaft." Dann nahmen sie einen Schluck.

Norbert hielt nun sein Glas hoch: „Und auf den Vorstand."

Das Schauspiel wiederholte sich. Alle hoben die Gläser, sagten den Spruch auf und tranken.

Frau Appeldorn betrachtete ihren Nachbarn. Er sah zufrieden aus. Sie sah in die Runde, die untereinander im Gespräch die verschiedenen Phasen des Spiels rekapitulierte.

„Und was macht ihr da Ehrenamtliches", unterbrach Sofia ihre Gedanken.

„Och, eigentlich …" Frau Appeldorn dachte nach, was sie am besten antworten sollte. Ihr Nachbar sah zu ihr und dann zu Sofia.

„Was meinst du?", fragte er.

„Mareike hat gesagt, ihr arbeitet in einem ehrenamtlichen Projekt zusammen", erläuterte Sofia.

Er sah zu seiner Nachbarin und dann zur Fragestellerin. „Na ja, so kann man es auch ausdrücken." Er lachte auf. „Also …“, begann er und neigte sich nach vorne, um anzuzeigen, dass es sich um vertrauliche Informationen handelte. Alle Gespräche verstummten augenblicklich, und jeder starrte ihn an.

„Also eigentlich versuchen wir, den Mordfall vom letzten Sonntag aufzuklären“, gestand er.

Alle starrten sie mit großen Augen an. „Echt?“, fragte Gerd, und Herr Büyüktürk nickte nur. Frau Appeldorn trank hastig an ihrem Bier, um nicht in die Verlegenheit zu kommen, etwas sagen zu müssen.

„Wow“, war Norbert zu hören. „Wie cool ist das denn?“ Er neigte sich zu Frau Appeldorn. „Und? Wer war es?“

Sie sah ihn an. „Wir wissen es noch nicht.“

„Aber ihr habt einen Verdacht“, schaltete sich Gerd unter den gebannt beobachtenden Augen aller anderen ein.

„Na ja, zuerst dachten wir an die Ehefrau“, erläuterte Frau Appeldorn.

„Ja“, sagte einer der Männer. „Es ist immer die Ehefrau.“

„Deine hätte auch allen Grund dazu“, warf Sofia ein, und alle johlten.

„Aber sie behauptet, es nicht gewesen zu sein, und ich muss gestehen, dass ich dazu neige, ihr zu glauben.“

Ihr Nachbar sah sie an. „Ja, so ist es", bekräftigte sie ihre Aussage.

„Und wer war es dann?", fragte Sofia.

„Es gibt Hinweise auf einen der anderen Künstler."

„Du meinst aber jetzt nicht den Herbert, oder?" Alle sahen zu Gerd. „Den kenne ich. Ist ein Kollege", schloss er an. Als alle weiter zu ihm schauten, fühlte er sich aufgefordert, mehr zu erzählen. „Na, in der Firma. Herbert arbeitet bei uns in der Buchhaltung."

„Der Buchhalter mit dem Schweißgerät", fasste Herr Büyüktürk zusammen. „In der Freizeit macht er dann etwas Handfestes zum Ausgleich."

Gerd nickte. „In der Firma geht es uns schon immer auf den Nerv, wenn er von seinen Projekten erzählt." Er machte eine Pause und lehnte sich etwas zu den anderen hin. „Ich muss ja gestehen, ich finde, es sieht auch nachher immer noch wie Schrott aus." Er lachte laut auf und stockte, als die anderen nicht mit einsetzten.

„Meine ja nur", murmelte er kleinlaut.

Frau Appeldorn und Büyüktürk sahen sich an. „Nein, wahrscheinlich kann dein Kollege es nicht gewesen sein", sagte sie und sandte ihrem Nachbarn einen verschwörerischen Blick, den der hoffentlich richtig deutete. „Er war beim zweiten Angriff auf die Heilpraktikerin beruflich unterwegs. Wir gehen davon aus, dass es in beiden Fällen derselbe Täter war."

„Es gab noch einen Vorfall?", fragte Sofia, und Frau

Appeldorn erklärte die Zusammenhänge.

Gerd verzog das Gesicht. „Wann soll Herbert beruflich unterwegs gewesen sein?“

„Von Montag bis Donnerstag“, erläuterte Frau Appeldorn.

„Das kann nicht sein“, sagte Gerd. „Er ist nie beruflich unterwegs, und er hatte die ganze Woche Urlaub.“

XI

Sie konnte sich nicht erinnern, wann sie das letzte Mal so viel Bier getrunken hatte. Eigentlich konnte sie sich nicht einmal daran erinnern, jemals so viel getrunken zu haben. Auf den früheren Firmenfeiern hatte sie zumeist die Verantwortung dafür getragen, dass alles reibungslos lief. Da war Alkohol über den Begrüßungssekt und vielleicht ein oder zwei Gläschen Wein hinaus absolut tabu gewesen. Nun versuchte sie, sich das Durcheinander in ihrem Kopf nicht anmerken zu lassen und sich auf die Schritte zu konzentrieren, die sie nach Hause bringen sollten.

„Geht es Ihnen gut?“ Herr Büyüktürk sah sie besorgt an. „Kommen Sie“, sagte er und hielt ihr seinen Arm hin. „Haken Sie sich ein.“

Sie musterte seinen Arm und dann ihn. Verdammt, der Kopf wollte partout nicht ordentlich arbeiten. Sie machte einen weiteren Schritt und hatte das Gefühl, irgendetwas würde ihr die Beine wegziehen. Hastig fasste sie nach dem Arm und stellte erleichtert fest, dass sie noch stand.

„Schön langsam“, hörte sie ihren Nachbarn sagen. „Immer schön einen Schritt nach dem anderen.“

„Mist“, hallte es durch den Nebel in ihrem Gehirn. „Er weiß es. Er weiß es!“ Doch in ihrem Zustand schien ihr die Peinlichkeit, dass sie ihre Haltung zu verlieren drohte, das geringere Problem zu sein.

Sie sah zu ihm, und er lächelte. Sie musste laut loslachen.

„Was ist?“, fragte er.

„Sie sehen einfach zu komisch aus in diesem Trikot.“ Wieder erfasste sie ein Lachschwall, und sie mussten stehen bleiben.

„Ja, ja, lachen Sie ruhig.“ Sie musste sich mit der freien Hand die Lachtränen aus den Augen wischen und sah dann wieder zu ihm. Zu ihrer Überraschung lächelte er sie an. „Kommen Sie“, forderte er sie auf, und sie folgte ihm.

„Kommen Sie jetzt zurecht?“, wollte ihr Nachbar wissen, als sie ihr Haus erreicht hatten und es ihr mit Mühe gelungen war, den Haustürschlüssel aus ihrer Tasche zu fischen.

Sie nickte. „Absolut.“

Sein Blick wirkte nicht überzeugt. „Wirklich?“

Sie führte eine Hand an ihre Stirn und versuchte, einen militärischen Gruß zu imitieren. „Jawoll, Sir!“

Auch dies schien ihn nicht zu überzeugen, denn sein Blick sah nun noch sorgenvoller aus. Sie sog kräftig Luft ein und versuchte, für einen kurzen Moment Klarheit in dem wilden Gewitter in ihrem Kopf herzustellen. „Natürlich“, sagte sie sehr langsam und jede Silbe betonend. „Ich komme zurecht. Vielen Dank.“ Zur Bestätigung führte sie den Schlüssel zum Schloss und war sehr erleichtert, dass sie das Loch beim ersten Versuch traf. Beinahe triumphierend drehte sie an dem Schlüssel, und die Haustür öffnete sich. „Alles klar“, sagte sie mehr zu sich als zu ihrem Nachbarn.

„Na gut“, antwortete der. „Ich wünsche Ihnen eine gute Nacht.“

„Jawohl“, beinahe hätte sie noch einmal salutiert. Sie nahm noch wahr, dass der Nachbar noch an der Tür stand, als sie diese schloss. Dann betrachtete sie sich im Spiegel. Der Hut saß deutlich schief auf ihrem Kopf, und eine Haarsträhne flatterte vor ihrer Stirn. So sah sie also aus, die lockere Mareike Appeldorn. Vorsichtig nahm sie den Hut ab, legte ihn in die Schachtel und zog dann auch den Mantel aus. Sie sah noch einmal in den Spiegel und musste lachen. Fühlte sich eigentlich gar nicht so schlecht an, auch mal alle Fünfe gerade sein zu lassen. Wenn nur im Kopf nicht so ein Durcheinander wäre!

Sie taperte am Morgen in die Küche und sah auf die Uhr. Zehn Uhr. Alles in ihrem Körper schrie danach, sich einfach wieder hinzulegen und zumindest den Morgen, wenn nicht gar den ganzen Tag einfach so vorbeiziehen zu lassen. Aber sie hatte sich geschworen, in ihrem Ruhestand niemals den Schlendrian einziehen zu lassen, und sogar heute würde sie nicht damit anfangen. Entschlossen stand sie auf und schlurfte in ihr Schlafzimmer, um sich anzuziehen.

Als sie sich schließlich im Dielenspiegel betrachtete, erblickte sie mit Erleichterung die bekannte Erscheinung der Mareike Appeldorn, die sie immer schon gewesen war. Sie setzte sich den Hut auf und zog den Mantel über. Dann nahm sie ihr Handy aus der Handtasche und tippte eine Nachricht ein. *10:30 Uhr im Park. Bekannter Ort.* Nach dem Versenden der Nachricht starrte sie auf das Gerät, bis eine Hand mit Daumen hoch erschien. Sie steckte das Handy zurück in die Tasche und ging aus dem Haus.

Erleichtert sah sie, dass der Mercedes nicht vor ihrer Einfahrt parkte. Ihr war unwohl bei dem Gedanken, ihrem Nachbarn heute Morgen zu begegnen. Aber dies war ja nun auch nicht nötig. Sie stieg in ihren Wagen und fuhr los.

An der Bank im Park angekommen, sah sie sich um und überprüfte, ob sie jemand beobachtete, aber sie konnte niemanden sehen. Sie setzte sich, schaute auf die Uhr und musste lächeln. Es war genau zehn Uhr dreißig. Eine Mareike Appeldorn kam einfach immer pünktlich. Wieder sah sie sich um, ob auch der Kommissar irgendwo zu sehen wäre, aber immer noch lag der Park menschenleer vor ihr.

Nach zehn Minuten nahm sie genervt ihr Handy aus der Tasche und tippte eine Nachricht ein. *Wo sind Sie?*

Es dauerte eine Weile, bis eine Antwort erschien. *Sorry, kam nicht eher los. Bin auf dem Weg.*

Das Talent zur Pünktlichkeit hatten eben nicht alle so wie sie. Sie betrachtete einige Enten, die über die Wiese in Richtung See watschelten. In der Ferne erkannte sie endlich den Kommissar, der auf sie zukam.

„Sorry, ging nicht eher." Er ließ sich neben sie auf die Bank fallen. Ihm war anzumerken, dass er sich beeilt hatte, was Frau Appeldorn wohlwollend aufnahm. Sie verkniff sich eine Bemerkung darüber, wie unhöflich es war, jemanden warten zu lassen.

„Na, Sie sind ja jetzt da", stellte sie stattdessen fest.

Er sah zu ihr. „Und übrigens. Was fällt Ihnen ein, mich hierherzukommandieren wie einen kleinen Schuljungen? Sie sind meine Informantin und nicht umgekehrt."

„Wenn Sie meinen, ich warte brav, bis es dem Herrn genehm ist, mit mir zu reden, haben Sie sich getäuscht. Hätten Sie mich denn bald kontaktiert?"

„Kann schon sein."

„Pah, wer´s glaubt."

„Okay, lassen wir das. Was gibt es denn so Wichtiges?"

„Zuerst Sie. Wie ist Ihr Stand?"

„Also …" Es war ihm anzumerken, dass er wütend

war, aber dann atmete er tief ein. „Na gut“, brummte er. „Frau Dammer ist raus.“

„Was bedeutet das?“

„Na, was schon. Sie ist nicht mehr verdächtig.“

„Das wurde aber auch Zeit.“

Der Kommissar nahm einen Kieselstein vom Boden auf und drehte ihn in seiner Hand. „Wir arbeiten eben gründlich, da brauchen die Dinge ihre Zeit. Muss ja alles Hand und Fuß haben.“

„Okay, und wer ist jetzt in Ihrem Fokus? Etwa die Ehefrau?“

Er warf den Stein auf die Wiese. „Hatten Sie mich nicht zuletzt eindringlich aufgefordert, mir die Ehefrau genauer anzuschauen, weil sie ein Motiv hat? Und sagten Sie nicht, sie hätte gelogen?“ Er sah sie herausfordernd an.

Frau Appeldorn erwiderte seinen Blick. „Ja, so hatte es sich mir zuerst dargestellt.“

„Und jetzt?“ Er zog die Stirn in Falten.

„Na, jetzt bin ich schlauer. Ich erledige eben meine Aufgabe auch gründlich.“

Er grinste.

„Was ist?“, fragte sie nach.

„Nichts, nichts. Die Ehefrau war es aber nicht.“

Frau Appeldorn nickte. „Zu dem Schluss sind wir auch gekommen. Wen haben Sie jetzt in Verdacht?“

Er zuckte mit den Schultern. „Niemand Spezielles. Wir schauen uns gerade alle genauer an."

Sie konnte sich ein triumphierendes Lächeln nicht verkneifen. „Na, da sind wir aber schon weiter."

„Ach ja?" Er musterte sie, aber sie nickte nur. „Ja, uns scheint der Herr Schuster, der Metallkünstler aus der Krawattenfabrik sehr verdächtig. Er war am Abend noch im Atelier und hat erzählt, er sei beruflich unterwegs gewesen, was aber nicht stimmt."

„Schuster? Hm, bei dem ist uns bisher nichts aufgefallen."

Sie lächelte. „Eben."

Er stieß einen laut hörbaren Seufzer aus. „Sie machen es mir wirklich nicht leicht."

„Wer hat gesagt, dass der Weg zur Beförderung leicht sein wird?"

Er winkte ab. „Ja, ja. Haben Sie wenigstens ein paar Einzelheiten für mich?"

Sie erzählte ihm von dem Paar mit der Metallfigur im Vorgarten und erläuterte ihm den zeitlichen Ablauf am Tatabend.

Er notierte sich alles in ein Notizbuch.

„So eines muss ich mir unbedingt noch anschaffen", stellte Frau Appeldorn fest.

„Gibt es in jedem Schreibwarenladen", sagte der

mürrische Kommissar und verstaute Stift und Notizbuch wieder in seiner Tasche.

„Danke für den Tipp“, antwortet sie und hoffte, dass er den Sarkasmus in ihrer Aussage mitbekommen hatte. Sein Gesichtsausdruck schien dies zu bestätigen.

„Gibt es sonst noch was?“, fragte er.

Sie schüttelte den Kopf. „Noch nicht.“

„Okay.“ Er erhob sich. „Ach, aber ich habe noch eine Info für Sie.“ Er machte eine Pause. Es schien, als wolle er, dass seine Worte sie bestmöglich erreichten. „Frau Staller ist gestern ihren Verletzungen erlegen. Allem Anschein nach haben wir es nun mit einem Doppelmord zu tun.“ Ohne eine Antwort abzuwarten, winkte er kurz und ging dann den Pfad entlang zurück in Richtung Straße.

Frau Appeldorn sah ihm noch nach und sortierte ihre Gedanken. An Frau Staller hatte sie gar nicht mehr gedacht. Sie war fest davon ausgegangen, dass sie überleben würde und dass sie selbst zur Rettung beigetragen hätte. Nun zu hören, dass sie es nicht geschafft hatte, traf sie unerwartet.

Sie erhob sich und überblickte noch einmal den Park. Immer noch war abgesehen von den Enten niemand zu sehen, aber es hatte sich so einiges geändert. Jetzt mussten sie also einen Doppelmörder überführen.

Als sie ihr Auto in ihrer Einfahrt abstellte und ausstieg, schaute sie zum Vorgarten des Nachbarn. Er verdiente es, dass sie ihm die Nachricht von der Entlastung seiner Tochter überbrachte. Also ging sie zu seinem Haus und klingelte. Es dauerte etwas, bis sie eine Reaktion vernahm und sich die Tür öffnete. Herr Büyüktürk hielt sein Telefon in der Hand. Er strahlte. „Hatice ist entlastet“, sprudelte er ihr entgegen.

Sie nickte. „Genau das wollte ich Ihnen auch gerade sagen.“

Ihr Nachbar forderte sie mit einem Winken auf, ins Haus zu kommen, während er weiter ins Telefon sprach.

„Ja, das ist wirklich toll, Hati“, hörte sie ihn sagen. „Ich sagte doch, dass alles gut wird.“

Sie hörte, wie er sich verabschiedete. „Sie ist heute wieder im Büro“, klärte er sie auf.

„Wie schön.“

Sie waren in seiner Küche angekommen, und er forderte sie mit einer Handbewegung auf, sich einen Stuhl zu nehmen. Sie folgte der Aufforderung.

„Was ist das?“ Sie zeigte auf eine Art Schwert, das auf dem Küchentisch lag. Eine Flasche Putzmittel und ein Lappen umrahmten das Gerät.

„Erkennt man das nicht? Das ist mein Schwert.“

„Wieso haben Sie ein Schwert auf dem Küchentisch?“

Er nahm es in die Hand und ließ es langsam hin und her schwingen. „Weil ich es putzen wollte."

„Passen Sie gefälligst auf mit dem Ding." Sie hielt die Arme hoch.

Er ließ das Schwert sinken. „Keine Angst, es ist nicht scharf. Hier, fühlen Sie mal." Er hielt es ihr hin, und sie fasste vorsichtig an das Metall. Dann legte er die Waffe wieder auf den Tisch.

„Und damit kämpfen sie mit anderen?"

Er nickte. „Genau, ich betreibe historisches Fechten."

Sie sah von der Waffe zu ihm auf und suchte nach einer passenden Antwort, als er eine weitere Erläuterung hinterherschickte.

„Das ist nicht der Fechtsport, den Sie vielleicht aus dem Fernsehen oder so kennen." Er streichelte über den Griff des Schwerts. „Wir kämpfen mit mittelalterlichen Waffen, daher hat das nichts mit dem modernen Sportfechten zu tun."

Sie starrte ihn immer noch an.

„Hat es Ihnen die Sprache verschlagen?"

Sie verzog das Gesicht. „Waren Sie letztens dorthin unterwegs? Sie trugen so einen komischen grünen Umhang."

Er lachte. „Genau, das war es. Wir tragen zum Teil auch historische Kleidung."

Sie ließ sich in den Stuhl sinken. „Was in Herrgottsnamen machen Sie noch alles?“

Er sah sie verwundert an. „Wie meinen Sie das?“

„Na, zuerst kommen Sie mir mit einem komischen Trikot entgegen, und es stellt sich heraus, dass Sie im Vorstand des hiesigen Fußballclubs sind, und jetzt …“ Sie machte eine Pause und zeigte auf das Schwert. „Das!“

Er lachte auf. „Da kann ich Sie beruhigen. Das ist es. Zurzeit. Man weiß ja nie, was einen irgendwann noch alles so interessiert, nicht wahr? Kegeln zum Beispiel.“

Sie nickte und musste sich eingestehen, dass sie ihn beneidete. Er hatte Dinge gefunden, die ihn begeisterten und die ihn ausfüllten. Sie hätte auch gerne dieses Gefühl der Erfüllung, das sich bei ihr einfach nicht einstellen wollte. Wenn sie in sich ging, fühlte sie nur diese Leere, und sie wusste nicht, wie sie diese füllen sollte. Nur vereinzelt, wenn sie gemeinsam Nachforschungen anstellten, kam es ihr manchmal so vor, als ob neue Lebensenergie sie durchströmte.

„Na gut“, ließ sie verlauten. „Freut mich für Sie, dass Sie Beschäftigung haben. Aber jetzt müssen Sie das Ding wegpacken, und wir müssen überlegen, wie wir Herrn Schuster auf die Spur kommen können.“

Er sah sie an und ließ sich wieder in seinen Stuhl sinken. „Warum?“

Sie sah ihn verwundert an. „Wie, warum?“

„Ja, warum müssen wir dem Schlosser auf die Spur kommen?“

„Na, um den Mörder zu überführen.“

„Das kann doch die Polizei machen.“

Sie wusste nicht, was da gerade geschah. Sie mussten natürlich unbedingt weiter nachforschen. Wie konnte er das bloß infrage stellen?

„Was ist los mit Ihnen?“, fragte sie.

Er zuckte mit den Schultern. „Was soll los sein? Hatice ist entlastet und damit aus dem Schneider. Unsere Aufgabe ist erfüllt. Jetzt kann die Polizei ihren Job machen.“

Es war, als ob ihr jemand mit einem dicken Hammer auf den Kopf geschlagen hätte. Sie sah nur noch Sterne um sich herumschwirren. Sie schien jede Kontrolle über sich und ihren Körper verloren zu haben. Keine Ahnung, ob sie noch auf dem Stuhl saß oder längst zu Boden gesackt war. Es war auch egal. Alles war egal.

Jemand schlug ihr auf die Wange.

„Hallo, geht es Ihnen gut?“

Sie öffnete die Augen und sah in das besorgte Gesicht ihres Nachbarn.

„Alles gut?“, wiederholte er seine Frage.

Sie wedelte mit ihrer Hand vor ihrem Gesicht hin und her, um die Sterne zu vertreiben. Tatsächlich wurde der Blick klarer, und sie konnte ihrem Nachbarn direkt ins Gesicht blicken. „Ja, ja, geht schon“, sagte sie.

Er schien nicht überzeugt. „Gerade sah es aus, als ob sie ohnmächtig werden würden.“ Er hielt ihr ein Glas Wasser hin. „Hier, trinken Sie etwas.“

Sie nahm das Glas und trank einen Schluck. Dann stellte sie das Glas auf den Tisch.

„Das können Sie nicht tun“, ließ sie verlauten und war überrascht, wie bestimmt es aus ihr herauskam.

„Was kann ich nicht tun?“, fragte ihr Gegenüber nach, während er sich wieder auf seinen Stuhl setzte.

„Sie können mich jetzt nicht im Stich lassen bei den Ermittlungen.“

„Aber warum wollen Sie denn weitermachen?“

„Na, na ...“ Sie rang nach Worten. „Na, weil ich immer noch die Verantwortliche im Kulturverein bin und dafür zu sorgen habe, dass absolut nichts am Verein hängenbleibt.“

„Ich glaube nicht, dass jemand dem Verein eine Schuld gibt.“

„Bis jetzt. Aber wenn sich unser Verdacht erhärtet, und der Mörder im Kreis der Künstler zu suchen ist, kann das niemand mehr ausschließen.“

Herr Büyüktürk schwieg, und es sah aus, als dächte er nach.

„Ach ja“, schloss Frau Appeldorn an. „Wir haben es

übrigens höchstwahrscheinlich mit einem Doppelmörder zu tun. Frau Staller ist nämlich gestern im Krankenhaus gestorben."

Der Nachbar sah sie erschrocken an. „Wie schrecklich."

„Erkennen Sie jetzt, dass wir unbedingt weitermachen müssen?"

„Ich weiß nicht …"

Sie versuchte aufzuspringen, aber dann wurde es doch eine langsamere Bewegung, von der sie hoffte, sie würde ihrer Forderung trotzdem Nachdruck verleihen. „Wir müssen einfach. Wir müssen!" Dieser für ihre Verhältnisse sehr emotionale Ausbruch schien seine Wirkung nicht verfehlt zu haben, denn es war ihm deutlich anzumerken, dass er mit sich rang.

„Okay, okay, wenn es Ihnen so wichtig ist, dann hören wir uns eben weiter um", sagte er schließlich.

„So ist es gut", erleichtert ließ sie sich wieder auf den Stuhl sinken.

Sie nahm das abgestellte Wasserglas, trank den Rest und wartete, bis sich in ihr alles wieder beruhigt hatte. Genau dieses Gefühl hatte sie gehabt, als der Junior sie am Tag nach dem Tod des Seniors in sein Büro gerufen hatte, um ihr mitzuteilen, dass man ihre Dienste nun nicht mehr benötigte. Mit blumigen Worten hatte er ihr Dank vorgeheuchelt und ihr den Ruhestand schmackhaft machen wollen. Sie erinnerte sich daran, wie sie versteinert vor ihm gesessen hatte und sich mit aller Kraft darauf konzentrieren musste, nicht die Contenance zu verlieren. Sie war die rechte Hand des Chefs gewesen. Sie wusste schließlich, was sich in dieser Position geziemte und was nicht. Dem Junior etwas an den Kopf zu werfen und schimpfend aus seinem Büro zu stürmen, gehörte gewiss nicht dazu, und so hatte sie erfolgreich gegen das Verlangen angekämpft, genau dies zu tun. Nein, sie war hocherhobenen Hauptes aus dem Büro gegangen, ach was, geschritten, und hatte es sogar noch fertiggebracht, sich zu bedanken. Dennoch hatte sie dieses Gefühl, dass sie in einen tiefen Abgrund gerissen würde, nie vergessen. Und vorhin schien es, als würde es wieder so kommen. Doch dieses Mal hatte sie es glücklicherweise abwenden können, und sie konnte sich ihrer Aufgabe weiter widmen.

„Wie wollen wir denn vorgehen?“, fragte der Nachbar, der wieder begonnen hatte, sein Schwert zu polieren.

„Ich weiß es nicht“, sagte sie wahrheitsgemäß, denn bei all dem Aufruhr hatte sie sich bisher keine Gedanken gemacht, was sie tun könnten, um den Mörder zu überführen. „Wir müssen herausbekommen, wo er in den Tagen war, wenn nicht auf Geschäftsreise“, dachte sie laut.

Der Nachbar stoppte in seiner Putzbewegung. „Wie sollen wir das denn anstellen?“

„Ein bisschen dürfen Sie auch nachdenken."

„Tue ich doch", antwortete er und rieb heftig an der Klinge.

„Ja, ja." Sie starrte auf die Küchenwand und drehte sich dann wieder zu ihrem Nachbarn. „Gehen wir doch einfach pragmatisch vor." Sie zog den Stuhl an den Küchentisch heran und lehnte sich mit den Ellenbogen darauf. „Herr Schuster behauptet, auf Geschäftsreise gewesen zu sein. Wir wissen aber, dass er in der Firma Urlaub genommen hat. Dies bedeutet, er wollte irgendwohin, was aber keiner wissen sollte." Sie schlug sich mit der Hand an die Stirn. „Na, ist doch klar. Er hat eine Affäre."

Herr Büyüktürk musterte sie. „Ja, klingt schlüssig. Aber wieso dann der Mord? Oder besser die Morde? Ich meine, warum sollte er dann Frau Staller umbringen?"

„Vielleicht wussten ja beide von seiner Affäre und haben ihn erpresst."

Er verzog die Mundwinkel. „Hm, erscheint mir irgendwie zu konstruiert."

„Haben Sie eine bessere Idee?"

Er schüttelte den Kopf. „Nein, habe ich nicht." Er legte das Schwert ab. „Okay, nehmen wir mal an, Sie haben recht. Dann bedeutet dies, unser Metallmann nimmt sich Urlaub, um seine Geliebte heimlich zu treffen. Am Vorabend hat er den Maler erschlagen. Fährt dann zur Geliebten, verbringt einige Tage mit ihr, kommt zurück, erschlägt Frau Staller und erscheint dann zuhause, als ob nichts gewesen wäre." Er macht eine Pause. „Ich weiß nicht." Er nahm sein Schwert und hielt es gegen das Licht.

„Ja, ich gebe zu, das klingt alles nicht so recht plausibel. Aber möglich wäre es. Wir müssen einfach herauskriegen, wo er war."

Herr Büyüktürk wickelt sein Schwert in einen Stoff und legt es vorsichtig hin. „Na, dann fragen wir ihn."

„Meinen Sie, er sagt es uns einfach?"

„Wenn er sich in die Enge getrieben fühlt?"

„Na gut, aber nicht bei ihm zuhause. Wir fangen ihn bei der Firma ab. Können Sie Gerd anrufen und fragen, wann Herr Schuster Feierabend macht? Dann postieren wir uns dort und packen ihn uns."

„Nein, den Gerd möchte ich nicht mit hineinziehen."

„Jetzt stellen Sie sich doch nicht so an. Dann geben Sie mir seine Nummer." Sie hielt ihm die offene Hand entgegen. Er sah darauf, schüttelte dann den Kopf und begann, in seinem Handy nach der Nummer zu suchen. Er hielt ihr den Bildschirm entgegen. Sie tippte die Nummer in ihr Gerät und betätigte das grüne Hörersymbol. Das Klingeln erklang, und es meldete sich Gerd am anderen Ende.

„Hallo, hier ist Mareike Appeldorn. Du erinnerst dich sicher, wir haben uns neulich beim Fußball getroffen. Ich brauche eine Information von dir."

Einige Stunden später saßen sie im Mercedes und starrten auf den Eingang der Firma, in der Gerd und der Verdächtige arbeiteten. Herr Büyüktürk hatte Gerd das Versprechen abnehmen müssen, Herrn Schuster ja nichts von dem Anruf zu erzählen. Als sie nun sahen, wie Gerd aus dem Gebäude kam und geradewegs auf sie zu lief, sahen sie ihren Plan bereits scheitern. Er klopfte an die Seitenscheibe und Herr Büyüktürk ließ sie herunter. „Verdammt, was machst du hier?“, blaffte er den Fußballkumpel an. „Er darf doch nichts merken.“

„Hallo Mareike.“ Gerd winkte ihr zu. „Mach dir keine Sorgen. Er hat seinen Platz im Buchhaltungsbüro, und das geht nach hinten raus. Er sitzt auch noch brav dort. Ich habe mich natürlich vorher vergewissert.“

„Und was willst du?“, fragte Herr Büyüktürk.

„Ihr meint echt, er hat was mit dem Mord zu tun? Kann ich mir irgendwie nicht vorstellen.“

„Kann man sich das bei irgendwem vorstellen?“, erwiderte Frau Appeldorn. „Hast du in Erfahrung bringen können, ob er jemandem in der Firma etwas zu seinem Urlaub erzählt hat?“

Gerd schüttelte den Kopf. „Nein, er hat lediglich etwas von Auszeit und Wellness erwähnt.“

„Okay, danke. Jetzt geh lieber wieder ins Büro. Sonst fällt wirklich noch etwas auf.“

Gerd nickte und winkte noch einmal, bevor er wieder im Firmengebäude verschwand.

„Ich weiß nicht, ob es eine gute Idee war, ihn einzubeziehen“, zweifelte der Nachbar.

„Anders ging es eben nicht“, meinte Frau Appeldorn und fokussierte den Blick wieder auf den Eingang.

„Macht der ausgerechnet heute Überstunden?“ Frau Appeldorn blickte auf die Uhr. Fast eine Stunde saßen sie nun schon hier und starrten auf die Glastüre, die in das Firmenfoyer führte.

„Keine Ahnung“, murmelte Herr Büyüktürk. „Aber wenn er nicht bald kommt, muss ich auf die Toilette.“

„Das halten Sie gefälligst noch auf.“

Die Glastür öffnete sich, und ein Mann und eine Frau kamen heraus. „Da ist er“, rief Frau Appeldorn aus und versuchte, aus dem Wagen auszusteigen, um ihn abzufangen. Aber sie hatte vergessen, den Gurt zu lösen, und unter Zeitdruck schien er sich zu verhaken. Ihr Nachbar war bereits ausgestiegen. „Kommen Sie schon“, raunte er ihr zu.

„Halten Sie ihn auf!“, rief sie ihm zu, während sie an dem Gurtschloss ruckelte. Endlich sprang der Gurt heraus, und sie konnte aussteigen. Sie sah, wie Herr Büyüktürk auf die beiden zuging und mit ihnen sprach. Sie hastete in ihre Richtung und hörte, wie Herr Schuster etwas sagte. „Was soll das?“

„Soll ich die Polizei rufen, Herbert?“, fragte die Frau, die ihn begleitete.

Der winkte ab. „Ich denke, das ist nicht nötig.“

„Wäre wohl auch zu gefährlich für Sie, nicht wahr?“, stellte Frau Appeldorn fest, als sie die Gruppe erreicht hatte.

„Warum das?“ Herr Schuster wirkte nicht beunruhigt, wie sie es erwartet hätte. Sein Gesichtsausdruck drückte eher aus, dass er rätselte, worum es ging. Spielte er nur gut, oder hatte er wirklich keine Ahnung? Frau Appeldorn wollte den Druck erhöhen.

„Haben Sie eine Affäre mit ihm?“ Sie hatte sich direkt vor die Frau postiert.

„Was?“ Die Frau sah zu ihrem Kollegen und dann wieder zu Frau Appeldorn. „Was soll der Blödsinn? Herbert, was soll denn das?“

Der Angesprochene zuckte mit den Schultern. „Ich habe keine Ahnung.“ Er machte eine Pause und fixierte Frau Appeldorn. „Und ich habe selbstverständlich keine Affäre.“

Aber Frau Appeldorn war nicht gewillt, ihn so schnell vom Haken zu lassen. „Wo waren Sie von Montag bis Donnerstag letzter Woche? Auf Geschäftsreise jedenfalls nicht, wie Sie es uns gegenüber behauptet haben.“

Sie machte einen Schritt auf ihn zu.

„Du hattest doch Urlaub“, sagte die Kollegin.

„Ja, äh, hatte ich auch.“

Herr Büyüktürk stellte sich neben seine Nachbarin. „Und warum haben Sie geschwindelt?“

Alle musterten Herbert Schuster, und der sah sichtlich ertappt aus. Würde er nun ein Geständnis ablegen? Er betrachtete seine Fingernägel. Dann begann er stockend zu erzählen. „Meine Frau sollte es nicht wissen."

„Ah, also doch eine Affäre", triumphierte Frau Appeldorn.

„Nein, nein!" Herr Schuster winkte heftig mit der Hand. „Ich liebe meine Frau. Nein, ich habe keine Affäre. Ich … Es ist ganz einfach so, ich brauchte mal Zeit für mich."

„Und das sollen wir Ihnen glauben", warf Frau Appeldorn ein.

„Ja, das müssen Sie mir glauben." Er wandte sich zu der Kollegin. „Du hattest mir doch von dem Yoga-Hotel berichtet, wo man sich herrlich entspannen kann. Dort war ich. Absolute Auszeit. Keine Handys, kein Internet, einfach nur für sich sein."

Die Kollegin nickte. „Ja, davon habe ich ihm erzählt. Ist klasse, oder?" Sie lächelte Herrn Schuster an, und der nickte ebenfalls.

„Und warum darf das Ihre Frau nicht wissen?", fragte Herr Büyüktürk.

„Na, sie hätte bestimmt mitkommen wollen, aber dann wäre es keine echte Auszeit gewesen. Ich wollte einfach die Diskussion vermeiden. Es hätte sie womöglich verletzt. Eine Geschäftsreise war da einfach leichter zu erklären."

„Können Sie das irgendwie beweisen?“, schaltete sich Herr Büyüktürk ein.

„Ihnen muss ich gar nichts beweisen.“

„Das macht Sie aber verdächtig“, meldete sich Frau Appeldorn zu Wort.

„Ist mir doch egal, was Sie denken.“ Er drehte sich zu seiner Begleitung. „Lass uns gehen und diese Verrückten ignorieren.“ Er gab ihr einen sanften Schubs mit der Hand, und sie machten Anstalten zu gehen. Herr Büyüktürk stellte sich ihnen in den Weg. „Wenn Sie denken, dass wir lockerlassen, dann haben Sie sich getäuscht.“

„Gehen Sie uns aus dem Weg.“ Der Blick von Herrn Schuster wurde drohender, und die Kollegin sah ihn verwirrt an.

„Was sonst? Schlagen Sie dann zu?“

Frau Appeldorn beobachtete ihren Nachbarn und war überrascht, wie energisch er auftreten konnte. Sie zupfte ihn am Ärmel. „Lassen Sie es gut sein.“ Er sah zu ihr und machte dann einen Schritt zurück, damit Herrn Schuster passieren konnte. Als sie an Frau Appeldorn und ihrem Nachbarn vorbeigegangen waren, drehte sich Herr Schuster noch einmal zu ihnen um. „Wissen Sie, wen Sie sich wirklich mal genauer ansehen sollten?“ Er wartete keine Antwort ab, sondern fuhr gleich fort: „Den Kollegen Gläser. Der hat nämlich wirklich einen an der Klatsche. Dem traue ich alles zu.“ Dann gingen sie weiter.

Frau Appeldorn wollte ihren Nachbarn gerade auffordern, ebenfalls den Heimweg anzutreten, als Gerd aus dem Gebäude kam. „Und? War er es?“

„Kann schon sein“, der Nachbar wiegte den Kopf hin und her. „Er verhält sich auf jeden Fall verdächtig. Kennst du die Kollegin, mit der herauskam? Haben die beiden was miteinander?“

Gerd schüttelte den Kopf. „Sie ist auch in der Buchhaltung und meines Wissens glücklich verheiratet. Genau weiß ich es aber nicht. Habe nicht so viel mit ihr zu tun.“

„Was genau macht Herr Schuster eigentlich bei euch in der Firma? Scheint ja ziemlich gut zu verdienen“, schaltete sich Frau Appeldorn ein.

Gerd drehte sich zu ihr. „Nein, eigentlich ist er nur ein kleines Licht in der Buchhaltung. Wir fragen uns auch immer, wie er sich seinen Lebensstil erlauben kann. Angeblich hat er mal geerbt, oder so.“

„Okay, danke.“ Frau Appeldorn sah ihren Nachbarn an. „Ist schon alles recht merkwürdig, oder?“

Herr Büyüktürk nickte.

„Lassen Sie uns gehen“, Frau Appeldorn drehte sich zum Auto.

„Moment.“

Herr Büyüktürk hob die Hand und wandte sich an

seinen Freund. „Entschuldige, Gerd, könnte ich mal bei euch auf die Toilette?“

XII

Herr Büyüktürk hielt den Wagen am Straßenrand an und schaltete den Motor ab.

„Müssen Sie morgen früh mit dem Wagen raus?“

Sie schüttelte den Kopf. „Ich denke nicht. Aprospos: Was macht eigentlich das Gartenbauprojekt?“

„Ach, die Firma wollte sich melden, sobald ein Termin frei ist. Scheint sich aber noch etwas zu ziehen.“

„Blöd.“ Frau Appeldorn starrte auf die Straße. „Diesem Herrn Gläser habe ich eigentlich nie getraut. Kann es wirklich sein, dass er der Mörder ist?“ Sie sah zu ihrem Nachbarn, der sich zu ihr wandte.

„Keine Ahnung. Was sollte das Motiv sein? Und hatte Frau Borger nicht gesagt, dass sie das Wort Textil gehört hat? Das muss doch der Textilarbeiter gewesen sein, oder?“

Frau Appeldorn dachte nach. Irgendwas mit Textil hatte Frau Borger gesagt. Das könnte vieles gewesen sein. „Was, wenn es nicht Textilarbeiter war, sondern vielleicht …“ Sie machte eine Pause, um die Ideen zu sortieren. „Es könnte doch Textilklebeband gewesen sein. Das würde sehr wohl auf Herrn Gläser hinweisen.“ Ein Gedanke schoss ihr durch den Kopf, und sie musste lächeln.

„Was ist?“, fragte der Nachbar.

„Ich glaube, ich habe eine Idee."

„Sie glauben?"

„Ich habe eine gute Idee, wie wir den Möchtegernkünstler etwas näher in Augenschein nehmen können."

„Na, wir fahren einfach ins Atelier, denke ich."

Sie schüttelte den Kopf. „Viel zu offensichtlich. Dann weiß er doch sofort, dass wir ihm auf den Zahn fühlen wollen. Nein, wir machen das unauffälliger."

„Jetzt bin ich neugierig. Aber irgendwie auch besorgt." Er verzog das Gesicht.

„Kein Grund zur Sorge. Es ist ganz einfach. Sie kaufen ein Bild von ihm."

„Was mache ich?"

„Sie kaufen ein Bild von ihm. Oder besser, Sie tun so."

„Hä? Warum ich? Warum machen Sie das nicht? Ich will keines seiner komischen Klebebandbilder."

„Es ist besser, wenn Sie das machen. Ein Professor, der sich für seine Kunst interessiert. Das wird ihm schmeicheln und ihn unvorsichtig werden lassen. Wenn er wirklich etwas mit den Morden zu tun hat, dann kriegen wir es raus."

„Ich weiß nicht …"

„Glauben Sie mir, es wird funktionieren."

„Und wie genau stellen Sie sich das vor?"

„Ganz einfach. Sie rufen ihn an und sagen ihm, dass

Sie sein Angebot, seine Werke in Ihrem Wohnzimmer zu betrachten und auszusuchen, annehmen würden. Dann kommt er zu Ihnen. Ich werde als Beraterin dabei sein, und wir haben die optimale Gelegenheit, ihn auszufragen." Sie strahlte und genoss es, wie das Adrenalin durch ihre Adern pulsierte.

„Ich weiß nicht ...", murmelte ihr Nachbar, aber Frau Appeldorn war bereits aus dem Wagen ausgestiegen. „Kommen Sie. Sie haben einen Anruf zu tätigen."

Wie erwartet war der Klebebandkünstler hoch erfreut über den Anruf gewesen und hatte begeistert zugesagt, am nächsten Abend mit einer Auswahl seiner Werke zu Herrn Büyüktürk zu kommen. Frau Appeldorn hatte den ganzen Tag den Moment herbeigesehnt, an dem sie den Mordfall aufklären und einen Doppelmörder entlarven würden. Sie starrte zum wiederholten Mal auf die Uhr und entschied, dass es endlich an der Zeit war, nach nebenan zu gehen.

Als sie an der Tür klingelte, öffnete ihr Nachbar unmittelbar.

„Haben Sie hinter der Tür gestanden?", fragte sie überrascht.

Herr Büyüktürk wirkte nervös. „Ich laufe schon seit einer halben Stunde im Flur hin und her. Ich glaube nicht, dass es eine gute Idee war, einen vermeintlichen Doppelmörder in mein Haus einzuladen."

Sie ging an ihm vorbei in den Flur und schloss die Tür. „Ach, machen Sie sich keine Sorgen. Was soll da schon passieren? Er hat ja keine Ahnung, und wir fragen ihn nur ein wenig aus. Alles völlig ungefährlich."

„Wenn Sie meinen", murmelte der Nachbar.

„Wohin?", fragte Frau Appeldorn und er zeigte in Richtung des Wohnzimmers. Sie sah, dass er bereits eine Flasche Wasser und Gläser auf den Tisch gestellt hatte. „Sieht gut aus", bemerkte sie.

„Setzen Sie sich", er deutete auf einen der Sessel. Kaum hatte sie Platz genommen, war die Klingel zu hören.

„Oh, das ist er", hauchte Herr Büyüktürk und stand wie angewachsen mitten im Wohnzimmer.

„Na, gehen Sie schon", forderte Frau Appeldorn ihn auf. „Oder soll ich?"

Er schüttelte gedankenverloren den Kopf und trottete Richtung Haustür. Frau Appeldorn vernahm die Stimmen im Flur.

„Schön, dass Sie es einrichten konnten", hörte sie Herrn Büyüktürk sagen.

„Es ist mir eine Freude", antwortete der Künstler. „Ich habe hier schon einmal einige Werke mitgebracht. Ich habe noch mehr im Auto."

„Kommen Sie doch erst einmal herein", sagte Herr Büyüktürk. „Hier entlang."

Herr Gläser erschien mit mehreren Bildern unter dem

Arm und in der Hand im Wohnzimmer und erblickte Frau Appeldorn.

„Oh“, sagte er nur.

„Guten Tag“, Frau Appeldorn ergriff das Wort. „Herr Büyüktürk hat mich gebeten, mit zu schauen, welches Ihrer Werke am besten passt.“

Der Künstler strahlte, ob so viel Interesse an seiner Kunst. „Wie schön“, ließ er verlauten. Dann sah er sich im Raum um. „Sehr geschmackvoll eingerichtet haben Sie sich hier. Ihre Bibliothek ist beeindruckend.“ Er drehte sich um die eigene Achse. „Ich könnte mir mehrere gute Plätze für eines meiner Bilder vorstellen.“

Herr Büyüktürk ging an ihm vorbei und wies mit der Hand auf den freien Sessel. „Legen Sie die Bilder doch erst einmal ab und nehmen Sie Platz. Darf ich Ihnen etwas zu trinken anbieten?“

Herr Gläser überlegte kurz und begann, seine Bilder abzustellen. Dann setzte er sich zögerlich in den ihm zugewiesenen Sessel. „Ein Wasser vielleicht.“

Der Nachbar schenkte ein und sandte Frau Appeldorn einen fragenden Blick. Sie bestätigte mit einem Nicken und hielt ihm ein Glas hin, das er ebenfalls füllte. Dann setzte er sich ihnen gegenüber auf die Couch und schenkte sich selbst etwas Wasser ein. Er nahm einen Schluck. „Ja, nochmal danke, dass Sie gekommen sind“, wandte er sich an Herrn Gläser. Frau Appeldorn bemerkte merkwürdige Zuckungen mit seinem Gesicht, und sie war sich nicht sicher, ob er etwas von ihr wollte oder einfach nur sehr nervös war. Als er aber schwieg und eine unangenehme Stille den Raum erfasste, entschloss sie sich, das Gespräch voranzutreiben.

„Sagen Sie, Herr Gläser", begann sie, während sie den Angesprochenen genau musterte. Er sah eigentlich ganz vernünftig aus. Ja, sogar eine gewisse jungenhafte Attraktivität konnte man ihm nicht absprechen. Er trug ein Sakko über einem einfachen hellblauen Hemd, dessen obere Knöpfe geöffnet waren, und dazu eine schwarze Hose, die fast etwas zu edel wirkte. Sie überlegte, welchen Hauptberuf er wohl haben könnte. Er würde gut in eine moderne Firma hineinpassen, vielleicht eine Werbeagentur. „Sie hatten bei unserem letzten Zusammentreffen schon einmal begonnen, auszuführen, mit welchen Materialien Sie arbeiten. Womit wurden denn die Werke geschaffen, die Sie heute mitgebracht haben?"

Der Gesichtsausdruck des Künstlers wechselte von Unbehagen zu Freude. Er sprang auf und hielt eines der Bilder hoch. Es zeigte kreuz und quer verlaufende Streifen in verschiedenen Farben, die vielleicht zwei Zentimeter breit waren. „Hier habe ich Kreppband benutzt", erläuterte Herr Gläser und strich sanft über einen der Streifen. „Man sieht und spürt die Struktur. Dadurch bekommt das Werk eine eindringliche Tiefe."

Frau Appeldorn war sich sicher, dass er in einer Werbeagentur arbeiten musste. Nur jemand aus diesem Metier konnte in der Lage sein, etwas so profanes wie herkömmliches Kreppband wie das imposanteste Kunstwerk der Welt anzupreisen. Sie konzentrierte sich darauf, möglichst überzeugend Interesse vorzuheucheln. „Oh, ja“, sagte sie daher und spürte den verwunderten Blick ihres Nachbarn. Sie versuchte, ihm mit einem kurzen Zwinkern das Signal zu geben, es ihr gleichzutun. Doch er saß nur still da und betrachtete das Schauspiel.

„Das würde bestimmt gut in diesen Raum passen, Herr Büyüktürk. Außer Büchern gibt es hier ja noch nicht viel zu sehen“, forderte sie ihn heraus.

„Äh, ja“, stammelte er unter den erwartungsfrohen Blicken des Künstlers und Frau Appeldorn musste gegen den Impuls ankämpfen loszulachen.

„Aber schauen wir doch, was es noch an interessanten Materialien gibt“, rettete sie ihn.

Der Künstler nahm den Wunsch begeistert auf und griff zum nächsten Bild. Wieder waren es Streifen kreuz und quer in verschiedenen Farben. Nur waren sie dieses Mal etwa doppelt so breit. „Hier habe ich Gaffer Tape verwendet“, verkündete der Künstler.

„Was ist denn das?“, meldete sich nun doch der Nachbar zu Wort.

„Das ist so ein Textilklebeband, das oft genutzt wird, beispielsweise um Kabel zu sichern."

„Ein Textilklebeband", wiederholte Herr Büyüktürk und zog das Wort Textil besonders lang.

Herr Gläser deutete dies falsch. „Interessiert Sie dieses Material besonders?"

Der Nachbar beeilte sich, heftig zuzustimmen. „Ja, das finde ich sehr interessant." Er schickte einen herausfordernden Blick in Richtung seiner Nachbarin.

Die nickte ebenfalls. „Dadurch bekommen die Streifen einen besonderen Glanz", improvisierte sie und hoffte, dem Künstler würde nicht auffallen, dass sie Blödsinn redete. Aber der war so in seinem Element und bereits dabei, das nächste Bild hochzuhalten. Doch bevor er zur Erläuterung ansetzen konnte, welches Klebeband er in diesem Fall verwendet hatte, ging Frau Appeldorn zum Angriff über. „Sagen Sie, wann haben Sie am Abend, als Herr Borger ermordet wurde, nochmal die Krawattenfabrik verlassen?"

Herr Gläser stockte in seinen Bewegungen und sah irritiert zu ihr. „Weiß ich nicht mehr." Er schüttelte den Kopf, dann hielt der ein weiteres Bild hoch. „Hier habe ich …"

„Entschuldigen Sie", unterbrach ihn Frau Appeldorn. „Hatten Sie nicht gesagt, dass Sie kurz nach acht Uhr gegangen sind?"

Er zuckte mit den Schultern. „Kann schon sein."

„Wissen Sie es nicht mehr genau?“ Frau Appeldorn war nicht gewillt, locker zu lassen.

Herr Gläser verzog das Gesicht. „Was soll das denn jetzt?“

„Es interessiert mich nur“, erwiderte Frau Appeldorn. „Es ist nämlich so, dass Sie danach noch gesehen worden sind. Mehr noch …“, holte sie aus. „Sie sollen sich mit dem Opfer sogar gestritten haben. Und kurz darauf war Herr Borger tot.“

Der Blick von Herrn Gläser verdunkelte sich. Langsam ließ er das Bild, das er in der Hand hielt, zu Boden sinken. „Was wird das hier? Haben Sie mich nur hierherbestellt, um mir irgendwelche Dinge zu unterstellen? Interessieren Sie sich überhaupt für meine Kunst?“ Er schickte Herrn Büyüktürk einen wütenden Blick. Der wand sich und suchte nach Worten.

„Warum antworten Sie uns nicht einfach? Dann können Sie auch weiter über Ihre Bilder erzählen“, lockte ihn Frau Appeldorn mit einem Ausweg.

„Sie können mich mal!“ Herr Gläser begann, seine Bilder zusammenzuraffen. „Ich lasse mich doch hier nicht verhören.“ Er machte Anstalten, zur Haustür zu gehen, aber Frau Appeldorn war aufgestanden und stellte sich ihm in den Weg.

„Was fällt Ihnen ein!“, schimpfte Herr Gläser und versuchte, trotz der Bilder in seinen Händen, Frau Appeldorn zur Seite zu schieben. Mittlerweile war auch

Herr Büyüktürk aufgestanden und versuchte nun seinerseits, die beiden Kontrahenten zu trennen.

„Jetzt lassen Sie mich verdammt nochmal raus hier!", schrie Herr Gläser, und seine Augen funkelten wütend.

„Erst, wenn Sie uns die Wahrheit gesagt haben", widersprach Frau Appeldorn nicht minder laut und entschlossen.

„Jetzt beruhigen Sie sich doch", versuchte Herr Büyüktürk, Gehör zu finden, aber es machte nicht den Anschein, dass ihm dies gelingen würde.

„Sie kommen hier nicht raus, bevor Sie nicht auspacken", Frau Appeldorn ließ nicht nach.

Herr Gläser hielt in beiden Händen Bilder und schwenkte sie hin und her, als ob er sie sogleich in die Richtung seiner Gegnerin schleudern wollte. Dann ließ er die Exemplare der linken Hand polternd auf den Boden fallen. Herr Büyüktürk musste einen Schritt rückwärts machen, um nicht darauf zu treten. Den entstandenen Abstand nutzte der Künstler.

„Sie machen jetzt den Weg frei, oder …" Herr Gläser hob die restlichen Bilder, die er noch in der Hand hielt, hoch. Es schien, als wolle er sie Frau Appeldorn über den Kopf schlagen.

„Ah, war es so auch an dem Sonntag?" Frau Appeldorn reckte dem Künstler das Kinn entgegen und verschränkte die Arme vor der Brust. „Hat er Sie wütend gemacht, und dann haben Sie ihm die nächstbeste

Statue über den Kopf geschlagen?" Sie neigte sich leicht in seine Richtung. „Los, sagen Sie schon! War es so?"

Das Gesicht des Künstlers war hochrot angelaufen. Man spürte, wie er nach einem Ausweg suchte und mehr und mehr verzweifelte. „Lassen Sie mich jetzt durch, Sie verdammte Zimtzicke!", schrie er. Doch Frau Appeldorn machte keinerlei Anzeichen, auch nur einen Millimeter abzurücken. Sie würde nicht weichen. Sie würde heute den Triumph feiern und den Menschen zeigen, dass sie nicht zum alten Eisen gehörte, für das es keine Verwendung mehr gab. „Vergiss es!", zischte sie.

Sie nahm wahr, wie Herr Büyüktürk einen Schritt auf sie zu machte, dann einen erschrockenen Gesichtsausdruck annahm und mit seinen Armen in Richtung von Herrn Gläser griff. Sie hörte noch, dass er etwas rief. „Nicht!", verstand sie. Dann traf ein heftiger Schlag ihren Kopf, etwas Warmes lief ihr die Wange herunter, und alles um sie herum wurde schwarz.

Sie spürte, wie sie hochgehoben wurde. Dann wackelte alles, und sie wollte sagen, dass es aufhören sollte, aber es gelang ihr nicht, einen Laut herauszubringen. Die Dunkelheit kam erneut über sie. Wirre Bilder entstanden vor ihrem inneren Auge. Lauter bunte Streifen schwirrten um sie herum, verwickelten sich ineinander, wurden zu bizarren Gebilden und verschwanden dann wieder. Sie vernahm eine Stimme, aber konnte sie nicht einordnen. Ihr Leben war doch immer so geordnet gewesen. Wieso musste nun alles durcheinandergeraten? Sie hatte doch immer ihr Bestes gegeben. Sie hatte es nicht verdient, dass man sich ihrer einfach so entledigte. Mit Mareike Appeldorn durfte man nicht so umgehen. „Mit mir nicht!“, schrie sie auf.

„Da ist sie ja“, hörte sie eine weibliche Stimme sagen. Sie schüttelte sich. War das hier Traum oder Realität? Sie versuchte, die Augen zu öffnen. Als es ihr endlich gelang, blickte sie in das Gesicht einer ihr unbekannten Frau.

„Hallo Frau Appeldorn“, sagte die Frau. „Was macht der Kopf?“

Frau Appeldorn versuchte, den Arm zu bewegen, und mit einiger Anstrengung schaffte sie es, sich an den Kopf zu fassen. Sie spürte einen Verband. Die Frau ergriff die Hand und führte sie langsam wieder zurück.

„Sie haben einen ganz schönen Schlag auf den Kopf bekommen. Die Platzwunde musste genäht werden, aber anscheinend haben Sie einen harten Schädel, und es bleibt wohl nur eine Gehirnerschütterung.“ Sie lächelte sie an.

„Wo bin ich hier?“

„Im Krankenhaus“, erläuterte die Frau, die Frau Appeldorn mittlerweile als Krankenschwester einstufte. „Ruhen Sie sich jetzt noch etwas aus. Ich sage draußen

Bescheid, dass Sie aufgewacht sind", fuhr die Schwester fort. Dann verließ sie den Raum, und Frau Appeldorn hatte Gelegenheit, sich zu orientieren. Das Bett, die Grifftriangel, die über ihr schwebte, die Steckdosenleiste an der hellgelb gestrichenen Wand – das sah tatsächlich nach einem Krankenhauszimmer aus. Sie versuchte, sich zu erinnern, was geschehen war, aber der Kopf hämmerte heftig los, sobald sie den Versuch unternahm, sich zu konzentrieren. Sie schloss erschöpft ihre Augen.

„Mareike, was machst du für Sachen", konnte sie eine bekannte Stimme vernehmen. Sie brauchte aber einen Moment, um zu erkennen, woher sie die Stimme kannte. „Annemie?"

„Ja, Schwesterchen. Dein Nachbar hat mich angerufen, nachdem er deinen Notfallkontakt gesucht hat. Du hast mich immer noch eingetragen? Den Notfallschlüssel zu deinem Haus habe ich übrigens auch immer noch."

Es dauerte etwas, bis Frau Appeldorn alle Informationen verarbeitet hatte. „Meine Tasche", sagte sie, als ihr klar wurde, dass der Nachbar sie haben und darin natürlich auch ihr Handy gefunden haben musste. Doch wie hatte er es entsperrt?

„Wie konnte er mein Handy entsperren?"

„Das musst du ihn fragen. Vielleicht hat er deinen

Finger darangehalten. Du sollst ja ohnmächtig gewesen sein."

Sie schloss die Augen, um den Kopf nicht zu sehr zu belasten. Das leuchtete ihr ein, aber dennoch erzeugte das Gefühl Unbehagen, dass man so einfach an ihre privaten Infos kommen konnte.

„Was machst du denn für einen Blödsinn?", ihre Schwester ließ ihr keine Zeit, um weiter darüber nachzudenken.

„Welchen Blödsinn?", murmelte Frau Appeldorn, ohne die Augen zu öffnen, weil dies zu sehr schmerzte.

„Na, dich mit einem vermeintlichen Verbrecher anzulegen. Hast du sie noch alle?"

„Ich weiß nicht ..."

Sie hörte, wie sich die Tür zum Zimmer öffnete. „Bitte machen Sie es kurz", erkannte sie die Stimme der Schwester. „Sie braucht Ruhe."

„Ja, klar", sagte Annemie. „Okay, erhole dich jetzt erst einmal. Ich komme morgen wieder vorbei." Sie spürte, wie sie einen Kuss auf die Wange bekam, aber es gelang ihr nicht, etwas zu antworten.

„Wir beobachten noch, wie es Ihnen heute im Laufe des Tages geht. Wenn alles nach Plan verläuft, können Sie morgen nach Hause", sagte der Arzt bei der Morgenvisite und ging grußlos aus dem Zimmer. Frau Appeldorn sah ihm nach und tastete mit der Hand nach dem

Verband auf ihrem Kopf. Das Hämmern hatte erheblich nachgelassen, und auch die Gedanken schienen langsam wieder in Gang zu kommen. Die Krankenschwester hatte ihr mitgeteilt, dass Annemie ihr Sachen zum Umziehen und die sonst nötigen Utensilien vorbeigebracht hatte. Frau Appeldorn fühlte war nicht wohl bei der Aussicht, dass Annemie nun wieder mehr und mehr wieder in ihrem Leben auftauchte. Sie betrachtete ihre Sporttasche, die auf dem Stuhl neben ihrem Bett stand, und überlegte, wie Annemie diese nur gefunden hatte. Sport hatte Frau Appeldorn schon lange nicht mehr getrieben, und dementsprechend war die Tasche immer tiefer nach hinten in ihren Schrank verschwunden. Gleichzeitig überraschte es sie, dass ihre Schwester offensichtlich kein Problem hatte, sie im Krankenhaus zu besuchen. Das war beim letzten Mal noch anders gewesen.

Sie wollte aufstehen, sich ordentlich waschen und endlich aus dem provisorischen Nachthemd heraus. Aber dann erinnerte sie sich an die Worte der Krankenschwester, die sie eindringlich davor gewarnt hatte, alleine aus dem Bett aufzustehen. Daher drückte sie den Klingelknopf, um Hilfe anzufordern.

Es dauerte nicht lange, bis es kurz an der Tür klopfte und sich diese öffnete. Doch statt der erwarteten Pflegekraft erkannte sie das Gesicht von Kommissar Walther, der hereinlugte. „Kann ich hereinkommen?", fragte er vorsichtig.

„Ja, klar." Frau Appeldorn zog die Bettdecke hoch, damit er dieses Krankenhaushemdchen nicht zu sehen bekam. „Das ist aber eine Überraschung. Haben Sie sich Sorgen gemacht?"

Der Kommissar trat ein und kam unsicher einen Schritt auf ihr Bett zu. „Ja, sicher, schon", stammelte er und kam einen weiteren Schritt näher, bis er an der Seite ihres Bettes stand.

„Die Tasche können Sie auf den Boden stellen", klärte sie ihn auf. Er tat wie geheißen, zog den Stuhl näher ans Bett und setzte sich.

„Ja, ich habe mir schon Sorgen gemacht, aber deshalb bin ich nicht hier."

„Ach ja? Warum dann?"

„Ich bin offiziell hier." Er stockte etwas und sah sie mit einem komischen Blick an. „Gegen Sie wurde eine Anzeige gestellt."

Frau Appeldorn war sich nicht sicher, ob sie die Worte in ihrem lädierten Gehirn richtig verstanden hatte. „Was?"

„Jemand hat Sie angezeigt."

Sie ließ sich tiefer in ihr Kissen sinken. „Wieso das denn? Und wer überhaupt?"

„Sie müssen mir versprechen, dass Sie sich nicht aufregen."

Frau Appeldorn sah ihn nur verwundert an, und er fuhr fort: „Herr Gläser hat Sie angezeigt, als wir ihn gestern direkt nach dem Vorfall befragt haben. Sie hätten ihn angegriffen, und er hätte sich nur mit Gewalt befreien können."

„Was?" Ihr war nicht bewusst gewesen, wie laut sie dieses Wort ausgerufen hatte. Die Tür öffnete sich, und ein Pfleger kam herein. „Was ist denn hier los?", fragte er mit einem deutlichen Vorwurf in der Stimme. „Frau Appeldorn braucht Ruhe."

Der Kommissar hob entschuldigend die Hand. „Es tut mir leid."

„Was machen Sie hier?" Der Pfleger blitzte Herrn Walther an. Der fummelte einen Ausweis aus der Tasche und hielt ihn in Richtung des Mannes. „Ich bin Oberkommissar Walther und muss Frau Appeldorn befragen bezüglich der Umstände, die sie hier ins Krankenhaus gebracht haben."

Der Pfleger betrachtete den Ausweis genau. „Okay, aber nicht mehr lange. Und sorgen Sie dafür, dass sie sich nicht aufregt."

Der Kommissar nickte. „Selbstverständlich."

Als der Pfleger das Zimmer verlassen hatte, wandte sich Herr Walther wieder an die Patientin. „Bitte, regen

Sie sich nicht auf. Wir müssen dem einfach nur nachgehen. Es wird sich schon alles aufklären."

Frau Appeldorn versuchte, ihre Gedanken zu ordnen. „Oh, dieser Kerl ist aber raffiniert", murmelte sie.

„Was meinen Sie?"

Sie drehte sich zum Kommissar. „So lenkt er doch ideal von sich ab. Dieser Mistkerl."

„Wovon sollte er denn ablenken wollen?"

„Sind Sie wirklich bei der Polizei?" Sie nahm wahr, wie der Angesprochene etwas erwidern wollte, aber kam ihm zuvor. „Na, es ist doch offensichtlich, dass er der gesuchte Doppelmörder ist."

Der Kommissar musterte sie. „Ach ja? Wie kommen Sie darauf?"

Frau Appeldorn konnte nicht nachvollziehen, warum er diese Frage stellte. Es war für sie völlig klar. Robert Gläser war der Mörder von Herrn Borger und Frau Staller. „Muss ich Ihnen das jetzt wirklich erklären?", fragte sie ungehalten nach.

Er nickte. „Ja, das müssen sie. Ich bin mir da nämlich nicht sicher."

„Ernsthaft?" Sie zog sich etwas im Bett nach oben, damit sie sich etwas aufrichten konnte. Der Kopf quittierte die Bewegung mit einem Pochen, aber sie war nicht gewillt, dies ernst zu nehmen. „Nun", begann sie. „Er hat gelogen, was seine Anwesenheit am Abend des

Mordes angeht. Er war noch da und hat sich mit dem Maler gestritten."

Der Kommissar unterbrach sie. „Woraus schließen Sie das?"

„Na, Frau Borger hat gesagt, ihr Mann hätte sich noch gestritten, und es wäre dabei das Wort Textil gefallen." Sie bemerkte, dass der Kommissar immer noch fragend schaute. „Na, Textil", wiederholte sie. „Von Textilklebeband. Klingelt es?"

Herr Walther verzog den Mund. „Das ist aber sehr dünn. Und war es nicht letztens erst der Textilarbeiter von dem anderen Künstler. Wie hieß er noch?" Er griff in die Innentasche seiner Jacke und holte einen Notizblock heraus, aber Frau Appeldorn unterbrach ihn.

„Ja, ja, ich weiß, wen Sie meinen. Herrn Schuster. Okay, da habe ich falsch gelegen. Aber wenn er es nicht war, dann kann es nur Herr Gläser gewesen sein." Sie sandte Herrn Walther einen verschwörerischen Blick. „Und sein Verhalten gestern spricht doch wohl Bände."

„Inwiefern?"

„Sie sind aber echt schwer von Begriff." Sie tippte auf den Verband auf ihrem Kopf. „Was hat er gemacht?"

Der Kommissar sah weiter nur fragend aus.

Sie tippte mehrfach auf den Verband. „Er hat mir auf den Kopf geschlagen. So hat er es bei den anderen beiden auch getan."

Herr Walther ließ sich in den Stuhl sinken. „Das ist

alles reine Spekulation und ehrlich gesagt nicht im Geringsten überzeugend.“ Dann richtete er sich wieder auf. „Wir müssen uns nun zuerst um die Geschehnisse von gestern kümmern, damit die Anzeige nicht zu Schlimmerem führt. Erzählen Sie bitte, was aus Ihrer Sicht geschehen ist.“

Frau Appeldorn rutschte wieder tiefer ins Bett. „Es ist alles noch etwas verschwommen“, begann sie. Dann berichtete sie, woran sie sich erinnern konnte. „Ich habe ihm einfache Fragen gestellt, und dann hat er mich geschlagen“, endete sie.

„Er behauptet, Sie hätten ihm den Weg versperrt, und auch Herr Büyüktürk hätte ihn so bedrängt, dass er keinen Ausweg mehr gewusst und aus Notwehr zugeschlagen hätte.“

„So war das nicht“, protestierte sie etwas lauter und zuckte sogleich zusammen, weil dies von heftigem Klopfen in ihrem Kopf begleitet wurde.

Der Kommissar machte einige Notizen. „Ich glaube, Sie erholen sich jetzt erst einmal. Ich werde Herrn Büyüktürk umfassend befragen, und dann wird sich die Sache sicher aufklären.“ Er erhob sich aus seinem Stuhl und nickte ihr zu. „Schauen Sie, dass Sie wieder auf die Beine kommen.“ Er deutete noch ein Lächeln an, und schon hatte er den Raum auch wieder verlassen.

XIII

„Ich habe Ihnen etwas mitgebracht." Das Gesicht von Herrn Büyüktürk erschien in der Tür. „Oh, Sie sind ja schon wieder aufgestanden. Wie schön." Er kam herein und machte ein paar Schritte auf sie zu.

„Das ist aber nett." Sie bemerkte die Schachtel, die er trug, und ihren Mantel über seinem Arm.

Er hielt ihr die Schachtel hin. „Sie können doch nicht ohne Hut aus dem Krankenhaus gehen."

Sie erhob sich aus ihrem Stuhl und nahm die Hutschachtel. Dann legte Sie sie auf das Bett, öffnete sie und nahm behutsam den Hut heraus. Sie betrachtete ihn kurz und setzte ihn auf. Der Verband verschwand vollends darunter. Sie drehte sich zu ihrem Gast. Der lächelte und formte einen Kreis mit Daumen und Zeigefinger. „Perfekt." Dann hielt er ihr den Mantel so hin, dass sie ihre Arme direkt in die vorgesehenen Löcher stecken konnte. Als sie den Mantel zuzog, atmete sie tief ein. Die Welt hatte sie wieder. Sie wollte die Sporttasche ergreifen, doch ihr Nachbar kam ihr zuvor. „Die nehme ich", er packte den Henkel, klemmte sich die leere Hutschachtel so unter den Arm, dass eine Hand frei blieb, und ging zur Tür, um diese zu öffnen. „Lassen Sie uns gehen", forderte er sie auf, und sie verließen gemeinsam das Krankenhaus.

„Hat der Kommissar mit Ihnen gesprochen?“, fragte sie vorsichtig, als sie in seinem Mercedes saßen und er den Wagen auf die Straße lenkte.

Herr Büyüktürk nickte.

Sie sah zu ihm. „Und? Was haben Sie ihm gesagt?“

Man sah, wie der Nachbar seine Worte sorgfältig sortierte. „Ich habe ihm gesagt, dass Herr Gläser ohne Anlass auf Sie eingeschlagen hat.“

Frau Appeldorn nickte. „So war es ja auch. Hat er Ihnen geglaubt?“

Herr Büyüktürk zuckte mit den Schultern und setzte den Blinker, um links abzubiegen. „Ich weiß es nicht. Er hat nichts gesagt.“

Sie drehte sich wieder nach vorne und beobachtete den Kleintransporter, der ihnen entgegenkam. Als er sie passiert hatte, bog der Nachbar ab. Frau Appeldorn betrachtete die Häuser, die rechts und links an ihr vorbeiglitten. Würde dieser Mistkerl Gläser ihr tatsächlich einen solchen Ärger machen? Mit welchen Konsequenzen hätte sie wohl zu rechnen? Sie grübelte nach, ob sie sich einen Anwalt nehmen sollte, und wie sie herausfinden könnte, wer für einen solchen Fall gut geeignet wäre.

„Woran denken Sie gerade?“, unterbrach sie der Nachbar.

„Ob ich mir einen Anwalt nehmen muss.“

Er sah zu ihr. „Meinen Sie, dass es nötig ist?“

„Das weiß ich eben nicht.“

„Kennen Sie denn einen guten Anwalt?“

„Nein.“ Sie musste sich bemühen, nicht zu ungehalten zu klingen, aber es war ihr nicht gelungen.

„Ist was?“, fragte der Nachbar.

„Na, was soll schon sein? Ich wurde angezeigt und habe keine Ahnung, was da auf mich zukommen könnte. Das ist es.“

„Ja, natürlich. Entschuldigen Sie bitte.“

„Ja, ist ja schon gut“, murmelte sie. „Wir müssen diesen Scheißkerl irgendwie überführen.“

Herr Büyüktürk bremste plötzlich und hielt am Straßenrand. Frau Appeldorn sah ihn überrascht an. „Was ist denn?“

Ihr Nachbar stellte den Motor ab und drehte sich dann zu ihr. „Sie haben sie doch nicht mehr alle.“

Frau Appeldorn wusste nicht, was da gerade geschah. Bevor sie etwas sagen konnte, fuhr der Nachbar fort. „Sie wurden so heftig niedergeschlagen, dass Sie im Krankenhaus gelandet sind. Wer weiß, was da Schlimmeres hätte geschehen können. Von nun an hat das Ermitteln ein Ende. Das lassen Sie mal schön die Polizei machen. Wer weiß, ob es beim nächsten Mal nochmal so glimpflich abgeht.“

Sie benötigte einen Moment, um zu verstehen, was er

gesagt hatte. „Machen Sie sich etwa Sorgen um mich?“ Sie grinste.

„Daran ist wirklich nichts Lustiges zu entdecken“, schimpfte er. Diesen ernsten Gesichtsausdruck hatte sie noch nie an ihm gesehen. „Jeder vernünftige Mensch würde sich Sorgen um Sie machen, wenn Sie so verrückte Dinge sagen. Es ist Wahnsinn, sich mit einem Doppelmörder anlegen zu wollen. Das muss aufhören.“

„Sie haben nicht zu bestimmen, wann ich mit etwas beginne oder aufhöre.“ Sie hatte dies sehr ruhig gesagt und hoffte, dass es ihre Entschlossenheit verdeutlichte.

„Aber ich kann bestimmen, was ich mache. Ich werde jedenfalls nicht dabei mitmachen, dass Sie sich ins Unglück stürzen oder vielleicht sogar noch schlimmer.“

„Okay. Dann ist ja gut zu wissen, dass ich nicht auf Sie zählen kann, wenn es gefährlicher wird.“

„Wissen Sie eigentlich, dass Sie ein richtiges Arschloch sein können?“ Er schlug auf das Lenkrad, startete den Motor und fuhr los.

Frau Appeldorn starrte konzentriert auf die Straße vor ihnen. Als er endlich vor ihrer Einfahrt parkte, beeilte sie sich auszusteigen, die Tasche vom Rücksitz zu greifen und in ihr Haus zu laufen. Sie würdigte ihn keines Blickes, als sie hinter sich die Tür schloss. Wenn er gedacht hatte, sie würde den Mistkerl Gläser damit durchkommen lassen, dann kannte er sie aber schlecht.

Eine Mareike Appeldorn verkaufte man nicht für dumm.

Sie öffnete ihre Haustür und sog kurz den bekannten Duft ihres Hauses ein, als sie eintrat. Dann setzte sie die Sporttasche ab und bemerkte, dass die Hutschachtel noch im Auto des Nachbarn lag. Sie überlegte, ob sie zu ihm gehen sollte, um sie zu holen, aber entschied sich dann dagegen. Sie wollte ihn im Moment nicht wiedersehen. Dann musste der Hut eben ausnahmsweise so abgelegt werden.

Im Wohnzimmer angekommen, ließ sie sich in ihren Lieblingssessel fallen. Kurz griff sie sich an den Kopf, der etwas pochte. Der Arzt hatte ihr eindringlich geraten, sich zu schonen. Doch wie sollte sie sich schonen, wenn da draußen noch ein Mörder herumlief, der die Frechheit besaß, ausgerechnet sie anzuzeigen?

So sehr sie sich auch mühte, sie konnte die Gedanken daran nicht verdrängen. Immer wieder liefen die letzten Sekunden vor ihrem inneren Auge ab, bevor der Schlag von Herrn Gläser sie ausknockte. Sie hatte sein Gesicht direkt vor sich. Er hatte auf jeden Fall Angst gehabt. Aber sie grübelte nach, ob dies der Blick eines Mörders gewesen war. Und wie passte es zusammen, dass er sie angezeigt hatte? Okay, es könnte ein geschickter Versuch der Ablenkung sein. Dies war ihr erster Gedanke gewesen. Aber würde ein Mörder nicht eher versuchen, keine weiteren polizeilichen Ermittlungen zu provozieren?

Sie war über dem Nachdenken eingeschlafen, erst der schmerzende Rücken aufgrund der ungünstigen Haltung im Sessel weckte sie wieder. Der Kopf pochte nicht mehr, aber schien irgendwie in Watte eingehüllt zu sein. Ihre Gedanken wollten nicht mehr so recht in Gang kommen. Sie versuchte aufzustehen, aber ihr Blut sackte schnell ab, und ihr wurde schummrig. Vorsichtig ließ sie sich wieder in den Sessel sinken. Sie holte tief Luft und setzte sich aufrecht, damit ihr Herz Gelegenheit hatte, sich auf das Aufstehen vorzubereiten. Im zweiten Versuch schaffte sie es dann, ohne Komplikationen in den Stand zu kommen. Sie suchte eine Uhr, um festzustellen, wie lange sie geschlafen hatte, aber fand keine. Ihr Magen meldete jedenfalls, dass er nach Nahrung verlangte. Also trottete sie in die Küche und stellte mittels der dortigen Uhr fest, dass es fast schon Nachmittag war.

Sie öffnete den Kühlschrank und schaute nach, was sich für ein schnelles Mittagsmahl eignen würde, doch nichts konnte sie ansprechen. Missmutig schlug sie die Kühlschranktür zu. Ihr Magen unterstrich die Dringlichkeit mit einem laut hörbaren Knurren. Sie rieb sich über den Bauch, holte dann doch den Aufschnitt und die Butter aus dem Kühlschrank und nahm den Rest Brot aus der Tüte. Prüfend drehte sie es hin und her und suchte nach ersten Schimmelspuren. Als sie keine fand, begann sie die Scheiben mit Butter zu bestreichen.

Als sie wieder im Wohnzimmer saß und das letzte Stück vertilgte, hatte sich auch ihr Entschluss gefestigt. Sie musste mit Herrn Gläser sprechen. Zum einen galt es, die Anzeige vom Tisch zu kriegen, und zum anderen musste sie prüfen, ob er nun der Mörder war oder nicht.

Sie erhob sich aus dem Sessel und nahm mit Erleichterung wahr, dass sich dieses Mal nicht alles drehte. Der karge Imbiss hatte immerhin seinen Zweck erfüllt. Sie ging in den Flur, nahm Hut, Mantel und Tasche und machte sich auf den Weg.

Glücklicherweise stand der Mercedes nicht vor ihrer Einfahrt und sie konnte von ihrem Nachbarn unbemerkt wegfahren.

An der alten Krawattenfabrik angekommen, schaute sie auf die Uhr. Sie hoffte, dass der Klebebandkünstler in seinem Atelier war. Ansonsten müsste sie ihren Nachbarn nach der Visitenkarte des Künstlers fragen, und diese Kontaktaufnahme wollte sie derzeit auf jeden Fall vermeiden.

Als sie in die Fabrik eintrat und in den linken Gang sah, stellte sie mit Genugtuung fest, dass die Tür zum Atelier von Herrn Gläser offen stand. Sie ging in die Richtung und fand ihren Eindruck bestätigt. Vorsichtig sah sie um den Türrahmen und entdeckte Herrn Gläser, der Klebeband auf einer Leinwand drapierte.

„Bitte nicht erschrecken!“, rief sie, bevor sie sich mit einem Schritt vor den Ateliereingang zu erkennen gab. „Ich möchte nur mit Ihnen reden.“

Der Künstler erstarrte und stand in der eingefrorenen Bewegung dort, ein Stück Klebeband halb von der Rolle abgezogen und in der Luft schwebend.

„Bleiben Sie weg von mir!“, schrie er, als er wieder zu sich kam. „Ich rufe die Polizei.“

Sie bemerkte, wie seine Blicke im Raum herumwanderten und vermutete, dass er wohl sein Telefon suchte.

„Nein, nein“, versuchte sie ihn zu beruhigen. „Es gibt keinen Grund, die Polizei zu alarmieren. Ich möchte wirklich nur kurz mit Ihnen sprechen.“

Wieder stockte der Angesprochene in seiner Bewegung und musterte sie. Dann lockerte sich seine Körperhaltung. Er zeigte mit dem Finger auf sie. „Was ist das da auf Ihrem Kopf?“

Sie fasste nach oben. „Mein Hut.“

Er schüttelte den Kopf. „Nein, darunter. Ist das ein Verband?“ Er schien kurz nachzudenken.

Sie nickte. „Ja, natürlich. Erinnern Sie sich? Sie haben mich mit dem blöden Rahmen zu Boden geschlagen. Was dachten Sie?“

Sein Gesichtsausdruck veränderte sich. „Das tut mir leid. Ich wollte das nicht.“ Wieder stockte er. „Aber Sie haben mich derart bedrängt, da wusste ich mir nicht anders zu helfen.“

Frau Appeldorn nickte sanft. „Ja, da muss ich mich bei Ihnen entschuldigen. Tut mir wirklich leid."

Er sah sie wortlos an.

„Wirklich", versuchte sie, ihn zu überzeugen.

„Ich weiß nicht."

„Was muss ich tun, damit Sie meine Entschuldigung annehmen?"

Der Gesichtsausdruck von Herrn Gläser wurde wohlwollender. „Ja, Sie haben recht. Es ist vergessen und erledigt. Und es tut mir wirklich sehr leid, dass ich Sie verletzt habe."

„Ich danke Ihnen." Sie suchte nach Worten. „Also, meinen Sie, Sie können die Anzeige vielleicht zurückziehen? Wir haben beide überreagiert. Finden Sie nicht?"

Es war ihm anzusehen, dass er nachdachte. Frau Appeldorn widerstand dem Reflex, weiter auf ihn einzureden. Unter Druck schien ihr Gegenüber zu unerwarteten Reaktionen fähig zu sein. Was ihn auf jeden Fall auch weiter als möglichen Täter erscheinen ließ.

„Okay", murmelte er. „Ja, ich sage der Polizei, dass wir uns ausgesprochen haben. Mir war der ganze Rattenschwanz sowieso schon zu viel geworden."

Sie lächelte und hoffte, es würde positiv von ihm registriert werden. „Das ist wirklich nett von Ihnen. Nochmal, bitte entschuldigen Sie."

Er winkte ab. „Ist schon gut. Ich hoffe, dass es Ihrem Kopf bald auch wieder gut geht.“

Sie tippte sich auf den Hut. „Ja, der wird schon wieder.“ Sie tat so, als ob sie gehen wollte, dann drehte sie sich wieder zu ihm. „Aber, sagen Sie …“, begann sie.

Er sah erstaunt zu ihr.

„Nur mal interessehalber. Wie war das denn jetzt an dem Mordabend? Haben Sie dann später noch mit Herrn Borger gestritten?“

„Nein, habe ich nicht. Er hat mich doch sogar noch gelobt.“

„Wieso gelobt?“

Er legte das Klebeband auf den Arbeitstisch. „Weil ich seiner Meinung nach an dem Tag professionell aufgetreten wäre. Er meinte, er hätte auf zahlreichen Messen gelernt, wie man auf potenzielle Kunden zugehen müsse, und ich hätte das sehr gut gemacht.“

„Ach ja? Das meinte er?“

„Ja, so hat er es gesagt.“

„Mit wem hat er denn dann später noch gestritten?“

„Mit den anderen, denke ich. Die hat er nämlich ziemlich kritisiert. Frederike sei ihm zu esoterisch gewesen und hätte die Klientel nur benebelt, aber nicht zum Kauf angeregt. Sie war jedenfalls ziemlich aufgelöst, dass ihr großer Schwarm so mit ihr ins Gericht ging.“

„Ach was?“ Frau Appeldorn ging in Gedanken die vielen Gespräche der letzten Tage durch, aber davon hatte sie noch nichts gehört. „Und das erfinden Sie jetzt nicht nur?“

Er schüttelte heftig den Kopf. „Jetzt fangen Sie nicht schon wieder an. Nein, ich erfinde gar nichts. Sie kam mir doch noch mit tränenverschmiertem Gesicht entgegen, als ich ging.“

„Wie? Sie war doch noch hier? War das denn gegen halb neun, wie Sie mir gesagt haben, oder doch später?“

Er dachte nach. „Wenn Sie mich jetzt so fragen. Es könnte auch später gewesen sein. Ja, jetzt erinnere ich mich, es begann gerade das Heute Journal im Fernsehen, als ich zuhause ankam. Es muss also schon nach neun gewesen sein.“

„Was war denn mit Ihrem Nachbarn?“ Sie zeigte in Richtung des nebenan liegenden Ateliers.

„Der war doch mit seinen Kunden zu Gange.“

Frau Appeldorn hatte Angst, dass diese verwirrenden Informationen wieder Schmerzen in ihrem lädierten Kopf auslösen würden. „Danke“, sagte sie nur und drehte sich zum Gehen. „Weiter noch viel Erfolg“, murmelte sie und ging in Richtung Ausgang.

Wieder in ihrem Auto dachte sie über das Gehörte nach. Sie musste sich endlich angewöhnen, Notizen zu machen. Dann hätte sie jetzt einfach nachsehen können, wie der zeitliche Ablauf am Tatabend gewesen war. So musste sie versuchen, sich alle Details in Erinnerung zu rufen. Wieso hatte Herr Schuster nicht erwähnt, dass Frau Staller auch wieder in der Fabrik gewesen war? Sie selbst konnte man jetzt nicht mehr fragen. Sie konnte auch nicht die Mörderin von Herrn Borger gewesen sein. Wer hätte dann sie umbringen sollen, und warum? Das passte alles nicht zusammen. Natürlich nur, sofern Herr Gläser nicht gelogen hatte, aber irgendwie glaubte sie ihm. Blieb nur noch der Schweißer. Sie griff nach ihrem Handy und scrollte die Anrufliste herunter. Als sie die gewünschte Nummer erkannte, klickte sie diese an, und der Klingelton ertönte. Eine Männerstimme meldete sich.

„Hallo Gerd", begrüßte ihn Frau Appeldorn. „Ich brauche nochmal deine Hilfe."

Sie erläuterte ihm, was sie von ihm wollte, und er versprach, ihr in ein paar Minuten die Information zu senden. Frau Appeldorn legte das Handy auf den Beifahrersitz. Vielleicht könnte sie langsam Licht ins Dunkel bringen.

Es dauerte nicht lange, bis das Handy piepte. Frau Appeldorn nahm es vom Sitz auf und las die Nachricht. Dann tippte sie die angegebene Telefonnummer an. Die professionelle Stimme einer Rezeptionistin meldete sich.

„Guten Tag, mein Name ist Schuster. Ich hoffe, Sie können mir helfen", begann Frau Appeldorn. „Mein

Mann Herbert Schuster war letzte Woche bei Ihnen, und ich mache gerade die Buchführung. Dummerweise hat er Ihre Rechnung nicht mehr. Könnten Sie mir vielleicht ein Duplikat senden?“

Die Dame am anderen Ende fragte nach dem Namen des Gastes und Frau Appeldorn sagte ihn ihr.

„Ein Herbert Schuster war letzte Woche nicht bei uns“, berichtete die Hotelmitarbeiterin.

„Oh, sind Sie sicher?“, fragte Frau Appeldorn nach, obwohl dies die von ihr erwartete Information gewesen war.

Die Dame bestätigte die Richtigkeit der Angabe, Frau Appeldorn bedankte sich und beendete das Gespräch. Sie ließ das Handy wieder auf den Beifahrersitz sinken. Herr Schuster würde einiges zu erklären haben.

XIV

Als sie vor dem Haus der Schusters hielt und die Metallfiguren im Garten betrachtete, zögerte sie, ihren Plan in die Tat umzusetzen. Was wäre, wenn sich der Schweißer wirklich als der gesuchte Doppelmörder herausstellen sollte? Dann schüttelte sie den Kopf. Er würde ihr im Angesicht seiner Frau und Kinder sicher nichts tun. Entschlossen stieg sie aus dem Wagen aus und ging zur Haustür.

Nachdem sie geklingelt hatte, dauerte es nicht lange, und der Hausherr öffnete die Tür. „Was wollen Sie denn hier? Haben Sie mich nicht schon genug genervt?“

„Ich weiß, dass Sie nicht in diesem Yoga-Hotel waren.“ Sie beobachtete genau, wie er auf diese Aussage reagierte. „Sie sind definitiv kein Typ für Yoga.“

Er sah erschrocken zurück ins Haus, zog dann die Tür etwas hinter sich zu. „Jetzt machen Sie hier nicht so einen Aufstand. Und wenn schon. War ich eben nicht beim Yoga. Was geht Sie das an?“

„Wenn Sie nicht beim Yoga waren, haben Sie kein Alibi für den Mord an Frau Staller. Und wenn Sie dafür kein Alibi haben, dann haben Sie höchstwahrscheinlich auch Herrn Borger umgebracht.“

„Sie haben doch nicht mehr alle Tassen im Schrank“, schimpfte er, als hinter ihm eine Stimme zu hören war.

„Herbert, wer ist denn da?"

„Ach, nur der Nachbar, Schatz."

„Hallo Norbert", war aus dem Hintergrund zu vernehmen.

„Ich kann jetzt nicht reden", flüsterte der Schweißer. „Warten Sie kurz, ich komme gleich zu Ihnen." Er verschwand im Haus und Frau Appeldorn überlegte, was Sie nun machen sollte. Sie entschloss sich, zum Auto zu gehen und dort auf ihn zu warten.

Es dauerte ungefähr fünf Minuten, als sie ihn aus der Haustür kommen sah. Dieses Mal trug er eine Jacke und sah sich nach ihr um. Sie gab ihm durch Lichtzeichen zu verstehen, wo sie war. Er kam zum Auto und stieg auf der Beifahrerseite ein. Er nahm das Handy, das noch dort lag, und sie hielt ihm ihre Hand hin, damit er es ihr gab, aber er reagierte nicht.

„Okay, dann erzählen Sie mal", eröffnete Frau Appeldorn das Gespräch, während sie darauf wartete, dass er ihr das Telefon übergab, doch er steckte es in seine Jackentasche.

„Das können Sie vergessen", knurrte er und hielt ihr plötzlich eine Pistole entgegen. „Sie fahren jetzt los", befahl er.

„Was soll das werden?", protestierte Frau Appeldorn.

„Fahren Sie!" Er unterstrich seine Worte, indem er mit der Pistole wedelte.

Sie startete den Wagen und lenkte ihn auf die Straße.

„Wohin soll ich denn fahren?“ Sie sah sich schon in irgendeinem einsamen Waldstück liegen oder in einer Hütte an einen Stuhl gefesselt.

„Na, wohin schon“, antwortete er. „Zu Ihnen natürlich.“ Er grinste.

„Was haben Sie vor?“, fragte sie, während sie das Fahrzeug durch den Verkehr lenkte.

„Das werden Sie schon noch sehen.“

Als sie in ihrer Einfahrt angekommen waren und sie den Motor ausgeschaltet hatte, gab er ihr mit der Pistole zu verstehen, dass sie aussteigen solle. Sie suchte nach irgendwelchen Menschen auf der Straße, denen Sie ein Signal geben könnte. Aber es war alles menschenleer. Hätte nicht ihr Nachbar mal wieder vor ihrer Einfahrt parken können? Sie öffnete die hintere Tür des Wagens.

„Was machen Sie da?“, fauchte der Entführer.

„Ich wollte nur meine Tasche nehmen.“ Dann kam ihr eine Idee. Sie nahm den Hut ab und legte ihn auf die Hutablage des Autos. „Mache ich immer so, damit ich ihn nicht vergesse“, erläuterte sie ihm und hoffte inständig, er möge ihr glauben. Anscheinend tat er das. So ging sie zur Haustür und öffnete diese. Er schob sie ins Haus und schloss die Tür hinter ihnen.

„Schön haben Sie es hier“, stellte er süffisant fest.

„Was haben Sie denn jetzt vor? Wollen Sie mich etwa auch umbringen, wie die anderen beiden?“

„Ich habe Martin nicht umgebracht.“ Dann schob er sie in Richtung Wohnzimmer. „Hinsetzen!“, befahl er.

Sie setzte sich in ihren Lieblingssessel. Wenigstens sterbe ich hier zuhause, ging ihr durch den Kopf, dann fasste sie sich wieder. „Aber wenn Sie Herrn Borger nicht umgebracht haben, dann können Sie das doch einfach sagen, und alles ist gut.“

Er hatte sich einen Stuhl herangezogen und setzte sich ihr gegenüber. „So einfach ist das nicht.“

„Ich bin sicher, wie kompliziert es auch ist, wir finden eine Lösung.“ Sie betrachtete die Waffe in seiner Hand. „Gewalt ist jedenfalls niemals eine Lösung. Und mich hier umzubringen, bestimmt auch nicht.“

„Halten Sie jetzt einfach die Klappe. Ich muss nachdenken.“

Frau Appeldorn versuchte, den pochenden Schmerz in ihrem Schädel, der sich natürlich zum unpassenden Moment wieder eingestellt hatte, zu ignorieren und stattdessen einen Ausweg aus der Situation zu finden. Der Kerl mit der Waffe vor ihr hatte jedenfalls auch keinen Plan. Es war ihm anzusehen, dass er krampfhaft überlegte, wie er vorgehen sollte. Es war also an ihr, ihm einen Ausweg zu bieten, bei dem sie lebend aus der Sache herauskommen würde.

„Sie müssen das Problem nicht alleine lösen“, flötete sie fast, um möglichst wenig bedrohlich auf ihn zu wirken. „Ich helfe Ihnen dabei. Sagen Sie einfach, was genau passiert ist."

Der besänftigende Ton schien zu wirken. „Ich sitze sowas von in der Scheiße", grummelte Herr Schuster.

„Aber wieso denn, wenn Sie den Maler nicht umgebracht haben?"

„Sie mit Ihrem blöden Maler. Dieses Arschloch hat doch alles noch schlimmer gemacht. Rausschmeißen wollte er mich."

„Wo rausschmeißen?"

„Na, aus der Fabrik, aus meinem Atelier." Er ließ die Hand mit der Pistole etwas sinken, und Frau Appeldorn überlegte kurz, ob sie ihn überwältigen könnte, aber verwarf den Gedanken sofort wieder.

„Warum das?"

„Dieser arrogante Schnösel hat sich doch ständig als toller Manager hingestellt, der alles besser wusste. Ich hätte mich am Tag der offenen Ateliers unprofessionell den Gästen gegenüber verhalten, und das würde allen schaden, hat er behauptet. Dieses verdammte Arschloch." Er hob die Pistole wieder hoch und wedelte bedrohlich damit.

Frau Appeldorn zuckte etwas zurück. „Hätte er Sie denn rausschmeißen können?"

Herr Schuster sackte in seinen Stuhl. „Angeblich kannte er den Geschäftsführer der Immobilienfirma gut, die das Gebäude verwaltet."

„Und deswegen haben Sie ihm die Statue über den Kopf geschlagen?"

Er sprang auf. „Verdammt nochmal, wie oft soll ich Ihnen noch sagen, dass ich das nicht war!"

„Ja, ja, ist ja schon gut. Setzen Sie sich doch wieder. Ich versuche ja nur zu verstehen. Wo liegt denn dann Ihr Problem?"

Er ließ sich wieder auf den Stuhl sinken. „Ein Problem?" Er winkte mit der anderen Hand ab. „Eher Hunderte. Ach was, viele Tausende."

„Verstehe ich nicht."

„Ach, verdammt. Ich bin pleite. Blank. Kapieren Sie es jetzt?"

„Okay, das tut mir leid. Aber ich verstehe immer noch nicht, wieso ich jetzt hier sitze und Sie mich mit einer Pistole bedrohen."

Er verdrehte die Augen. „Na, weil meine Frau nicht weiß, dass wir pleite sind."

„Sie haben es ihr nicht erzählt?"

Er schüttelte schwach den Kopf.

„Oh, ich verstehe. Aber trotzdem: Warum sitze ich jetzt hier?"

„Wenn meine Frau erfahren hätte, wo ich wirklich war, dann würde alles herauskommen."

„Na, wenn das Ihr Problem ist, haben wir es schon gelöst. Ich verspreche Ihnen, ich sage ihr nichts."

Er seufzte. „Ich befürchte, das löst gar nichts."

„Doch, das tut es. Ich halte mein Versprechen. Ich habe auch gar keinen Grund, Ihre Frau in die Angelegenheit hineinzuziehen. Sie haben den Maler nicht erschlagen. Also ist alles gut. Sie können die Waffe weglegen." Sie machte eine Handbewegung auf ihn zu.

Er schreckte auf. „Halten Sie die Klappe!"

Sie ließ sich wieder in den Sessel sinken. „Ich verstehe Sie nicht."

Er stieß Luft aus. „Das kann keiner."

„Ihr Problem ist doch gelöst. Wozu der Aufstand?"

„Sie geben einfach keine Ruhe, oder?"K

„Ich will einfach nur verstehen, warum ich hier sitze und um mein Leben zittern muss. Ich meine, das ist doch das Mindeste, dass ich wenigstens weiß, warum ich in dieser bedrohlichen Situation bin und womöglich bald sterben werde."

Er sah sie an. „Ja, da haben Sie eigentlich recht."

„Sag ich doch. Wo waren Sie denn, wenn Sie nicht beim Yoga waren?"

„Bei einem Kumpel in der Eifel. Ich habe gearbeitet, um zusätzliche Kohle ranzuschaffen."

„Okay, Sie haben Ihre Frau belogen und auch sonst. Ist aber immer noch kein so riesiges Drama, dass sie hier mit der Pistole herumfuchteln müssten."

„Verdammt nochmal, Sie Nervensäge, ich weiß, wer

dem Maler die Statue über den arroganten Schädel geschlagen hat."

„Oh", sagte Frau Appeldorn und sah ihn an. Ihr kam ein Gedanke. „Ich glaube, ich habe eine Ahnung, wer es war."

„Da sind Sie aber die Einzige."

Sie grinste. „Zugegeben, ich habe den Gedanken noch nicht lange, aber so langsam fügt sich da etwas zusammen. Darf ich eine Vermutung äußern?"

Er zuckte mit den Schultern. „Ja, klar. Warum nicht?"

„Frau Staller war es, nicht wahr?"

Er schürzte die Lippen. „Nicht schlecht. Nicht schlecht."

„Aber wer hat dann Frau Staller erschlagen?"

Herr Schuster verzog den Mund. „Ich bin sicher, da kommen Sie jetzt auch noch drauf."

Frau Appeldorn musterte ihn und sah dann auf die Pistole. „Ich hoffe, Sie erschießen mich jetzt nicht, aber ich denke, das waren Sie."

Er nickte. „Wieder richtig. Chapeau."

„Gestatten Sie mir die Frage: Warum haben Sie Frau Staller umgebracht?"

„Ah", stieß er aus. „Es ist einfach alles total blöde gelaufen."

„Wie meinen Sie das?"

„Na, ich habe mitgekriegt, wie sie sich mit dem Maler

gestritten und ihm dann die Statue über den Schädel geschlagen hat. Da dachte ich, damit ließe sich mein finanzieller Engpass beseitigen."

„Sie haben sie erpresst?"

„So würde ich das jetzt nicht bezeichnen. Es war eher eine geschäftliche Vereinbarung."

„Aber dann verstehe ich noch weniger, warum Sie sie erschlagen haben?"

„Das war gar nicht so geplant. Ich sollte am Donnerstag zu ihr kommen, um das Geld zu abzuholen. Ich bin extra aus der Eifel zu ihr gefahren. War alles perfekt arrangiert. Doch die zickt herum. Will sich plötzlich bei der Polizei stellen, weil sie ein schlechtes Gewissen hat und ihre Aura sich verfärbt hätte, diese blöde Kuh. Wir haben gestritten, die Nerven lagen blank, und dann standen bei ihr haufenweise diese Engelstatuen herum. Plötzlich lag sie blutend vor mir, und ich bin abgehauen. Da hat sie aber noch gelebt. Konnte ich denn ahnen, dass sie gleich stirbt? Es war ein Unfall."

Frau Appeldorn seufzte. „Das ist wirklich blöd gelaufen."

„Verstehen Sie jetzt mein Dilemma?"

„Durchaus." Sie sah zu ihm. „Aber mich zu töten, löst nichts davon. Es schafft eher noch mehr Probleme. Es hört jemand den Schuss oder sieht Sie, wenn Sie das Haus verlassen. Vielleicht hat uns auch schon jemand hineingehen sehen.“ Sie schüttelte den Kopf. „Das ist wirklich keine Lösung für Ihr Problem.“

Herr Schuster sah sie durchdringend an, und alles an ihm strahlte Verzweiflung aus.

„Denken Sie nur an Ihre Familie. Was wird sie wohl von Ihnen denken, wenn sie erfährt, dass sie einfach so eine wehrlose Frau erschossen haben. Alles andere bisher waren Unfälle. Eine Verkettung unglücklicher Umstände. Kein Vorsatz. Aber das hier …“ Sie machte eine unterstreichende Handbewegung. „Das hier ist Mord. Schrecklicher, unverzeihlicher Mord.“ Ihr schien es, als hätte sie im Augenwinkel eine kurze Bewegung wahrgenommen. Aber dies war wahrscheinlich nur eine Nachwirkung ihrer Kopfverletzung. Sie musterte den Mann ihr gegenüber.

„Legen Sie die Waffe hin. Ich rufe einen Kommissar an, mit dem ich befreundet bin, und dann finden wir einen Ausweg. Was meinen Sie?“

Einen kurzen Moment hatte sie das Gefühl, er würde auf ihren Vorschlag eingehen und die Waffe ablegen. Doch dann war ein Knarzen zu hören. Das Geräusch war aus dem Flur gekommen. Herr Schuster schreckte auf, und seine Hand mit der Pistole schnellte wieder nach oben genau auf sie zu. „Was war das?“, fragte er.

Sie zuckte mit den Schultern. „Was meinen Sie? Keine Ahnung.“

Er starrte auf den Durchgang zum Flur. Es blieb aber alles still. Dann drehte er sich wieder zu ihr.

„Kommen Sie, wir kriegen das hin", machte sie einen weiteren Ansatz, als wieder ein Geräusch zu hören war. Dieses Mal war es unüberhörbar, und sofort im Anschluss daran erschien eine Gestalt, die mit einem Satz bei dem Schweißer war. Es blitzte etwas auf. Die Pistole flog im hohen Bogen durch das Wohnzimmer und landete laut scheppernd neben einer Bodenvase.

„Keinen Mucks", hörte sie ihren Nachbarn sagen. Sein historisches Langschwert berührte mit der Spitze den Kehlkopf des Schweißers. „Nur eine kleine Zuckung, und ich durchbohre Ihre Kehle."

„Herr Büyüktürk, wo kommen Sie denn her?" Frau Appeldorn starrte ihren Nachbarn an.

„Mareike, geht es dir gut?" Ihre Schwester stürmte herein und fiel ihr um den Hals. „Komm, schnell raus hier!"

„Gehen Sie", forderte der Nachbar sie auf, ohne den Mann am Ende seines Schwertes aus den Augen zu lassen. „Ich komme hier klar. Nicht wahr, Bürschchen?"

Frau Appeldorn folgte der Schwester und konnte gerade noch den Polizisten ausweichen, die ins Haus stürmten. Dahinter kam Kommissar Walther herein.

„Was ist denn hier los? Ich hatte doch deutlich gesagt, dass Sie nichts unternehmen sollten."

„Herr Büyüktürk wollte nicht so lange warten",

erläuterte Annemie, während sie Frau Appeldorn sanft aus dem Haus schob.

Draußen angekommen, hatte Frau Appeldorn das Gefühl, ihre Knie würden aus Gummi bestehen. „Ich muss mich setzen."

Annemie griff ihr unter die Arme und führte sie zu einem der Polizeiwagen. Ein Polizist öffnete die Tür, und Frau Appeldorn setzte sich auf den Rücksitz.

„Geht es?", fragte ihre Schwester.

Frau Appeldorn nickte. „Ja, geht schon. War gerade etwas viel. Woher wusstet ihr denn, dass ich in Gefahr war?"

„Na, dein Hut. Super Idee, ihn im Auto liegen zu lassen. Dein Nachbar hat vor deiner Einfahrt geparkt. Der Hut war nicht zu übersehen, da hat er sofort gewusst, dass etwas nicht stimmen konnte. Er hat sich auf das Grundstück geschlichen und vorsichtig durch dein Wohnzimmerfenster geguckt. Dann hat er gleich die Polizei und mich angerufen, weil ich doch deinen Hausschlüssel habe. Als dann die Polizei immer noch nicht da war, kam er plötzlich mit seinem Schwert heraus und sagte, dass er jetzt etwas tun müsse. Wusstest du, dass er ein Schwert besitzt und in seiner Freizeit Fechtkampf übt?"

Frau Appeldorn nickte. „Ja, wusste ich. Ihr hättet auf die Polizei warten müssen. Das hätte total schiefgehen können. Ich hatte den Täter auch fast schon so weit, dass er aufgeben wollte."

„Tja, liebes Schwesterchen …" Annemie machte eine bedeutungsvolle Pause. „Wir sorgen uns eben um dich." Sie lächelte.

Frau Appeldorn hatte keine Gelegenheit zu antworten, weil der Kommissar zusammen mit Herrn Büyüktürk zum Wagen kam. Im Hintergrund konnte sie sehen, wie Herr Schuster abgeführt wurde.

„Was haben Sie sich nur dabei gedacht, einfach in eine so gefährliche Situation reinzulaufen?", schimpfte Herr Walther los.

Herr Büyüktürk verzog das Gesicht. „Ich konnte einfach nicht länger warten. Ich habe doch durch das Fenster sehen können, dass der Entführer kurz davor war, etwas Dummes zu tun."

„Und dann machen Sie noch etwas viel Dümmeres?"

„Nun regen Sie sich nicht so auf! Es ist doch gut gegangen."

Herr Walther schüttelte missmutig den Kopf. „Wie geht es Ihnen denn?", wandte er sich an Frau Appeldorn.

„Ganz okay", murmelte sie. „Der Kopf pocht jetzt wieder etwas heftiger, aber das wird schon."

„Fühlen Sie sich in der Lage, mir genau zu erzählen, was passiert ist?"

Sie nickte, holte tief Luft und begann, die Zusammenhänge zu erläutern.

XV

„Brauchst du noch etwas?“ Annemie sah sie besorgt an.

„Nein, nein, ich komme klar.“ Sie betrachtete ihr Wohnzimmer, in das sie wieder hineindurfte, nachdem die Polizei abgezogen war.

„Sie müssen sich jetzt erst einmal erholen“, schloss ihr Nachbar an. „Melden Sie sich, wenn Sie etwas brauchen, ja?“

„Ja, mache ich. Danke.“

„Okay, dann lassen wir dich jetzt alleine.“ Annemie kam auf sie zu und nahm sie in den Arm. „Dein Nachbar ist ein Schnuckelchen. Angele ihn dir!“, flüsterte sie ihr ins Ohr.

„Was? Quatsch“, murmelte Frau Appeldorn, und Herr Büyüktürk sah sie irritiert an. „Ach, meine Schwester ist verrückt“, erklärte sie und lächelte.

„Bin ich gar nicht“, protestierte die Erwähnte. „Ich melde mich morgen.“

Die beiden verließen das Haus, und Frau Appeldorn atmete tief aus.

Am nächsten Morgen war die örtliche Zeitung voll mit der Berichterstattung zum aufgeklärten Mord an dem Maler und der Entführung einer Unbeteiligten, wie es im Artikel hieß. Frau Appeldorn war enttäuscht, dass ihr Name nicht erwähnt wurde. Schließlich hatte sie den Fall aufgeklärt. Sie war ganz und gar keine Unbeteiligte gewesen. So wurde überall Kommissar Walther als der zuständige Ermittler genannt. Na gut, es freute sie, dass seine Karriere so womöglich Fahrt aufnehmen würde.

Auch Ute und die Damen aus dem Kulturverein hatten schon angerufen und sich alles haarklein erzählen lassen. Denn auch wenn es nicht in der Zeitung stand, im Ort wussten alle, wem die Aufklärung des Falles zu verdanken war.

Es klingelte an der Haustür, und Frau Appeldorn legte die Zeitung beiseite.

Als sie die Tür öffnete, erblickte sie ihren Nachbarn.

„Guten Morgen, Frau Nachbarin. Wie geht es Ihnen heute?"

„Schon viel besser", antwortete sie. „Kommen Sie doch herein."

Er folgte ihr in die Küche.

„Möchten Sie etwas trinken? Es müsste noch Kaffee da sein."

„Nein, danke. Ich wollte mich nur kurz nach Ihrem Befinden erkundigen." Er zeigte auf die Zeitung, die auf dem Küchentisch lag. „Wie ich sehe, haben Sie es schon gelesen."

Sie gab ihm mit einer Handbewegung zu verstehen, dass er sich setzen solle, und setzte sich ebenfalls auf ihren Platz. „Wir werden mit keinem Wort erwähnt“, stellte sie fest.

Er lächelte. „Ja, ist aber vielleicht auch gut so. Nicht auszudenken, welchen Presseauflauf es sonst geben würde.“

„Da haben Sie natürlich recht.“

„Aber war schon ganz schön aufregend, nicht wahr?“

Sie grinste. „Oh ja. Hat Spaß gemacht.“

„Es war auch beängstigend. Nicht auszudenken, was alles hätte passieren können!“

„Aber geben Sie es zu: Man fühlte sich wieder lebendig, oder etwa nicht?“

Er sagte nichts, aber sie wusste, dass er es auch so empfunden hatte.

„Was machen wir denn jetzt?“, fuhr sie fort.

„Wie meinen Sie das?“

„Machen wir jetzt einfach gar nichts mehr? Gestern noch Mörder überführt und jetzt nur noch Rentnerdasein?“

„Was ist schlecht daran?“

„Es ist langweilig.“

„Finde ich nicht.“

„Weil Sie einmal in der Woche mit Ihrem Langschwert herumwedeln und am Wochenende Kreisligafußball gucken?“

„Ja, zum Beispiel.“

„Kommen Sie. So einen Mordfall aufzuklären, war doch eine ganz andere Nummer. Hätten Sie nicht auch gerne weitere Herausforderungen, die das Herz so richtig höherschlagen lassen?“

Wieder saß er nur still da.

„Kommen Sie, seien Sie ehrlich!“, hakte sie nach.

„Okay, okay, war schon toll.“

„Wusste ich es doch.“

„Aber es wird wohl kaum so schnell einen weiteren Mordfall geben. Wäre ja auch nicht wünschenswert.“

Sie grinste. „Ich hätte da aber eine andere Idee. Eine Sache, die unsere Herzchen definitiv so richtig in Schwung bringen würde.“

Er verzog das Gesicht und sah sie skeptisch an. „Was soll das sein?“

„Ich habe heute Morgen schon telefoniert, und es klargemacht.“

„Was denn?“

„Sie sind doch dabei, oder?“

„Wobei?“

„Kann ich auf Sie zählen?“

„Ich habe Sie mit meinem Schwert gerettet, verdammt nochmal. Was soll es da schon Gefährlicheres geben?“

„Das wollte ich hören.“

„Nun sagen Sie schon.“

Sie sog tief Luft ein, um dem Moment eine besondere Bedeutung zu geben.

„Nächste Woche haben wir die erste Stunde Tangounterricht."

***

Berichte aus dem Autorinnenleben

Die Zwei von der Talkstelle

Podcast

Jede Woche beleuchten die Autorinnen Tamara Leonhard und Vera Nentwich verschiedene Aspekte rund um das Schreiben und Veröffentlichen von Büchern. Illustre Gäste geben exklusive Einblicke in ihre Arbeit. Ein Muss für alle, die sich für die Welt hinter den Büchern interessieren.

Zu hören unter zweivondertalkstelle.de oder bei Spotify, iTunes, YouTube und überall, wo es Podcasts gibt.